ハヤカワ文庫JA
〈JA1195〉

PSYCHO-PASS GENESIS 2

吉上　亮
原作＝サイコパス製作委員会

原作ストーリー原案 = 虚淵玄（ニトロプラス）
プロット協力 = 戸堀賢治

PSYCHO-PASS GENESIS
2

わたしが暗きと闇の国へと赴いて再び帰らぬようになる前に、全き暗闇の国、
秩序なく、光すら闇のような国へと。

――『ヨブ記』第一〇章　ヨブの第二回弁論・続

PSYCHO-PASS GENESIS 犯罪係数

第3部

潜在犯を隔離するために築かれた壁は、まっさらで汚れがない。まるで文字を刻印される以前の漉《す》きたての紙のように清廉《せいれん》な純白。

しかし征陸《まさおか》の対面となる隔離部屋に閉じ込められた男には、刻まれた微細な汚れが視えているかのようだった。傷一つない純白の壁を睨みつけ、執拗に爪を立て続けている。

彼は気づいていない。汚れをぬぐおうと立てた己の指から毀《こぼ》れる血こそが、無垢なる壁を穢《けが》すものである事実に。潜在犯は、うつくしい新世界に生じた穢れそのものだ。白亜の監獄に収監され、封じ込められる。囚人となることを受け入れ、暮らせる者たちもいる。だが、身に覚えのない罪の在処《ありか》を探るうちに、有りもしない幻想に取り憑かれていく。存在しない汚れを捏造《ねつぞう》するようになる者も少なくない。

おれも、やがては同じようにおかしくなっていくのだろうか。

征陸は、足立区立の潜在犯隔離施設に収監されて以来、起床するたび否応なく視界に入ってくる陰鬱な光景を見つめた。狂ってはならない。そして環境に適応してもならない。何度繰り返したかわからない言葉の楔《くさび》を胸に打ち込んだ。

やがて、対面の隔離部屋に収容された潜在犯の異様なふるまいが、男の精神色相《サイコ＝パス》の悪化をもたらした。色相が危険域まで汚濁し、警報とともに催眠ガスが噴出する。ずるりと床に崩れ落ちる顔は安らかだった。それが男にとっての安眠方法だと言わんばかりに。意図的に色相を濁らせ、狭苦しい牢獄から一時でも逃れるための冴えたやり方。己の精神を削り続ける自傷行為。

彼のふるまいは、環境に対するひとつの適応のかたちだったが、言うまでもなく、緩慢に進行する毒に他ならない。色相が濁れば、社会復帰の可能性は遠のき、かわりに地獄へ通じる扉が少しずつ開いていく。

更生の可能性を喪った潜在犯たちの行き着く先――重篤潜在犯隔離領域《エリア》は、二一世紀のアウシュヴィッツに他ならない。犯罪係数が殺処分境界を突破すれば、毒ガスの抱擁《シャワー》によって魂を残らず浄化させられ、物言わぬ骸《むくろ》として処分される。

苦しみから永遠に解放されて、この世界から消え、なかったものになる。

狂うことで苦痛を忘れ、逃避の果てに死ぬことだけが救いになるなんて馬鹿げている。

そんなものになりたくはない。拾った命をドブに捨てるわけにはいかない。

殺戮を呼び起こした八尋《やひろ》和爾《かずじ》の気紛れによるものか、あるいは何か理由があったのか。いずれにせよ、目が覚めたときには八尋も潜在犯遺族も、誰一人として残っていなかった。ただ撒き散らされた人間だった残骸ばかり。どれも原形を留めていなかった。

そして再び気づいたときには、征陸は潜在犯隔離施設にいた。

あの惨劇に遭遇し、急激に上昇した犯罪係数は、隔離境界を突破したまま、下がることはなかった。

以来ずっと、五〇日以上の虜囚の日々が続いていた。

首をゆっくりと回し、室内を観察した。

何か無意識に自傷行為に奔《はし》った痕跡はないか？

破壊衝動に駆られた形跡はないか？

毎朝の日課。まるでストレッチ体操代わりの。たっぷり三〇分ほど時間をかけた末の結論は、問題なし。過剰なまでの清潔さで覆われた室内に異常は、ひとかけらも侵入せず。

真っ白な空間。樹脂材の匂いも新しい床も、壁もすべて白い。腰かけるベッドの骨組みも、抗菌コーティングの白い塗装が施されている。三日ごとに清掃ドローンによって交換されるシーツも布団もまた徹底的に漂白されている。もちろん、着用させられている病院衣も薄っぺらい白だ。

ゆいいつ、色づいた調度品があるとすれば、ベッドわきの小机に置かれた石ころくらいだった。紅石《ルビー》や蒼石《サファイア》、碧玉《エメラルド》に琥珀《アンバー》など色とりどりに。星の砂が敷き詰められた海岸に漂着したように転がる人造宝石たちは、欠かすことなく征陸の許を訪れてくれる妻の、冴慧《さえ》が差し入れてくれた贈り物だった。ひとつを摘んで、天井の照明に翳す。耀くような黄色が透き通り、白へと遷移した。注ぎ込む光量に応じて色彩が変化する細工が施されているのだ。精神色相《サイコ＝パス》が清浄《クリア》となることを祈願するお守りのたぐい。

これをくれた冴慧の願いどおり、この監獄を逃れなければならない。

だが、自由のない生活、囚われの日々は続いている。

分厚い隔壁に覆われた隔離施設。無数に並ぶ同規格の牢獄の連なり。部屋は、白いだけではなく、眩しすぎる。天井と壁が照明器具を兼ねて発光しているからだ。室内の影すべてを消しつくそうとするように注がれる滅菌灯の柔らかな光に押し潰されそうで、息が苦しくなる。病室というより、実験用マウスを放り込んだケージ。実験過程で何らかの疫病に罹患《りかん》した個体たち専用の小さな箱。

そこに自分は放り込まれている。

目を覚ましているかぎり、自分が今ここにいる事実を認識するたびに、自らが堕ちた場所の意味を、否応なく思考してしまうが、それでも眠りに就くより、はるかにマシだった。

絶え間ない白光に、眼の奥に鈍痛を覚え、ぎゅっと目を瞑《つむ》った。

……なあ、マサ。託宣の巫女がもたらした社会は完璧か？

ふいに幻聴が生じた。まるで、すぐ傍で囁かれたようなリアリティ。

閉じかけた瞼《まぶた》の裏の暗黒のなかで、白くぐにゃぐにゃしたものが像を結び、彼の幻影が生じる。眠りがもたらす悪夢。現れるのは、決まって、彼。

真っ白な装束。かつて豊かだった体軀はやつれて細く、削《そ》ぎ落とした肉とともに感情も失したように、のっぺりとした面《おもて》。かつての記憶とは様変わりしてしまった八尋の姿。彼は自分の精神のなかに住み着いたかのごとく、少しでも気を抜くと、すぐに傍らに現れる。こちらを見下ろす視線を向けてくる。

そうなったら、もう、手遅れだ。

いつのまにか征陸の手には、純白の銃器《スローター》が握られている。病院衣は黒のスーツに変わっている。そして八尋が、その銃口を己に向けさせる。抗《あらが》えない。選択を迫ってくる。

……その〈シビュラ〉とやらが定めた通りの〈法《ほふ》〉で俺を殺してみろ。ほら……やれ。

俺たちの周りに横たわる死者たちと同じ肉塊に屠ってみせろ、と。

噎《む》せ返るほどの血臭。胃からこみあげてくるむかむかとした吐き気。いつのまにか独房は屍《しかばね》で装飾されている。吹き飛ばされた、あるいは切り刻まれた潜在犯と同僚たちの残骸が堆《うずたか》く積み上がって壁に塗りたくられている。肉片のこびりついた屍の骨格で編まれたベッドが軋《きし》み、わずかに欠けて、髄液を滴らせる。床に敷き詰められた遺骸の皮が寄越す湿った感触。ふさふさした髪の毛のくすぐったさ。照明代わりに天井から吊るされた数多の目玉たちが光を反射し、爛々と耀いている。

ああ、ああ……。

撃たなければ、襲い掛かる恐怖を退けなければならない。

しかし、処刑具の引き金は堅牢にロックされたまま、けっして解除されない。かわりに、おぞましい囁き——執行対象ではありません——そして、八尋がますます捲《まく》し立てる。語気荒く、急《せ》かすように。

……撃て。撃つんだ。罰しろ。犯した罪に相応《ふさわ》しい罰を下せ。なあ、おい、お前さんは、そういう役割を選んだはずだ。再会したときに、そう言ったじゃないか。この社会がどんなものになろうと、やるべきことは変わらないってな。

……違います。おれは、ただ刑事として、事件を——。

だが、征陸は、そこでようやく為すべきことに気づく。偽りの正義を執行することではなく、幻覚《ゆめ》から醒めることであったことに。

瞼を開け。

悪夢から逃れるために。

征陸は、渾身の力を振り絞り、眼を見開いた。

白夜のような暴力的なまでの部屋の明かりに目が眩む。だが、おかげで這い寄る暗黒のすべてが消え去った。

……おれは今、眠っていたのか？

まずい。幻覚が訪れる頻度が上がっている。あるいは、精神の疲労が極限に達しつつあるのだろうか。ちょっとでも気を抜けば、過去という怪物が姿を現す。

食われる前に逃げるしかない。

だが、廊下に面した透過障壁に明滅する数字に目をやれば、現実を突きつけられる。

〝一三八〟

征陸の犯罪係数は、三桁の隔離境界を超えたまま増えも減りもせず、改善の見込みはない。三九の減少《マイナス》――それが為し得るなら、九九に到達する。だが、隔離境界を超えて、まっとうな世界に帰還するための切符は、望んでも手に入ることがない。

すると、呼びかけが聞こえた。

『――おはようございます。征陸さん。今日も面会の方がいらっしゃっています。はやく奥さまを安心させるためにも、心身の健全化と色相の改善をがんばりましょう』

透明な障壁越しに隔離施設のスタッフが声を掛けてきた。

柔和な声。にこやかな表情。

そして、けっしてこちらを直視しないまなざし。

献身と無関心という、相反する思考の完璧な同居。それが潜在犯たちと接する職務に就いた彼らが、自らの精神色相《サイコ＝パス》を守るために身に着けた技術だ。

征陸は、ベッドから腰を上げ、素足で樹脂材の床を踏んだ。熱くも冷たくもないように温度調整が為された床に触れる。隔離した潜在犯の健康さえ気遣う社会の慈悲深さ。

扉を抜けて廊下へ。

案内役の薄桃色《ピンク》の医療用無人機が待っている。剥いだ生皮を漂白したような色合い。さきほど声がけをしてきた施設職員は、すでに別室へと退避している。

まあ、当然だ。潜在犯との接触は最低限にすべきなのだから。

だとすれば、彼らは毎日潜在犯に面会にくる人間を、潜在犯遺族となってしまった征陸冴慧を、どんなふうに捉えているのだろうか。容易に想像がついた。だが、それを具体的に考える前に思考を断ち切った。そうでもしないと、余計に色相が濁りそうだった。

お前たちの幸福の在り方と、おれたちの幸福の在り方は、まったく別のものなんだ。

『……調子はどう？』

微細投影材《ナノセル》を敷き詰めた透過障壁越しに、冴慧が微笑んでいる。

「悪くはない」おれは笑みを浮かべようとするが、どうにもうまくいかない。「……が、よくもない。悪いな。こう毎日じゃ、大変だろ……」

『同じ区内じゃない。車を飛ばせばすぐよ』

確かに足立区立の潜在犯隔離施設と、北千住の実家は近い。だが、そういうはなしをしているんじゃない。毎日、潜在犯の許へ赴くお前を取り巻く環境そのものが、つまり不審の眼差しを投げかけてくる連中に、ひどい目に遭わされていないかと心配なんだ。

潜在犯遺族に降りかかる理不尽さを、おれは知っている。

仲間たちを喪ったあの事件で思い知らされた。自分たちの色相保護を何より優先する連中が、善意の皮を被り、さまざまなかたちに偽装して、押しつけてくる暴力の数々を。

それは潜在犯遺族となった者たちの魂の殻というべきものを絶え間なく軋ませ、罅《ひび》を入れていく。やがて粉々に砕いてしまう。どれほど堅固な精神を有していようと、それに抗えるものなどいない。

「もっと、たまにだって……、いいんだ。それより――」

『お願いだから』冴慧の真摯なまなざしが、おれの口を噤《つぐ》ませる。『お願いだから、あなたの言葉で、私を濁らせないで。私はあなたの妻。あなたは私の夫。私たちは家族よ』

「……すまん」

『ううん。でも、防疫処置だか何だか知らないけど、直接面会ができないのは辛いわね。……まったく、これだったら厚生省の官僚を続けていればよかった。それなら、いろいろと理由をつけてそちら側に入って、面会もできるのに』

透過障壁に冴慧の手が触れた。おれも手を合わせるように壁に置いた。しかし硬質で冷たい感触が、おれたちの触れ合いを阻《はば》んだ。

潜在犯の濁った色相を伝播させないための防疫処置だ。恨めしい限りの設備の数々。そのせいで、まるで互いが位相の違う世界にいるみたいじゃないか。

「馬鹿なことを言うんじゃない。こっちはまともな人間のいる場所じゃない」

『なら、早く帰ってこないとね。伸元《のぶちか》も寂しがってるもの……』

「ああ……、そうだな。そうしないとな……」

もうすぐ隔離から二ヶ月になるのか。

冴慧は、おれが隔離施設に収容された日からずっと、可能な限り面会に訪れてくれていた。なのに、その献身に報いることができていない。畜生。なぜ、おれの犯罪係数は下がらないんだ？

「そうだ、伸元はどうしている？」苛立《いらだ》ちを隠そうと、おれは話題を変える。「新学年になったけど、勉強にはついていけてるかな……」

子供の感受性の高さは、思考汚染《サイコハザード》に対する脆弱性《ぜいじゃくせい》そのものだ。だから、よっぽど特別な事情がない限り、年少者の隔離施設への立ち入り、面会は推奨されない。そして、おれも冴慧も、息子にそんなリスクを背負わせたくないし、させるつもりもない。

だから、その分だけ、冴慧が、伸元の様子を語ってくれる。おれにできるのは、耳を傾けることくらいだ。すまない。ごめんな、伸元。おれは駄目な父親だ。

『ええ、勉強のほうは……、問題ないみたい』冴慧の返答に一瞬の空隙が挟まった。『…

……あの子。――そうだ、この前のテストでも学年上位だったのよ』

「そっか、それはよかった」

お互いに、朗《ほが》らかに笑う。しかしおれは、冴慧がわずかに言い淀んだのを見逃せなかった。そのあとの微笑みの、どこか無理をした演技も見抜いてしまった。

忌々《いまいま》しい。こういうとき、自分が刑事として身に着けてしまった技能が恨めしい。

伸元の成績は、きっと申し分ないものだろう。あいつは寡黙だが、為すべきことは欠かさない頑張り屋だ。

けれど、あいつの父親は潜在犯――そういう負の属性を帯びた情報は、速やかに周囲の人間に共有される。あらゆる行為にガムのようにへばりつき、正当な評価を阻害する。潜在犯の子供のくせに頭がいいのは、何かよくないことをやっているせいだ。理由なき決めつけ。そして息子の努力に唾を吐きかける奴らが現れる。同級生に、教師にさえも。

だが、その事実を、冴慧は、けっしておれに語ろうとしないだろう。色相改善を阻害する可能性は少しでも排除しようと気遣うだろうから。

そんな彼女を、おれも気遣って、気づいていないふりをする。

すべてが上手くいっているような演技をする。

そんはなずはないのに。

冴慧の動作の端々に、強い疲労が見て取れる。最近、南千住のマンションから、北千住の実家に伸元を連れて戻ったと言っていた。

母さんもいてくれるし、パート仕事でも始めようかしら、と冴慧は軽い調子だったが、本当はマンションからの立ち退きを要請された可能性が高かった。

精神衛生至上社会の善良な市民たちは、色相維持に躍起だ。穢れた連中を近づけるなんてもってのほかと言わんばかりに、消極的な差別をする。迫害をやらかす。

今となっては、冴慧が仕事を見つけるにも相当な困難を強いられるだろう。登録市民としての基礎所得によって最低限度の生活は維持できるが、度重なる心労による色相悪化——その治療費は大きな負担となって圧《の》し掛かってくるはずだ。

ぎりっと強く歯を噛んでしまう。不快な軋りの音が響いた。押さえつけていた感情が再び溢れ出ようとしていることに気づく。まずい。これは駄目だ。

咄嗟《とっさ》に息を吸い、そして大きく、長く、ゆっくりと吐き出した。

スクリーン越しに冴慧と視線が交錯する。動揺と怯えの感情が、その顔には浮かんでいる。隠そうとしても隠しきれるものではない。

『……大丈夫？』

「大丈夫だ」

ああ、本当に……すまない。本当にすまない。

どうすれば、このお互いに不幸へと落下していく軌道から逃れられる？

方法は、ないわけではない。

もしも離婚を、冴慧が持ち掛けてさえくれれば、すぐにでも承諾するつもりだ。

だが、一向《いっこう》にそういう提案はない。冴慧はいつも、色相改善の方法を様々に探しては、面会のたびにおれに教えてくれた。

部屋に瞬く色とりどりの人造宝石たち。すべて根も葉もない噂であり偽薬効果《プラシーボ》さえも確かではないとしても、彼女の献身を認識することが、おれに、ほんのわずかの回復の手立てをくれるのだ。

家族の存在こそが、断崖に放り出されたおれにとって、真に破滅の渓谷に失墜しないための、最後の杭として打ち込まれている。

しかし、八尋の親爺が引き起こした殺戮は、おれに、ひとつの確信を根づかせた。完璧な秩序を標榜する〈シビュラ〉社会には、何らかの不備がある――。その認識は、社会体制への明確な不信を抱かせた。犯罪係数を致命的に悪化させてしまっている。

それに、幻覚の頻度も上がりつつある。もしかすると、おれは八尋の親爺がもたらした狂気に、ゆっくりと侵されつつあるのかもしれない。いつか、おれも仲間殺しをするのだろうか。あるいは、自分を？　それとも家族を殺すのか？

わからない。けれど、そうならないという保証は、どこにもない。

そして、〈シビュラ〉は、おれに社会復帰の可能性より、社会の脅威に変貌する可能性が高いと告げている。天秤は――有罪に振れたまま、けっして動かない。

……もう来なくていい。おれと関わっては駄目だ。

これまで何度も口に出そうとしたが、結局は思い留まってきた一言が、腹の底から這い出てこようとする。守るためには切り捨てるしかない――今は亡き先輩刑事の言葉が、その選択を後押しせんと浮かび上がる。

今度こそ、そうすべきなのか。できるのか、おれに。

『――お願い、信じて。何とかするから』

冴慧が強張《こわば》ってしまった表情を、無理やり笑みに変えようと頑張っている。

おれのためを想って、少しでも重荷にならないようにと気遣って。

無理だ。おれには、手放すことなんて……、できない。

知らず、両手を強く握りこんでいた。

家族を、妻と息子を――この両手に掴むべき耀きと呼べるものは、それ以外になかった。

手放せば、おれの生きる価値が消える。意味がなくなる。存在理由を失う。

『それにね、今度こそ、あなたの犯罪係数を何とかできる方法が見つかったかもしれないの。大丈夫だから、安心して。だから、もう少しだけ待っていて――』

そんなもの、あるはずがない。

分かり切っていることなのに、それでも、おれは期待せずにはいられなかった。冴慧なら、もしかしたら本当にそれを叶えてくれるのではないか。あるいは、おれたちの自慢の息子である伸元が、その明晰な頭脳でとんでもない解決案を見つけ出す――とか。

馬鹿らしいな。

とても、正気の沙汰とは思えない考えだ。

しかし、それが希望を持つということだ。

「……待っているよ」

だから。

「待っていてくれ。おれは、お前たちのところに必ず帰るから……」

『うん』

冴慧がうなずいた。この際、涙は見なかったことにしよう。

それから、ふいに彼女が言った。

どうしたんだ。急に声が震えている。

『……ねえ、あのときの約束、覚えている？』

縋《すが》るようなまなざしで。演技を止め、真実の感情を吐露するように。

「……覚えている」それが何であるか、本当は思い出せなかった。冴慧とともに歩んできた一〇年近い歳月。交わした約束は無数にあったから。「覚えているさ。忘れるはずがない」

だが、そうだとしても、どんな約束であれ、自分は守る。冴慧の望みを叶えてみせる。

『――そっか、なら安心だ』

冴慧が微笑んだ。今度こそ、心の底から安堵しているようだった。

ああ、ずっとむかし、鋭敏な美貌から覗く、驚くほど柔らかく、優しい笑顔に自分は心を奪われたのだ。それを一時でも彼女に取り戻させることができて、うれしかった。

そして、約束を必ず果たしてやる、と告げようとする。

だが。

《――面会終了のお時間です。面会者は、所定の色相セラピーを受けてください……》

突如、会話を遮《さえぎ》られ、おなじみの人工音声が響いた。

瞬時に、透過障壁が真っ白な壁に変じた。

緊張の糸が切れて、思わず、おれは啜《すす》り泣いてしまう。

時間だった。潜在犯は、宛がわれた塒《ねぐら》に戻らなければならない。

面会を終え、隔離部屋へ戻った。

そして、冴慧が新たに差し入れてくれた贈り物を受け取った。

色相改善をもたらすアレキサンドライト。部屋の真っ白な照明を石の内部に行き渡らせて、透き通った耀きを宿す石。精巧な細工《カッティング》が施された模造《イミテイション》の硝子《グラス》の宝石。

単なる模造品に過ぎないものでさえ、そこに込められた想いを理解すれば、掛け替えのない価値を有するものだ。

そして、小机に流れ着いた人造宝石たちの中心に置いたとき、それを介した光が他の石たちを白く染め上げた。反射を繰り返す光がもたらす、一種、奇跡めいた光景に、おれの頬は知れずほころんだ。

冴慧の贈り物は、やがて本当に、おれを救ってくれるかもしれない。

それは愛なんて、かたちのないものであり、しかし、それゆえにけっして朽ちることも、褪せることもないもの。けっして朽ちない永遠の、真実の耀きに他ならなかった。

おれはわずかに残った希望を失うまいと誓う。

それが、与えられた無償の愛に対する誠実な返答だった。

だが、これが冴慧のくれた最後の贈り物になった。

その日を境に、彼女は面会に姿を現さなくなった。

そして、誰も自分の許に来なくなった。

1

瞼を開く。悪夢が去って、時間が停滞する。

今は、いつだろう？

ぼんやりと一時間近く思考を巡らせ、ちょうど隔離生活が八〇日を迎えたことを思い出す。暦のうえでは陰鬱な梅雨の季節を迎えた頃だろうが、隔離施設には何一つとして変化は訪れない。管理された室温・湿度・照明。完璧にカロリー計算された自動調理機《オートサーバ》出力の万能小麦《ハイパーオーツ》の食事。じっと床の上に座り込み、変化のない時間を過ごす。そして気絶するように眠りに落ちて幻影と再会する。

いや、もしかすると、こちらのほうが夢なのか？

途切れた意識がまた再起動しても、隔離部屋は真っ白にぼんやりと明るいまま変化がない。とても清潔で塵ひとつ落ちておらず、過去との差異が少しも見つからない。最近、これが現実だという自信がなくなってくる。

透過障壁が控えめな音で開いた。

緩慢な動作で首を傾けると透過障壁に男の姿が映る。無精髭が伸び放題の男。まるで廃棄区画の住人みたいだ。無様な、それが今の自分の姿だ。どうも肉体の洗浄に訪れる無人機は、伸び放題の髭は汚れと認識しないのか、放置されたままだ。まったく、おかげでひどい見た目だ。人間というのは身嗜《みだしな》みを気遣うべき相手を喪うと、途端に堕落してしまう動物らしい。社会性の剝奪は、人間性の剝奪に通じるってわけか。

……待て。

そのとき、征陸は、何か重要なものを見落としている気がした。

何だ。何がおかしい……？

目を細めた。首をぐるりと回し、視線を一周させて室内を観察する。変化のない壁に天井、床もすべて。しかし、一点だけ、違った。それに気づき、胸の裡で何かが、ドクン、と脈打った。

開いた扉の向こうに薄桃色《ピンク》の躯体。見覚えのある姿。しかし長らく見かけることのなかった医療用無人機。

咄嗟に起き上がろうとした。しかし全身が、激しい痛みを訴えた。そのまま、座り込んでしまう。駄目だ。起き上がれない。

『――おはようございます。征陸さん』

馬鹿野郎。すぐに立て。あの姿が見えないのか？

あれが、おれの許を訪れる理由が分からないのか？

『今日は面会の方がいらっしゃっています』

面会者の到来を告げる機械音声。まるで砂漠を彷徨《さまよ》った末に水場の蜃気楼を視た旅人の気分。からからに乾いた心に水を注がれたように、手に足に血が流れ、力が取り戻された。

開かれた扉へと無我夢中で突進した。そういうふうに頭のなかでは考えていたが、実際にはよろよろと歩くばかり。姿勢が安定せず、膝をついてしまう。挙句に四つん這いになりながら、必死に出口を目指した。無様な恰好。だが、そんな些事に頓着している場合ではない。行け。進め。止まってはならない。

『心身の健全化と色相の改善をがんばりましょう』

廊下に出た。先導する医療無人機を、懸命に追った。何でこんなにも移動するのが速いんだ。くそ。まるで追いつけない。身体があまりにも重いせいだ。息が切れ、心臓が痛む。全身が軋んで筋肉がぶるぶるする。だが、歯を食いしばり、前に進み続けた。ここで屈すれば、さらなる苦痛が、緩慢な死がもたらされる。恐怖が膨れ上がった。この機会を、絶対に手放してはならない。

職員棟と隔離棟を区分する分厚い隔壁を抜けた。

健常者と潜在犯の領域を確定してきた壁は、あっさりと征陸を通過させた。

無人機は、面会室ではなく、入所初日、施設職員から自らの処遇について説明された心理治療室へと導いた。しかし、以前に目にした西欧風の談話室を擬した暖かで、くつろいだ雰囲気は皆無だった。毒ガスを浴びせる処置室のようなコンクリート壁に覆われた部屋。灰色の無機質で奥行きのない空間。天井は低く、投影用の機材が剝き出しで、虫の複眼めいた無数のレンズの連なりとなって、びっしりと天井を覆っている。

投影処理が切られているのだ。対になって置かれた座椅子は、人間工学《エルゴノミクス》に基づく完璧な曲線を描くだけの白く無個性な正体を晒《さら》していた。あとは、小さな円卓がひとつ置かれているのみだが、そこに載っているものの匂いに注意を引きつけられた。

　隔離施設に入って以来、嗅いだことのなかった強烈な匂いが鼻孔に突き立つ。

　チョコレートにも似た甘い芳香が、征陸の脳裏に平和を意味する言葉を浮かばせる。

　そして、呟く。

「――〈ピース〉」

　白黒《モザイク》タイル模様が施された卓の上にガラス製の灰皿。開けたての〈ピース〉が一箱。傍らには丁寧に磨かれた銀のジッポー。ほとんど喫《す》った様子もなく灰皿に置かれた煙草のフィルターには、淡い紅《ルージュ》の跡。ついさっきまで誰か先客が、この部屋にいたらしい。

　心理療法士の類《たぐい》ではない。彼らは患者の色相維持を生業にするため、飲酒や喫煙の習慣は排除するのが通例だ。もっとも、それらの嗜好を忌避するのは、現代社会の良識ある市民であれば当然の行為ではあった。

　じゃあ、おれを訪問してきた相手は一体誰だ、と征陸が思考を巡らせようとしたとき、背後の扉がしゅっと空気が抜ける音を立てて開いた。

　征陸が振り向くと、入室してきた相手と目が合った。

　小柄な女性だった。肩口よりやや長い黒髪は、毛先にいくにつれて緩く波打っていた。装いは喪服めいた黒のジャケットとスカート。不自然なほど白い肌。唇にうっすら差した朱が鮮やかだった。

手には小さめのショットグラスが二つ。そして美しい琥珀色《アンバー》の液体を宿した大ぶりのボトル。どちらも、彼女の若く、幼いと表現してもいい容姿には不釣り合いなしろもの。

「――どうぞ、お座りください」

女性は征陸に着席を促した。通りの良い、よく律された声の調子。

やや意表を突かれながら、征陸は椅子の片方についた。自然と、女性の言葉に従った。

放置された煙草がじりじりと焦げる匂いがする。一筋の細い糸のようになった煙が天井に向かって伸びていく。

女性は灰皿の位置をずらし、ボトルとグラスを置いた。慎重な手つきだが、カチンと硬い音が鳴った。彼女は、ボトルの蓋を捩《ねじ》って外し、征陸の前に置かれたグラスに中身を、きっかり一杯分《ワンショット》だけ注いだ。丁寧だが、あまり手馴れている様子はなく、まるで取り扱いが危険な劇物を注ぐかのような慎重さだった。

そうして酒と煙草を供されたが、沈黙する以外の反応ができなかった。

それはまるで、死者に対する供え物のようで、手を出す気になれない。

飲酒に喫煙。社会から駆逐された忌避すべき悪癖。かつて、それを嗜《たしな》むことでしか生きていけない旧い世界からの生き残りがいたが、もはや彼らは征陸を残して消えた。みな、死んだ。二度と帰っては来ない場所に往ってしまった。

「……銘柄に間違いでもありましたか？」女性は首を傾《かし》げる。「お好きなものを用意させたのですが」

「ああ……、いや、問題ない」征陸は無理やり笑みを浮かべた。「概ね、正解だ」

卓に置かれたショットグラスの縁に指先で触れた。そっと持ち上げた。アイルランド《アイリッシュ》目安の75mlといったところ。そして口許に寄せたが、ぴたりと止めた。匂い立つ香に噎せ返り、続いて、吐き気を覚えた。

いつのまにかグラスには溢れんばかりの血が注がれていた。ちょっと揺らすと、沈んでいた澱《おり》のようなものが浮かんできたが、それが凝視すると骨片になった。ああ、くそ、惨劇の幻覚からは逃れえないのか。だが、グラスを置くと、血の臭いは消えた。

「よく調べたもんだ……」

かわりに煌《きら》めく記憶を脳裏に思い描いた。そうだ。冴慧と過ごした時間はすべてが幸福だった。

「こいつと同じ銘柄は、嫁さんのコレクションのなかでもとびきりの逸品でね。ちょっとずつ、ふたりで味わったっけ……」

そして〈ピース〉の箱に触れたが、そのまま女性のほうへ押し返した。

「煙草は吸わないんだ。先輩が吸っていたから、それと勘違いしたのかもしれんね」

とはいえ、〈ピース〉は一度だけ、八尋が遺した模造品を喫ったことがある。ひどく突き刺さる味。ここで嗅ぐ甘やかな匂いとまるで違った。そういえば、八尋は平穏《ピース》。斉東《さいとう》は百発百中《ラッキーストライク》。煙草の銘は、喫煙が後ろ暗い行為になろうと気にもせず、どれもやけに前向き《ポジティヴ》だった。それを好んだ者たちは、過去を振り返るばかりだったのに。

「……さて、良識ある市民なら見るのも嫌だろう品物を、それも入手困難な上等品をズラリと揃えたあんたは、何者だ？」

征陸は、対面に着席した女性を睨むように見つめた。

妙な感じだ。ここまでの遣り取りだけでも、こちらを細かく調べ上げていることが理解できた。用意した品々が、征陸にとっていかなる効果を及ぼすか熟知している。この短時間で、あの真っ白な隔離部屋でボケた頭が、はっきりとしつつあった。もはや、戻ることなどないと思っていた思考様式を取り戻しつつある。それは、刑事というもの。手放し、そして死んだはずの職業に臨むための姿勢だった。

「この度は、突然の訪問を失礼いたしました」

女性は居住まいを正した。態度に申し訳なさそうな様子は微塵も感じられないが、とはいえ、不遜というより、確固たる自信の現れであるようだった。

「――が、事態は急を要します。早速、話を始めましょう。わたしは、**巌永望月**《いわながみつき》。公安局から参りました。実は今日は、あなたに折り入って相談があります」

巌永は、右手を征陸に向かって掲げた。指向性投影によって表示されるのは、公安局を示す天秤と杖に絡みつく蛇《アスクレピオス》の紋章。

「……公安局員か」

「ええ、あなたの後輩です。今年から配属になりました」

「よしてくれ」征陸は首を横に振る。そのまま灰皿の煙草を見つめる。燃え尽きる前に火は消えていた。「おれは潜在犯だ。もはや、公安局員でも何でもない」

「だとしても、あなたのこれまでの功績が消えるわけではありません。公安局刑事課三係一〇八分隊は優秀な捜査班であったと聞き及んでいます」

「そいつはどうも……」

征陸は顔を上げた。巌永の表情に嘘は読み取れない。本当に、そう信じているらしい。

だが、過去にどれだけ成果を上げようと、過去は過去だ。そして、自分は選択を誤ったのだ。多分、おれは、公安局員になるべきではなかったのだ。かつて、自分は警視庁に属していた。旧い世界の、旧い〈法〉や正義の在り方を信奉していた。けれど公安局に——厚生省に、〈シビュラ〉に正義を見出すことはできなかった。それこそが、自分がこの新しい社会に適応できなかった何よりのあかしだ。

「……おれたちのような用済みになった人間が示すことができるのは、たったひとつの真実だけだ。新しい環境に適応できなければ、いつか破滅する」

征陸はそれを目の当たりにした。みんな、死んでいった。

「お気持ちは十分に察します。三ヶ月前、八王子で起こった公安局員の同士討ちによって、多くの貴重な戦力が失われた。そして、あなたは長く信頼関係を結んできた仲間を喪った」

「……他に生き残った者はいない、よな……」

巌永は、わずかに憐れみの表情を覗かせてから、その凍てついた美貌で現実を述べた。

「公安局側の生存者は、征陸さん、あなただけです」

「そう、か――」

瞼を閉じれば、地獄がそこに再び展開した。殺傷電磁波によって破裂した死体。やたら滅鱈、鉄パイプや金属資材で殴打されて潰れた死体。腕や脚、頭を切り飛ばされた死体。キリがない。やがて視界が屍者で覆いつくされようとした。目を開いた。畜生、手の内側が汗でびっしょりになっている。

「証言すべき内容は……、施設入所時にすべて伝えたはずだ……」征陸は痛みを堪《こら》えるように、ゆっくりと告げた。「まず、おれの後輩が撃った。そうとも……、あれが始まりの引き金だった。だが、彼女は、おれを暴走した執行官から助けようとしたんだ。それが、過ちと呼べるのか？　なら、そもそも警戒を疎《おろそ》かにしたおれが……」

そして、何より、八尋さえ、あの場に居合わせていなかったら。

「――いいえ、それは違う」

震える手に、巌永の小さな手が重ねられた。ひんやりとした感触。幻覚が、わずかに遠のく。だが、直後に苦痛は再来する。

「あの惨劇は入念に準備されたものでした。ただひとりの凶悪犯罪者――八尋和爾による、計画的犯行です。多数の公安局員たちが可能な限り集結する状況。脱出不可能な閉鎖空間。抑圧された執行官たちに叛意を抱かせるための周到な心理誘導――あの場所に誘い込まれていた時点で、わたしたち公安局は、詰んでいた」

公安局員の同士討ちを計画した八尋が、おぞましい仲間殺しを躊躇《ためら》いもなく実行したという事実が改めて明言された。胸の裡の、けっして壊れることはないと思っていた部分さえも容赦なく抉《えぐ》られ、絶望が滴り落ちる。

「八尋は、潜在犯遺族たちを動員し、犯罪係数を事実上、無効化する違法薬物を製造していました。そして、すでに生成プラントが用済みになったため、薬物の最終的な薬効確認のために公安局員を待ち伏せたものと考えられています。事実、彼は公安局員を同士討ちによって殺し合わせた後、易々と八王子の廃工場を脱出し、都内の廃棄区画へ逃亡しました。この事実を鑑みるに、場当たり的な犯行ではない。八尋は明確な殺意をもって事に及んだのです」

巌永は、こちらの心情など慮《おもんぱか》りもしないように淡々と述べた。

だが、冷えた水を飲むように、彼女の冷静な言葉を聞くことで、過熱した感情が落ち着いた。もしも彼女が心理療法士《セラピスト》であるとしたら、舌を巻くほどの有能さだった。

「……若いのにひどく冷静だ。それに、鋭い観察眼もある」

「ありがとうございます」

しかし、と征陸は言った。

「それなら、あんたはわかっているんじゃないのか？　八尋の親爺は、犯罪係数を無効化した。それはつまり、完璧であるはずの法執行システムに不備があることを意味する。おれたちが属している社会は、ひとつの大きな誤りを犯してしまった」

「……仰《おっしゃ》っていることの意図を理解しかねます。差支えなければ、それが何であるか、教えてくれませんか？」

「精神活動の履歴に過ぎない情報を、人間の魂そのものである、と勘違いしたことだ」

あるいは、それを社会的に合意してしまったこと、完璧に秩序だった世界が構築できると思い込んでしまったこと。

「つまり、精神の数値化技術《サイマティックスキャン》により解析される精神色相《サイコ＝パス》は間違っていると？」

巌永は微塵も揺らがない。動揺も見せず、失望も浮かべず。

「……そうじゃない。精神色相は、人間の精神という不可視なものを限りなく具体的に可視化できた技術だろう。そして、超演算処理ユニットである〈シビュラ〉システム。どちらも計り知れない恩恵をおれたちにもたらしてくれた。諸外国に比べ、日本だけが繁栄を取り戻せた。しかし、だからといって完璧であり、無謬《むびゅう》であるわけでもない。だから、八尋の親爺は、あんな事態を引き起こせたんだ」

「……なるほど」と厳永が深く首肯した。「あなたは、精神色相と〈シビュラ〉の有用性を正しく理解している。しかし、遭遇した事態のみを過度に重視するあまり、現行の社会体制が完全ではないという結論に辿り着いてしまった。その鋭い洞察力は、あなたが刑事となるために手にした才能ですが、同時に、〈シビュラ〉があなたを隔離すべきと判断した根拠なのかもしれない。あなたは、この社会が不完全であると錯誤してしまったがゆえに、潜在犯の烙印を押されてしまった」

「それが、今の社会で罪とされるということなんだろう」

自嘲めいた返答。オーウェルめいた二重思考《ダブルシンク》でもできれば解決するかもしれないが、そんなものは絵空事だ。現実の人間に可能な芸当ではない。もっとも、ディックが描いたような悪夢めいた未来に、この社会が辿り着いてしまったのは、悪い冗談としか思えないが。

「では、征陸さんにとって、潜在犯は、イコール犯罪者ですか？」

「そうでなければ、この仕打ちはないだろうな」征陸は顎をさすった。伸びっぱなしの無精髭はざらつくというより、ごわごわとした感触。「罪を犯さざる者であろうと、その危険性があるというなら問答無用で社会から隔離する。単純明快だ。誰にだって、この社会の〈法〉というものが理解できる。服従すべき統治者を受け入れるしかない」

それが〈シビュラ〉。包括的生涯福祉支援システム。

犯罪係数の導入は、人間が自らの人生の終わり方さえ、機械に委ねたに等しい。

「……であるなら、征陸さんは、犯罪係数について誤った理解をしているかもしれません」と巌永は前置きした。「犯罪係数は、社会に適合せず罪を犯す危険性を数値化したもの。つまり、〈シビュラ〉の解析により、対象の社会に対する脅威度と、今後の更生可能性および貢献度合いを天秤にかけることで判断されます。つまり、必ずしも潜在犯のすべてがイコール犯罪者というわけではない」

「罪を犯すか否かではなく、社会にとって有用であるか危険であるか……」

「まさしく」

「だが、それなら、より一層、理不尽だと思うよ」

要は、〈シビュラ〉によって統治される社会にとって利用価値があるか否かによって、人の生き死には決められるということだ。それは征陸にとって、受け入れ難い新しい〈法〉の判定基準だった。新世界の正義の在り方を、どうしても正しいと思えない。

「完全なシステムである〈シビュラ〉の判決に、間違いは有り得ません。しかし、潜在犯となった人間に救済の可能性があることもまた事実です」巌永は、果敢に攻めるように言葉を重ねてきた。「あなたの犯罪係数が隔離境界を突破した理由は、社会が定めた〈法〉に対する疑念でしょう。それが、あなたの存在を脅威あるものにさせている。これは、社会にとって実に惜しいことです」

「……どういう意味だ」

「あなたは培《つちか》ってきた刑事の技能ゆえに、この社会において例外になりつつある犯罪という行為に対処可能という点で、社会的に高い希少価値を有していることもまた事実なのです。であるなら、今後の選択と行動次第で、あなたが〈シビュラ〉社会にとって得難い有用性があると認められさえすれば、神《システム》の下した審判が覆《くつがえ》る可能性もある」

巌永の言葉は、魅力的だったが、所詮は慰めに過ぎない。口で語るだけの言葉は空虚だ。どんなことでも語れるがゆえに。

「なら、何をすればいい……」

それでも、この白亜の監獄から逃れられるのなら。家族の許に戻れるというのなら。冴慧と伸元の待つ家に、再び帰ることができるというなら。

そのためなら、自分は何だってやる。

「条件は、何だ……」

征陸は腰を浮かし、卓に手をつき、前のめりになった。反射的な行動だった。

その真偽さえ明らかではない希望に、目の前にちらつかされた希望《エサ》に釣られる浅はかさに、手痛いしっぺ返しをするように巌永が返答した。

「公安局刑事課への復帰を。そう――いい、執行官のスカウトに応じてください」

視界が黒く染まった。全身が硬直する。言葉がこれほど剝き出しの暴力を振るってきたと感じられたことはなかった。そして淡い信頼や期待といった感情が萎《しぼ》み、代わりに抑えようとしていた不信が膨れ上がった。

やはり、彼女も同じなのか。不信は、そして失望へと容易に転じていく。

「断る」征陸は断固たる口調で返した。「おれは、あんたらの色相の防波堤になるつもりはない。ましてや、罪を犯さざる者さえ殺す血まみれの処刑人になど……」

赤《レッド》、青《ブルー》、黄《イエロー》に橙《オレンジ》と緑《グリーン》、そして紫《ヴァイオレット》。純白の処刑具を手に、無慈悲に自らと同じ潜在犯たちへ苦痛をもたらし続けた者たち。命を奪い続けた者たち。そういう狂犬となることだけを強いられた者たちは、やがて精神の壊れた怪物になる末路を辿る。そういうふうに社会の側が酷使し続けるから。みんな、殺し合い、死んだのだ。

「違います。わたしが、あなたに求めるのは、事件捜査のための――」

「だが、結局は、そうなる」

そして絶望から生じた狂気は伝染し、闘争の混沌を呼ぶ。

「だとしても、今、我々には、あなたの力が必要です。かつて血塗られた怠惰《たいだ》ゆえに葬り去られた無数の未解決事件《ケース39》――それらを最も多く解決した優秀な刑事の技能を持つ人間こそが」

「……あれは、おれじゃない。〈チーム〉の成果だ」

そう、八尋が自分や仲間を率いてくれたからこそ、手にすることができたもの。誰一人として欠けても駄目だったのだ。しかし、ある者は死に、ある者は刑事の職を捨て、ある者は潜在犯に堕ち、そして、社会を滅ぼす脅威に成り果てた。

すべては、なくしてしまったもの。過去は、もう、取り戻せない。

「八尋和爾は、今なお当局の手を逃れながら公安局員を殺害し続けている。四〇名以上の仲間が同士討ちの果てに死んだ。それから、さらに一一名の人間が殺された。この悪夢は、八尋を捕まえない限り、永遠に続きます。それを、あなたは容認するのですか？」

「……おれは、何もできなかった。親爺を止めることも、状況を打開することも、仲間を救うことも。ただ、生かされただけだ」

言葉を喋る銃。それがもたらす世界の何たるかを理解しようとせず、ただ命じられるままに動く人形に過ぎなかったくせに、どうしてだ。紛い物の刑事でしかない、おれだけが、どうして生き残った。

「わたしは、そうは思わない。あなたは生き残るべくして生き残った」

「何……」

巌永は、冷静さを崩さない。あくまで協力を要請し続けてくる。

「新たな世界の〈法〉を覆そうとする八尋の凶行を阻止するためには、あなたのような旧い世界を知る者が必要です。正義の在処を信じる者、人の生み出す闇に対峙し続けてきた者だからこそ、〈シビュラ〉の眼を欺く犯罪者を追いつめることができるかもしれない。託宣の巫女《シビュラ》は、そう判断したからこそ、わたしをここに導いた。ならば、あなたは、八尋和爾を逮捕するために生き残った」

「……買い被り過ぎだ。おれがいたところで、何も事態は変わらない……」

「――それは、これからの行動次第ですよ。わたしと〈チーム〉になってください。共に事件に対処するための猟犬となっていただきたい」

感情を揺り動かされた。しかし、従うわけにはいかなかった。

たとえ、八尋に辿り着けたとしても、そこに、狂気と破滅が待ち構えていることは容易に想像できる。

賢明な選択は、牢獄に戻ることだ。そこでずっと大人しくしていればいい。誰からも忘れられ、放置されたとしても、生き延びることはできる。

だが。

《犯罪係数119・執行対象です・ノンリーサル・パラライザー》

新たに紡がれる第三者の言葉が、征陸の思考を強引に中断させる。

《落ち着いて照準を定め・対象を無力化してください》

巌永が手にした純白の銃器。その銃口がこちらに向いていた。形態《モード》は麻痺銃《パラライズ》。

征陸は、その意味を考えた。

「……逆らえば殺す、か？」

いや、そうではない。

「違いますよ」巌永が、指向性投影によって蒼い色彩を帯びた眸《ひとみ》で見つめてきた。「先ほども言った通り、あなたは果たすべき役割のために、ここにいる。ですが、これを強制することはできない。自らの意志によって選択をした者でなければ、おぞましいほどに強固な意志をもって破滅の道を選択した者に対抗できない」

巌永の指は、引き金には掛かっていなかった。

「計測された犯罪係数が、あなたに提示できる最後の判断材料です。征陸さんの犯罪係数は、隔離施設入所後、一三〇付近を前後し続けてきました。ですが、たった今、対峙すべき脅威の存在を知り、その解決のため為すべきことは何かと考えたあなたの意志が、刑事の本能が、天秤を揺らし始めた」

彼女は、〈slaughter〉を下げ、腰から提げたホルスターに仕舞った。

征陸に手を差し出した。本来、銃器など扱えなさそうな細い指。華奢《きゃしゃ》な手。だが、先ほど、それを正しく使う方法を知っていることを彼女は示した。

「――もしも、刑事の役割を果たそうとする意志があるなら、あなたには、自らの為すべきことを選択する権利がある」

ふいに、なぜ自分が刑事を志したのか、その理由が思い出された。それは自らの意志で選び取ったものだった。たとえ、最良の結果に至るわけではなかったとしても、そうあることを欲した。ただ、がむしゃらに進んだ。その挙句に転落した。

だがそれでも今、破滅の縁――最後の一歩で立ち止まっていた。ギリギリの瀬戸際で、自らの存在理由を問われていた。

そして気づく。まだ自分のなかに己の意志と呼ぶべきちっぽけなものが残っていたこと。そして、相手が、その意志を行使する権利を認め、選択の機会を与えてくれていることに。

長らく眠りに就いていたはずの何かが立ち上がった。

「……なら、教えてほしいことがある」

「何であれ、答えられる限りお答えします」

「おれの家族の現況を教えてくれ」

「わかりました」巌永は、最後に一度、強く握手をしてきた。「速やかに調査し、連絡させましょう」

「頼む」

彼女は丁寧に頭を下げ、部屋を辞した。

残された征陸は、椅子に再び腰かけ、そのまま黙した。

やがて卓に置かれたショットグラスを摑んだ。琥珀色の液体が濁った赤黒いものに変じる幻覚が生じたが、そんなものは無視して一気に呷《あお》った。吐き気を催す汚臭が口のなかで膨れ上がったが、焼けつく香気が喉を抜けたとき、その豊かな芳香を思い出した。

箱から一本の煙草を取り出した。ジッポーライターで火を灯す。

これから挑むべき状況を前に、最後の平穏《ピース》を味わうために。

死人でいる時間を、お終《しま》いにするために。

2

伸びっぱなしだった無精髭を剃るのには、なかなか難儀したが、隔離施設の退所手続は滞《とどこお》りなく進んだ。

巌永が施設を訪れた日の翌朝、征陸は執行官となる旨を医療無人機に告げた。

後は、電子証明書一枚に署名するだけで事は済んだ。隔離生活に終止符が打たれた。無論、首輪をつけられ制限された、かりそめの自由ではあったとしても。

そして数時間後の正午、征陸は身支度を整えて、巌永の迎えを待った。

医療無人機から手渡された背広を受け取った。

刑事の戦闘服たる一着。斉東や喜多《きた》、あるいは他の多くの同僚たちの血で染まった背広は入念に洗濯され、隔離施設の倉庫で保管されていた。医療無人機からは、色相悪化の原因に成りかねないと警告を受けたが、無視した。

なぜなら、これより忘れるべき過去と向き合わなければならない。だとすれば、そういうものたちから、わずかでも目を逸らした時点で負ける。

すでに戦いは始まっている。

だが、三ヶ月ぶりに着用した背広は、肩のあたりが少し下がっていた。筋肉が衰えている。全体的にだぶつき余っている感じ。胴回りも緩くベルトは以前よりきつく締める必要があったが、十分な位置ではすでに穴がなかった。仕方なく髭剃り用の直刃剃刀の角で浅く開口部を作ってから、無理やり穴を空けた。

最後に私物の確認があったが、持ち出すものといえば、冴慧がくれた人造宝石くらいだった。まとめて袋に入れると、片手に収まるほど軽い。ひとつを取り出して眺めた。人工光や太陽光など、照射される光の種類によって色彩を大きく変える性質を持つ、アレキサンドライトの模造品。

これを渡して以来、冴慧は面会に訪れなくなった。しかし今も生きてはいる。のっぴきならない状況に置かれていることは事実であるとしても。

　征陸は、巌永の要請を受けるにあたり、ふたつの要求をした。

　ひとつは、非正規執行官としての立場を承認すること。正規の執行官ではなく、あくまで八尋が関与しているとされる公安局員連続殺人事件のみを担当することを確約させた。隔離施設を出るのはいいが、それで潜在犯執行の道具にされるわけにはいかない。これは昨夜のうちに巌永から返信があり、問題なく受理された。

　そして、もうひとつが妻――冴慧の現況についてだった。

　とはいえ、自分で質問しておきながら、その実情を知ることは躊躇われた。潜在犯遺族が晒される苛烈な差別によって、冴慧や伸元が最悪の結果に至っている可能性は、大いに有り得た。あるいは、彼女たちが征陸に完全に見切りをつけ、〈シビュラ〉の適性診断に基づき新たな伴侶、父親を得て暮らしている可能性もまた同じくらいに。

　だが、質問から一夜が明けた今朝、巌永から届いたメッセージの内容は、そのどれでもなかった。

　征陸冴慧は体調を崩し、厚生省直轄の専門医療機関に入院。理由は、色相悪化によるものではないと断言された。また現時点では、犯罪係数が隔離境界を超えた征陸が面会するのは困難であること。そして息子の伸元は、祖母宅で養育されている。また、色相配慮の観点から、征陸が執行官として事件捜査に動員されたことについては知らせていない。公式には、征陸智己《ともみ》は潜在犯隔離施設で治療中であるとして、征陸から家族への連絡は原則として禁止する、と追記がされていた。

　牙慧が入院している。歓迎すべき事態ではないが、最悪の事態は免れているらしい。仲元も亜紀穂《あきほ》さんの庇護があるなら、問題はないだろう。

　ならば、自分は八尋の追跡と拘束、その凶行を止めることに専念すべきだった。

　事件捜査を通し、征陸自身の社会的有用性を高め、八尋を逮捕する。そして犯罪係数を隔離境界未満まで下降させ、本当の自由を得る。まったくの絵空事のようにも思えるが、巌永との会話――というより、あれは一種の精神治療だったのだろうか――によって犯罪係数が一〇ポイント近く下がった。その事実は、征陸にわずかながらも希望を与えてくれている。行動の指針は明確だ。為すべきことは定まっている。

　間もなく、左手首に装着した執行官専用の携帯端末がメッセージを受信した。潜在犯隔離施設に巌永が到着したことを告げた。


　外で征陸を出迎えたのは、陰鬱な梅雨の積み重なった雲が織りなす灰色の街並みだったが、それでも征陸には、世界の色彩が鮮やかに過ぎた。霧雨に滲む都市内の景観投影《ホロ》は、油の浮いた水面めいた滲み《ノイズ》をいくつも生じさせていて、見苦しいはずの、その色の移ろいでさえ、ひどく美しいものに思えた。隔離施設の白すぎる白。瞑った瞼のなかの暗黒。幻覚がもたらす汚濁の赤。この都市のどこにも、そんなものは見つからなかった。それが、とてもよいことだ、とふいに思った。

啞然とした。

それほど自分の精神が、限界まで擦り減っていたことに。

「――征陸執行官。どうかしました？」

運転席でハンドルを握る巌永が訊いてきた。視線は前方を向いたまま固定されている。彼女は手動運転《マニュアル》を好んでいた。自分の手ですべてを操作《コントロール》できている実感があるから、と。

「……何だかひどく懐かしい光景を見ている気分になっちまってね。どうにも街が、ひどく遠く感じられる」征陸は助手席の窓に触れた。「透明な壁でまだ隔離されている気分だ。帰ってきたという感じがしない」

「雨が吹き込むから、窓は開けないでくださいよ」

巌永が、ふっと苦笑した。昨日と違い、髪を細かい装飾《レース》で縁どられた黒いリボンで束ねている。そのせいか、少し雰囲気が違って見える。

「大丈夫ですよ。私と一緒に事件捜査をする過程で犯罪係数を下げる策は、可能な限り講じますから。最終的には、大切な家族の許に戻れますよ」

巌永が車載端末を操作し、カーオーディオを起動した。厚生省推奨チャンネルは午前の音楽番組を放送している。色相安定のためのヒーリングミュージック。眠気を催すほど緩やかな旋律が車内を満たす。

「そうだといいがね……」

征陸は視線を正面に向けた。ワイパーがフロントガラスに付着する水滴を拭うため、引っ切り無しに動いている。まだ昼間だというのに視界は薄暗い。

それから改めて、巌永の横顔を窺った。頬にわずかに、にきびの跡さえありそうな若さと幼さが同居する容姿。二五歳と言っていたが、一〇代後半でも通じそうだ。とはいえ、言葉遣いや立居ふるまいに、時どき、妙な威厳が見え隠れする。それは、長く生きた人間だけが身に着けられる空気とでも言うべきか。

相当な修羅場を潜っているのだろう、と征陸は判断するに留めた。この二日、わずかな遣り取りのなかでも、相手は容易ならざる相手であろうと推測した。能力に心配はないだろうが、全幅の信頼を置くには、まだ判断を留保すべきだった。利用されているだけの可能性も捨てきれないのだから。

「あんまり見られると、気が散るんですが……」

巌永がチラリと一瞥してきた。

「……ん、ああ、すまない」

「いえ、不快ってわけじゃありませんから、お気になさらず」

公安車輛は、新首都高環状線から四号新宿線を進んでいる。

透光防音壁越しに明治神宮の緑地帯が見えた。薄暗い都市のなかで、その生い茂る木々の深緑が鮮やかだった。廃棄区画とは言わないまでも、行政側としては放置地帯に指定されているため人の寄りつかない場所だが、遠目に眺める分には申し分ない景観を提供してくれる。

「ところで、どこへ向かっているんだ？　公安局庁舎なら、ルートが違う気がするが……」

「多摩地区です」

「となると、八王子で現場検証を？」

再び訪れたくはないが、事件捜査の初歩は現場に赴き、足で稼ぐのも事実だ。

しかし巌永は首を横に振った。少し呆れるように息を吐く。

「違いますよ。もう三ヶ月近く前の同士討ちの現場に今さら行っても、あなたの色相が濁るだけで意味がない。——厚生省直轄の医療施設に向かいます」

「そこで何を？」

「公安業務に復帰するための各種検査です。そこで効果的な色相治療薬の検討もしないといけませんし……。それに、まあ、後は着いてからのお楽しみということで」

巌永は悪戯《いたずら》っぽい含みのある笑みを見せた。

「そうかい……。だが、八尋和爾の追跡はどうするんだ？」

悠長に事を構えている場合ではないのに寄り道しなければならないことに、征陸は少し苛立《いらだ》った。

「今は待ちどころです。現状認識として、色相を悪化させずに行動可能な相手となれば、従来どおりの都市内に設置された街頭スキャナによる追跡は困難。しかし、八尋は公安局員以外を標的としない。ある意味で市民に危害を加えない思想的犯罪者と言えるでしょう。だからこそ、こちらとしても網を張りやすい」

「再び襲撃が発生するのを待つ。同僚を囮《おとり》にするつもりか……」

「現在、公安局では監視官と執行官を少人数編成で分隊化し、運用する体制を取っていますが、公安無人機を必ず随伴させています。対処能力は十分ですよ」

「それでも一〇名以上の犠牲が出たと言っていなかったか？」

「……それは、今言った運用体制が整わないまま、いたずらに公安局員を八尋和爾拘束に投入したせいです。今は違う。六月に入ってからの死者はゼロです」

「犯人が捕まらない限り、事件は終わらない。向こうも対応策を考えてくるぞ」

「百も承知です」巌永は握ったハンドルを指でコツコツと叩いた。「――というか、それまでに奴を逮捕するのが、私たちの仕事でしょう？」

征陸はうなずいた。気が逸っているのかもしれない。考えてみれば、八尋が違法薬物か、もしくは何らか別の色相悪化を防ぐすべを有している以上、足取りを追うことは難しい。

それは彼の協力者であっても同じだ。加えて、八尋は歴戦の刑事として、犯罪者の逃走ルートについても熟知していた。なら、そう易々と尻尾を摑ませたりはしない。

ならば、むしろ迎え撃つ方針を選択すべきということか。

「……そういえば、八尋の親爺が違法薬物を密造させていた連中は、どうなった？」

待ちの一手ではいつまでたっても八尋には追いつけない。だとすれば把握しておくべき情報はいくらでもある。たとえば、協力者の存在について。いくら色相を誤魔化す手立てがあるとはいえ、単独で三ヶ月近くも逃げ遂《おお》せ、犯行を継続することは困難だ。彼に協力していた者たちといえば、八王子の廃工場で違法薬物の生成に関わっていた潜在犯遺族たちが脳裏に蘇る。

とはいえ、あそこにいたのは、子供や老人、赤ん坊を抱えた母親といった、到底、戦力にはなり難い人間たちばかりだった。できれば、公安局側に保護されていると思いたい。

だが、そんな甘い読みが正しいわけもなかった。

「――全員、執行されましたよ」

巌永は事も無げに、当然そうなるはずの結果を述べた。

「赤ん坊もいたはずだぞ……」

「八尋が連れ去りました。彼が引き連れていった一〇名余の児童たちと一緒に行方不明です。そして、廃工場に残された連中については隔離と殺処分がほぼ同数です。まあ、あれだけの惨劇を見せつけられれば、犯罪係数が上昇しないはずがない」

「じゃあ、親爺が連れ去ったという子供たちの捜索は？」

「現在、公安局側では行っていません。色相悪化は確実ですし、何より事件直後に、児童らを保護するために出動した公安局員が、八尋によって殺害されています。同じ愚を晒して貴重なリソースを損なうわけにはいきませんから。——それはそうと征陸執行官、現状判明している捜査情報については後で共有するというかたちでも大丈夫ですか？」

「……すまない。いきなり根掘り葉掘り聞くような感じになっちまって」

征陸は、自分の失策を悟った。

「いえ、別に。私としては、いくら話しても構わないんですが、時間は有限です。そしてやるべきことは多い。効率よく行きましょう。他に何か確認しておきたいことは……」

「じゃあ最後に」と征陸は確認した。「さっき言っていた監視官っていう役職は何を意味するのか教えてくれないか？」

「……さっきの会話でちょっと言っただけなのに、よく気づきましたね」

「耳慣れない単語だったから、残っただけだよ」

「さすがは歴戦の刑事って感じです」巌永が車載端末を操作し、電子資料を指向投影した。「征陸執行官が隔離された直後のことでした。四〇名余の公安局員の損失への補塡は、容易なものではありませんでした。そこで新たな人材を選抜しつつ、補いきれない分は潜在犯から採用する方針が取られた。公安局員の色相保護のために執行させるだけでなく、その犯罪者に近しい傾向こそを事件捜査に役立たせるために。とはいえ、当然、彼らを同格に扱うわけにはいきません。現場領域において公安局員と執行官の間に、実質的差異がなかったことも同士討ちを引き起こした要因だったわけですし……」

「だから明確な序列をつけた、ということか？」

「四月一日より公安局の主戦力たる現場要員たちには、二つの区分が設けられることとなりました。それが私にとっては監視官であり、あなたにとっては執行官であるというわけです。ちなみに、執行官の細かい説明は要りませんよね？」

「……ああ」

「以前と変わった点といえば、その選定と運用がより厳しくなったこと。具体的には、出動時に執行官を単独で行動させることは、必要な場合を除き服務規程違反となります」

「つまり、おれは常時、あんたと一緒に行動する必要があるわけだ」

「ええ」と巌永。「とはいえ、征陸さんの場合は、単独でも危険はなさそうですし、かなりの範囲を独自判断可能にするつもりです」

そう認識してもらえるなら有り難い。あの執行官たちのように極端な心理制御のために過剰な投薬処置をされるわけにはいかない。

「なら、監視官ってのは、執行官の逸脱を監視する役割とでも言うのかな……」

「ひとことで纏《まと》めるなら、そうでしょうが……、道具の保守点検だけが監視官の仕事ではありません。監視官もまた、〈シビュラ〉による極めて厳格な適性診断のすえ、その配属が認められます。上層部曰く、今後、厚生省へ入省する高級官僚《キャリア》養成のための通過コースのひとつにしたいそうですよ」

「これだけ色相悪化リスクが高い部署にエリート候補生を放り込むのか？」

「だからこそ、ですよ。シビュラ運用社会において、法を逸脱する潜在犯たちが引き起こす事件に、執行官を駆使して対処する――。最前線で戦う有能な指揮官であることを求められる監視官の職は、後に政府を運営する人材の育成に最適な訓練になる。さらに叛逆や逃亡を企てた執行官を執行する業務をも経験することで、情緒的な判断をせず、規律を順守する強靭な精神を養うことにも繋がります」

彼女の言わんとすることを察し、征陸は少し気分がざわついた。

「……つまり、監視官は、その裁量で執行官を処分できる、と？」

「職務遂行に不適当である、と判断された場合だけですよ」巌永はふっと口を歪めた。苦笑と呼ぶには、やけに嗜虐的な表情。「それを決めるのは、〈シビュラ〉です。逃亡などを目論めば、元々、潜在犯である執行官たちの犯罪係数は、殺処分境界を突破します」

そして巌永は左手をハンドルから離し、人差し指を立てて銃のかたちを作ると、征陸の胸元にトンと触れた。

「……〈slaughter〉の殺人銃形態《エリミネーター》による執行か……」

「そういうことになります。ですが、その名称は、もう使わないほうがいい。携帯型の鎮圧執行システムとして申し分ない成果を出し、正式採用となりましたが、その名称は、例の一件のせいで血塗られている。ゲン担ぎというのもあるんでしょうね。近々、正式採用型が配備されますが、そこに処刑具《スローター》の銘は刻まれない。〈シビュラ〉の眼として、もっと相応しい名称が冠されることでしょう」

「じゃあ、何と？」

「さあ、まだいくつか候補が残っていて、決め兼ねているそうですよ。官僚というのは、名前ひとつつけるだけでも途方もない回数の、極めて無駄な会議を重ねるものです」

そして公安車輛は、旧京王線線路に併走して都心を離れ、さらに西へ西へと進んだ。

長いトンネルを抜けた先、山間の窪地に周囲の自然と不釣り合いなほど白い建造物が横たわっていた。厚生省・東金《とうがね》医療財団共同出資の研究施設らしく、汚れひとつない真新しい外装で、どことなく環境建築《アーコロジー》を思わせる。

周辺一帯は、東金医療財団の私有地扱いだった。関係者以外の立ち入りが厳しく禁じられ、施設に至るまで複数の検問を通過した。山岳部に張り巡らされた高圧電流の金網と有刺鉄線。対人鎮圧のための軍用無人機が蠢《うごめ》く様子が、雨に滲んだ光学偽装の合間から確認できた。

「やけに厳重な警戒態勢だな」

「機密情報を数多く扱っているせいですよ」

厳永は施設に併設された駐車場への誘導路に車輌を滑り込ませると、ハンドルから手を離した。ここから先は自動操縦以外許可されない。

「それと。万一の場合に備えた防疫対策も兼ねているんですよ。ここでは、精神色相に関する先進研究が行われていますから」

「警備用無人機の銃口は、内側にも向けられている、と」

「迅速な理解です」

隔離施設を出てすぐに、また似たような場所を訪問することになるとは思わなかった。

征陸は、すでに降車準備を始めた厳永を見やった。

「それにしても事情通だ、厳永監視官は」

「――まあ、公安局に来る前にちょっと縁があったんですよ」

含みを持たせた彼女の返答が気になったが、これ以上の質問をする前に車輌が地下駐車場に到着し、そこからエレベーターでさらに地下へ潜った。

施設内部は、研究部門ごとにモジュール化しており、頻繁に隔壁と出くわした。

何らかの事故が発生した際、即座に該当施設ごと封鎖・隔離するためと説明された。

そういう過剰と言えるほどの緊急対処を求められる事故とやらが、化学物質や細菌流出の類ではなく、思考汚染に関するものであろうことは何となく予想がつく。

そして研究施設の中央区画で一旦、巌永と別れ、執行官として任務に携《たずさ》わるための検査諸々を受けさせられた。

身体検査、学力考査、健康診断に心理テストなど多岐にわたった。どれも成績は散々なものだった。三ヶ月近い隔離施設暮らしの間、運動らしい運動もできなかったから、筋力もすっかり落ち、持久力もほとんどなくなっていた。射撃テストや、無人機相手のスパーリングも下の上といった成績だった。

黒の総髪に品のいい恰好をした臨床心理士らしき若い研究職員との面談でも、相手が問い掛けてくる内容について、それが真に意味するところまで推理が追いつかないまま、慌ただしくテスト終了まで進んだ。

だから最後に、臨床心理士と入れ違いで入ってきた監視官の巌永と再会したとき、すっかり意気消沈していた。

「おや、浮かない顔ですね」

「おれは、もう少しやれるって自惚《うぬぼ》れがあったみたいだ。色々と鍛え直す必要がある」

征陸は汗まみれになったトレーニングウェア姿で、椅子にもたれた。

面談室の四方の壁は厚く天井も低い、尋問部屋といったほうがしっくりくる造りだった。

対面に座った巌永は、白衣を着ている。この施設に相応しい恰好。ちょうど刑事にとっての背広のように、やけに様になっている。

「あまり結果を気にしないほうがいいですよ。熱心なのは結構ですが、〈シビュラ〉が執行官適性をあなたに見出している以上、現時点の成績を見ただけで短絡的な判断が下されることはありませんから」

「為すべきは、訓練ではなく捜査か……」

「そんなところです」と巌永。「さて、あなたをこの研究施設に連れてきたのは、八尋和爾に関連した、この社会についての、ある重要な情報を共有するためです」

巌永は設置されたテーブルに触れた。彼女が操作すると、無地の白いテーブル上に、赤い点が四つ投影された。征陸と巌永の側でちょうど左右にひとつずつ。

「それをあんたが教えてくれるのか？」

「ええ」巌永は両手を掲げ、それぞれの人差し指だけ、ピンと立てた。「ただ、その前にひとつゲームをしましょう。ルールは簡単です。征陸執行官は、私のすることを真似てください」

「……それだけか？」

「ええ、それだけです。――では、始めましょう」

そして巌永は、テーブル上、彼女から見て右側の赤い点に右手の指先で触れた。応じて征陸も、自分から見て右側の赤い点に触れる。

続いて彼女は左手の指先で左側の赤い点に触れた。

征陸も左手で左側の赤い点に触れる。

その次は両手を使った動作だ。右手で右側の点を、左手で左側の点を指先で触れた。これも征陸は模倣した。単純な動作だ。間違うはずもない。次に巌永は両手を交差させ、右手で左側の点を、左手で右側の点に触れた。征陸の模倣に誤りは生じない。

何てことのない簡単な模倣の反復だった。考えるまでもなく、反射的に対処できる。

「……なあ、巌永さん。これは何の遊びなんだ？」

「ちょっとしたゲームですよ。私のする動作は、全部で六パターンありますから、あと二つ。それが終わるころには、意味が分かるはずですから頑張ってください」

巌永は返答しつつ、左手は動かさず、右手の人差し指で左側の点に触れた。

いつまでこれが続くのかと思いつつ、征陸はこれまで通り、反射的に手を動かした。

そして、右手は動かさず、左手の人差し指で左側の点に触れた。

「――？」

何か、おかしい。征陸は引っ掛かりを覚えた。しかし、ゲームは続いている。巌永は、今度は右手を動かさず、左手で右側の点に触れた。征陸は彼女の動きに追随した。左手を動かさず、右手の指先で右側の点に触れた。

今、おれは何をやった？

しかし何がおかしいのか、すぐに理解できなかった。

過ちを犯したという感覚はなかったが、違和感は、あった。

なおも模倣ゲームは続いた。ここまでに繰り返した六パターンを、もう一セット。

そして五パターン目。改めて厳永が左手を動かさず、右手の指先で左側の点に触れたときだった。征陸は、自分が右手を動かさず、左手の指先で左側の点に触れていることに気づいた。次の六パターン目も同じだ。厳永が右手を動かさず、左手の指先で右側の点に触れたとき、征陸は左手を動かさず、右手の指先で右側の点に触れている。

間違いない。自分は、この二つの組み合わせ《パターン》が来たときだけ、模倣に失敗している。いや、指先で触れる目的地は間違っていないが、使うべき手の左右を取り違えているのだ。

だが、いったい、なぜ――？

そんな征陸の変化を感じ取ったように、厳永が告げた。

「あなたは、私が対側《たいそく》運動――右手の指先で左側の点に触れる、あるいはその逆ですね――を実行したときだけ、目的の模倣はできても、手段の模倣を間違えた」

「……どうにもそうらしい」

征陸は自分の両手を掲げ、じっと見つめた。奇妙な感覚だった。あまりにも簡単な模倣なのに、失敗した。まるで、絶対に間違えてしまう理由があるかのように。

「一応、言っておくと、現在の〈シビュラ〉社会の一般的な人間であれば必ず、この失敗を犯しますよ。東金財団が実施した実験結果からも、それが証明されている」

「つまり、固有の現象ではなく、普遍である、と」

「征陸執行官は、共感神経系《ミラーニューロン》という単語を、ご存知ですか？」

「……いや、初耳だな」征陸は首を横に振った。「ただ、神経細胞《ニューロン》って言葉の意味からすれば、鏡《ミラー》のように何かを反射する――模倣させる機能に関係する神経系じゃないのか？」

「正解です。征陸執行官がおっしゃったとおり、共感神経系というのは、相手の行動を自分の頭のなかでシミュレートし、その行為――もっと厳密に言えば、意図ですね――を模倣する。そして相手の行動の意味を理解させる。他者への共感をもたらし、相互理解《コミュニケーション》の橋渡しを担います」

ちなみにその部位は、と厳永は、自分のこめかみのあたりと頭の天辺を指差した。征陸も釣られて、同じ動作をした。

「少し専門的な用語になりますが、脳の前頭葉とその背後の頭頂葉に位置しているとほぼ同定されています」

「おれたちの脳味噌は、相手の行動が何であるかを理解する前に、いったん模倣《シミュレート》する。その意図を理解するメカニズムがある。そいつは、おれたちのコミュニケーションを支えている。間違いはないか？」

「問題ありません」

「だとすれば、共感神経系によって相手の意図を察せるというのに、なぜ、さっきの模倣ゲームで、あんな単純な行為にミスが生じたんだ？」

「そうですねえ……」巌永は、生徒に説明を求められた教師が思案するように、顎に手を当てた。それから軽くうなずく。「まず、意図を察するということ、つまり行動の目的を理解するという意味では、さきほどの模倣ゲームでも失敗は起きていません。征陸執行官は、私がどちらの手であれ、触れた左右の点の位置については間違えなかった」

征陸はうなずいた。

「これはミラーニューロンの優先傾向と呼ばれます。要は、相手の意図を察することができれば、その途中経過についてはそこまで重視しない」

「――目的の模倣より、手段の模倣のほうが高次の機能ということか？」

「高次……というか、相手の意図を察したうえで、その動作まで模倣するというのは、もう少し社会的な意味合いが強い行動になります。つまり、共感神経系の優先傾向というものは、子供が親のやることを真似するような単純な動作模倣であり、本来、成長とともに弱まっていくものって言えば、伝わるでしょうか……」

「おおよそは」

人間は社会化されるほど多くの他者と関わり、理解すべき内容も複雑化していく。

なら、相手の意図――結論だけを理解するのでなく、そこに至った過程についても理解する必要性が生じる。類推能力の発揮。刑事にとって起きた犯罪そのものではなく、それを通して犯人の思考過程を模倣し、その動機を推察するように。

「しかし、共感神経系の存在が確認され、研究が進んだ二〇世紀末から二一世紀初頭の人間たちに比べ、二一世紀末現在の〈シビュラ〉社会を構成している人間たちの共感神経系は、成人後であっても、この優先傾向を維持し続けていることが確認されています」

「幼年期が続く……、人類は退化したとでも言いたいのか？」

無論、征陸もそこに含まれることになる。だが、自分が子供のころの純粋無垢さを保ったままとは思えない。刑事となって過ごした一〇年以上の歳月で、それ以前の征陸智己とは決定的に異なっている。裏の裏を読むこと。あるいは、読ませないこと。嘘のない真実だけが飛び交う社会など有り得ない。

「必ずしも成長が進化とイコールなわけではありません。成長とは、ある意味で死という着地点へ向かって投げられたボールのようなものであり、その軌道は放物線を描きます」

「面白い表現だな」

「それに比べ、進化というものは、けっこう行き当たりばったりなものなんです。そして進化という言葉が、置かれた周辺環境への適応結果として特定の形質が獲得され、それが一定規模で人類という種のなかに拡がり普遍化する現象を指すというなら……。現在の人類は進化した、と表現すべきです」

「何に適応したって言うんだ……」

「今世紀中盤が、暗黒の世紀と呼ばれた由縁――全地球規模の紛争によって疲弊しきった世界において、限られた資源《リソース》のなかで社会を継続的に維持し、発展させていくためですよ。相手の意図を深読みし過ぎるような猜疑心を持ったり、自己の利益のみを追求する利己的な思考やふるまいを繰り返して社会全体の利益を損ねる悪い大人より、愚かであろうと純粋に公共への奉仕を続ける子供のほうが有益です」

「……あんたの説明したとおりなら、今の社会において深く物事を考えず、ただ模倣を繰り返すだけの奴のほうが、正しく進化した人間ということか？」

「情緒的な表現をするなら、そうなるかもしれません。だって、実生活において、〈シビュラ〉が提示する様々な行動指針《レコメンド》に対して、いちいちその理由を考えたりしませんし、そのほうが幸福な人生が送れるのは事実ではありませんか？」

「託宣の巫女は、自分より自分を知っている……だっけか」

「この社会に属するすべての人間は、精神の数値化技術《サイマティックスキャン》に基づき、いかなる人間であるかをシステムによって完璧に把握されています。そこで最適な相手と良好な関係を築き、最適な役割を果たすことで社会全体に貢献する。自らの進むべき最良の人生を歩んでいくことが理論上、可能となった社会において、わざわざ害でしかない余計な詮索をするのは非合理的です。それこそ、退化と言わざるを得ません」

過去の歴史は教えてくれます、と厳永は語った。

個人としての崇高な精神――魂なるものを不可侵に扱い、自由意志を特権的な地位に押し上げたために生じた膨大な犠牲を忘れるべきではない。譲れない何かがあるといった曖昧さによって、どれだけ多くの愚かな闘争が繰り返されたことか。それこそ個のために全が失われることなどあってはならない。ならば、これを防ぐために、自由意志にメスを入れる。数値化された魂を最適なかたちに調整し直す。

「……しかし、だとすると妙だな。おれたち人類が、全体の利益のために、〈シビュラ〉という完璧な判断を下せるシステムの言いなりになるように適応したというなら、どうして、仲間殺しなんていう損益しか生まない事態が発生するんだ？」

たとえばそれは思考汚染《サイコハザード》がもたらした虐殺だ。逸脱した執行官の殺害に端を発した公安局員の同士討ち。仲間が死んだ。過去を悔いた者も、未来を望んだ者も。誰彼構わず。

「それは、人類にもたらされた恩寵に不可避的に宿ってしまった弊害によるものですよ」

厳永は表情一つ変えずに返答する。公安局員たちの死など、特に気にしてないとでも言わんばかりに。

「さて、先ほどは、現生人類は共感神経系の優先傾向を維持し強化していると言いましたが、その一方で、ある機能の活動が抑制されるようになったことが確認されています」

彼女の指先が、額のあたりを指差す。

「前頭葉の特定領域は、共感神経系に連結し、その活動をコントロールする機能を有しています。すなわち、相手の意図や行動について、どこまで模倣《したがう》すべきかを操作する。しかし、現生人類の脳は、基本的に自他の区別をするくらいしか、この領域を動作させていません。〈シビュラ〉の導きに対して、どの程度まで従うべきかなんて、わざわざ判断する必要ありませんからね。実質、その領域は、今の環境下では役立たずなんです」

しかし、それこそが厄介なのだ、と巌永は言った。

「今の社会の構成員たちは、〈シビュラ〉の言う通りに生きるように最適化されているが、その従う先の区別まではできません。言ってしまえば、一定以上の強い影響力を持つ人間がいれば、人々は、〈シビュラ〉ではなくとも、その人間の意図や衝動に否応なく従い、行動内容を無意識のままに模倣してしまう。その模倣現象は、人々の共感神経系を介し、際限なく伝播していきます。無論、その内容が如何なるものであるか、他者への施しであろうとも、他者への殺戮であろうとも関係ありません」

「……それが思考汚染《サイコハザード》の発生メカニズム」

「そうですね。思考汚染は、現生人類が抱える生得的な脆弱性によって引き起こされる精神災害と表現するのが適切かもしれません。善き行いへの動員にも、悪しき行いへの動員にも、人間たちは等しく流されやすい」

巌永が靴の踵で床を打った。硬質な音。それが合図となった。

床面が瞬時に透明に変じる。投影技術による透過処理の切り替え。ちょうど征陸たちがいる部屋の直下に、何もないがらんとした空間が配置されていた。巨大なケージといった印象の部屋だった。サイズだけはやたら大きく、征陸たちの部屋の三倍ほどはある。なぜか、そこかしこに果物などの餌が点在していた。

すると四方の壁面に亀裂が生じ、ぞろぞろと何かが入室してきた。人間かと思ったが、それにしては小柄すぎる。

猿だ。二〇頭以上はいる。彼らは顔を合わせても、大した反応もせず、おのおの穏やかな仕草で実験ケージ内を動き、それぞれ餌を食べ始めた。わずかに抱いた緊張が思わず緩むほどに弛緩《しかん》した空気が満ちている。

「マカク猿です。彼らは大きさや機能の複雑さでは劣るとはいえ、構造的に、人間にかなり近い脳を有しているんですが……」

「まさか、あれがおれたちとは言わんよな」

「そのつもりですよ。彼らには様々な投薬を施すことで、現生人類に近い行動判断をするように、共感神経系は活性化しつつも、前頭葉のコントロール領域は抑制する調整が為されています。だから、いきなり遭遇させても、争いもせずに共存しようとするんですよ」

しかし、見てください、と巌永が室内に入ってきた運搬ドローンを指差した。

四角い形状のコンテナを抱えており、大きさは、ちょうどマカクが一頭収まるくらい。そして案の定、運搬ドローンがコンテナを部屋の中央に置いて去るなり、開放された中からマカクが飛び出した。

極めて好戦的だった。激しく飢えているのか、手近な一組のマカクの番《つが》いに近づくと、彼らが口にしていた餌を奪い取るため激しく鳴いて威嚇し、噛みつき、毛を毟《むし》った。

襲われた側は何が起きたのか分からないといったふうに無抵抗のまま、散々に傷つけられた。思わず、目を逸らしたくなる痛ましい光景だったが、征陸は無言で見つめ続けた。色相が濁るような光景であっても、それを巌永が自分に見せたということは、そこに何らかの意図があるはずだ。

やがて襲撃を終えたマカクが、次の標的に襲い掛かった。より多く餌を略奪しようとしているようでもあるし、嗜虐の快楽に酔ったふうでもあった。

狙われたのは、もっとも身体の小さいマカクだった。先ほどと同じように逃げる素振りも見せずに組み敷かれ、無抵抗のまま暴力に晒された。襲撃者は、いっそう加虐に奔った。このままでは殺されるのは明白だった。

そのときだった。突如として一頭のマカクが襲撃者に飛び掛かった。無理やり引き剝がす。ちょうど勇敢な人間が、暴漢に襲われる被害者を庇おうとするように。

征陸は、思わず、ほっとして、息を吐いた。

襲われたマカクは重傷だが、致命傷ではない。

だが、征陸の安堵の吐息に応じるように、巌永の長く、深いため息が聞こえた。それは失望の色を帯びているように感じられた。その理由が何であるかまで考えは及ばずとも。

そして彼女は、ぼそっと呟いた。詩を諳《そら》んじるように。

「――ソドムとゴモラの叫びが大きく、その罪が極めて重い」

創世記一八章二〇節。

「……巌永監視官？」

「見ていてください。これから硫黄の雨が平原の町に降る」

巌永の視線の先では、これまで無関心を維持してきた実験ケージ内のマカクたちが、争い合う二頭のマカクを取り囲むように続々と集まっていった。異様なまでに同じ行動。彼らが去った後には食べかけの餌が放置されたまま、散らかっている。

「社会全体に奉仕するように進化したはずの人類が、どうして同胞殺しという忌むべき悪癖から逃れられていないのか。そして、なぜ犯罪係数が導入され、潜在犯は隔離されなければならないのか。殺処分境界を超えた者は執行されなければならないのか」

果たしてそこに惨劇《こたえ》があった。

哀れな襲撃者のマカクは、殺到する無数のマカクたちによって殴打され、噛みつかれ、毛を毟られ、やがて首を、四肢を引き千切られて絶命した。

餌を奪おうと襲撃を繰り返したマカクは、確かに排除された。

危機は去った。ならば、マカクたちは元のように適度な無関心で互いに距離を保ち、和《なご》やかに餌を食べて共存するかと思えば、そうはならなかった。互いに殺し合いを始めたのだ。隣り合うマカク同士が摑み合い、また別のマカクたちは一頭を囲んで殺した。そして今度はお互いに嚙みついた。止まらない暴力の連鎖。赤黒い混沌の渦——再び、目の前に累々たる屍が築かれる幻覚。

いつのまにか。

傍らに白装束の幻影が。

八尋が立っている。

……見るんだ。マサ。あれが物事の道理ってやつを深く考えずに済まそうとした人間たちの末路さ。最初の一頭が有していた「排除の意図」は、飢餓を逃れるためだった。続く一頭は、仲間の生存を保全するためだ。両方とも意図に対する理由があった。しかし、この「排除の意図」だけが共感神経系を介し、自分で物事を考えられない阿呆な周囲のマカクたちに瞬く間に共有された。相手を排除しなければならないという目的の模倣《ミラーリング》だけが繰り返され《フィードバックループ》、彼らを闘争に向かわせた。終わりなき排除合戦だ。こうなりゃ、最後の一頭になるまで殺し合うだろうし、その生き残ったマカクは、新たな思考汚染の引き金となる保菌者《キャリア》に変貌しているだろうな。

ですから、と八尋が告げた。顔つきに似合わぬ高い音程。

違う。八尋ではない——巌永だ。

白衣を着た彼女が自分の横に立って説明している。

征陸が、そう認識すると幻覚は消え去った。

「——犯罪係数を測定された存在が、〈シビュラ〉によって潜在犯であると判定された時点で執行する必要があるのです」

直後に、実験用ケージに神経ガスが注入され、マカクたちが眠るように息を引き取っていく。用済みとなった備品を廃棄していくかのように。殺意も憎悪もない。ただ機械的な死の連なり。

「もし放置された潜在犯が何らかの重犯罪——たとえば殺人を犯せば、その現場に居合わせた人間たちの一部は、色相悪化による精神の不安定だけでなく、殺意の、排除の意図だけが模倣され、繰り返し伝染媒介されるせいで、やがては過剰な報復に奔るようになる。そこまで事態が悪化してしまえば、無人機の介入による強制隔離や鎮圧を行わない限り、どこまでも際限なく感染範囲が拡大し、大規模な思考汚染《サイコハザード》の発生を招くことになります。——しかし、事前にこれを防止する策があるとすれば、どうするべきだと思いますか？」

「……〈シビュラ〉による犯罪係数の判定に基づき、潜在犯を執行する」

「はい。だから、私たちの進化で獲得した形質の、ゆいいつの瑕疵《かし》——弊害を抑止するために、犯罪係数は導入された。これによって理想的な社会統治に必要な人間だけを選別することができるようになった」

そう語る巌永の顔は、とても嬉しそうだった。

目の前で虐殺が起こっているというのに。そこで起こる惨劇への関心はあれど、欠片《かけら》も憐憫《れんびん》を浮かべず、罪悪感を抱いていないかのように。

「すべては〈シビュラ〉の賜物《たまもの》です。犯罪係数のおかげで最小限の対処により社会秩序を維持ができるようになった」

地震でも起こったのだろうか、世界が揺れる。正常に立っていられない。

「……なぜ、おれにこんなものを見せた」征陸は呻《うめ》いた。「巌永監視官」

「あなたの治療に必要だったからです。犯罪係数に対する認識を根本的に変えるために」

そう答える巌永の顔からは笑みが消えている。為すべきをやっただけというそっけない返し方。それこそ不満さえ浮かべていた。まるで征陸が至れり尽くせりのサービスを足蹴にしたと言わんばかりの。

「……この残酷ショーで、おれの色相がクリアになるとでも?」

「だって、あなたの犯罪係数が隔離境界を突破している理由の多くは、〈シビュラ〉が犯罪係数を導入したことを理不尽に捉えているせいですよ。これは投薬によって改善する類のものではありません。なら、その認識を変える必要がある。いいですか? 犯罪係数と、その法執行システムは気まぐれに整備されたわけではありません。その背後には、そうせざるを得ない理由があったのだということを、あなたは理解しなければならない」

巌永の論理は正しかった。一切の破綻がなく、理路整然としていた。その行動に無駄はなく実に合理的だった。だが、それでも、受け入れがたいものがあまりにも多すぎた。言うなれば、あの猿たちは、征陸の犯罪係数軽減のため、そのデモンストレーションのためだけに殺処分されたも同然だった。そしてきっと、犯罪係数が導入されるまでに多くの犠牲があったはずだ。もしかすると、そこには人間も含まれていたのではないか。

征陸は、食って掛かりそうになった。

だが、その衝動を抑えるように、機先を制するように、巌永が新たに告げた。

「——これから八尋和爾と対峙するうえで、彼が、この施設で目の当たりにしてきた光景と同じものを、征陸執行官には見てもらわないといけなかったんですよ」

「……親爺、が？」動揺に心臓が激しく鼓動する。「あのひとは……、厚生省との省庁間対立において、急先鋒の位置にいたはずだ。それが、どうして——」

ここは厚生省直轄の研究施設だ。周囲の山岳地帯に配備された無人機たち。侵入も脱出もけっしてゆるさない堅牢な警備態勢が脳裏に蘇る。自分が立つ場所は、極めて高度な機密を扱っている。だから、そこに出入り可能な人間は厳しく峻別されているはずだ。

「八尋は、二〇八四年末より七年近くにわたって、犯罪係数導入の実証実験に深く関与していました。それは揺るがしがたい事実として、公的記録に残っています。だからこそ、彼は公安局員の大量死を招く状況を準備することができた」

「有り得ない……」喉が干上がったように乾いて、声が上手く出ない。「八尋の親爺は、警察を辞めて――」

「厚生省に再就職したってことですよ」巌永は眼下に拡がる地獄絵図を一瞥する。「そして研究員となり、そこで見聞した様々な情報のうち、特にコレに興味を示していたと記録されています。この、現生人類が辿り得るおよそ最悪の結末、そして転落すれば二度と這い上がれない闘争の混沌に。――どうでしょう、征陸執行官。私たちが対峙すべき男が、この社会が内包する危うさを熟知した相手であることを、これでお分かりいただけたでしょうか？」

「……ああ」畜生。くそったれ。「十分すぎるほどにな」

目の前の現実、そのリアリティが疑わしい。認識を支える足場が、いっそう強く揺らいだ心地がする。もしかすると自分は隔離施設にいるままで、壊れゆく意識のなかで悪夢を見続けているのではないかとさえ思った。

だが、そんな征陸の狼狽《うろた》えなど許しはしないと言わんばかりに、今ここが現実であると定義するように、冷厳な託宣《シビュラ》の巫女の囁きがまた耳朶《じだ》を打つ。

《犯罪係数一一五・執行対象です・ノンリーサル・パラライザー》

巌永が、手にした言葉を喋る銃で、こちらの犯罪係数を測定している。

「……あれ、想定より下がりの幅が小さいですね」

少し落胆したように肩を竦《すく》め、彼女は〈slaughter〉をテーブルへ無造作に置いた。ユーザー認証が途切れ、白い銃は稼働光が消えた。まるで宿した命を失ったように。

「まあ、いいでしょう。今日の業務は以上とします。公安局庁舎に執行官宿舎が用意されていますから、そちらに――」

だが、そのときだった。

彼女の手首に巻かれた監視官デバイスが音を鳴らした。事件発生の報せ。巌永が指向性投影で、送られてきた情報に目を通すと、舌打ちをひとつ。

「征陸執行官。残念ですが、もう少し仕事をしてもらいます」

「……事件か」征陸は、相手の言わんとすることを察した。「また、公安局員殺しが起こったんだな」

ふいに、突きつけられた現実を一時でも忘れられるからと、本来、起きるべきでない事件の発生に歓喜している自分に気づいた。最悪だ。ひどい嫌悪感に襲われる。

「すぐに出動の準備をしてください」巌永は白衣を翻《ひるがえ》し、足早に部屋を出ていく。「無人機に地下駐車場まで案内させますから、そこでまた合流を」

残された征陸は足許に視線をやったが、すでに透過処理は解除されていた。地下奥深くで誰にも看取られることなく死に絶え、横たわっているであろう屍の群れを再び見ることはなかった。

やがて入室してきた無人機が掲げてきた背広を、征陸は身に着けた。

3

完全自動操縦《フルオート》と思えないほどすさまじい速度で走行する公安車輛は、路面に激しい水飛沫を上げながら銀座萬年橋交差点を左折し、晴海通りを突っ走った。

運転席に収まった征陸は、助手席で巌永が、手にした〈slaughter〉のシステム確認をするのを横目に見る。生体認証を終えた彼女が、純白の銃器を腋から提げたホルスターに収めると、ちょうど車載端末が公安無線を受信した。

《――公安局より付近を警戒中の公安車輛へ。大田区羽田の住宅街にて監視官一名・執行官一名を殺害した実行犯は、違法改造と思《おぼ》しき車輛で公安無人機《パト・ドローン》による包囲網を強引に突破。湾岸部を逃走。繰り返す。大田区羽田の――》

これで八尋による公安局員殺しの犠牲者は、一三名になった。

随行していた公安無人機は、携行型の電磁波照射砲《EMP》によって無効化された。人体は傷つけず、電子機器類のみを使用不能に追い込む制圧兵器を八尋は用いた。そして鉄壁の守りを失った公安局員は、使い物にならない〈slaughter〉を手に、為すすべもなく斬殺された。

間もなく公安車輛は減速し、旧築地本願寺に面する脇道に入る。停車。征陸たちは公安車輛を降り、雨のなか、中央分離帯を越え、反対車線へ移動した。そして路肩に停止していた地味な外見の旧型車種に乗り込む。エンジンは掛けず、待機。まるで忍ぶように十字路を監視する。一方の公安車輛は、そのまますぐに発進し、走り去った。

「こちら公安局刑事課監視官、巌永望月」巌永が手首の監視官デバイスを操作し、無線通信を起動した。「執行官一名とともに所定の待機場所に到着。追跡対象の出現を待つ」

八尋の改造車輛の追跡は、都市内の街頭スキャナに連動した自動速度違反取締装置《オービス》の記録や無人機群。車輛に搭乗した公安局員らが連携した人海戦術が取られている。

征陸と巌永は、その追跡リレーの最終走者《アンカー》を担当する。

相手の潜伏場所を発見する役割。だが、この雨では投影処理で偽装を施そうにも、公安車輛の車体表面が露見してしまう。加えて、近くに廃棄区画があることから、現行車輛では目立つとして型落ちの車輛を手配させていた。

《了解。現在、目標は浜松町を通過し、汐留方面に逃走中。警戒を継続されたし》

通信終了。征陸は、無線通信の内容を聞きつつ、呟いた。

「汐留ってことは、ここに来るまで、あと一五分程度か」

「シミュレーションもなしに、よくわかりますね」

「……昔、新人の頃、上司の車で都内を走るのに、延々と付き合わされてね……」

それが八尋であったことまでは明かさなかった。余計な情報だ。思い出したところで、けっして取り戻されることはないもの。だから、これ以上、深く立ち入られないように話題を逸らした。代わりに質問を投げかける。

聞きそびれ、しかし、知っておかなければならない事実について。

「さっきの研究施設で、八尋の親爺は、どんな業務を請け負っていたんだ？」

巌永はややあってから、小さくうなずいた。こちらを気遣うように。

そんな芝居はよしてくれ、白々しいと悪態を吐きそうになる。さきほど、あんな残虐な光景を見せつけてきたくせに、今では態度がすっかり違う。だが、そういう急激な態度変化も、この社会における正しい人間のふるまい方なのかもしれない。発達した共感神経系を介し、相手の意図を察して、その都度に最適な態度を取ること。調和を維持するため、様々に実行される調整とでも言うべきか。

「八尋和爾は、その強靭な精神色相《サイコ＝パス》を買われ、犯罪係数に基づく法執行官の心理研究セクションに所属していました」

「具体的には？」

「内容は、現在の執行業務と、ほぼ変わりはないかと……」

巌永が監視官デバイスを操作し、征陸の執行官デバイスに情報を転送してくる。

街頭スキャナなど都市内の色相観測システムによって通報された色相異常者や、隔離収容された重篤な色相混濁者を拘束し、改めてサイマティックスキャンを実行し、犯罪係数を測定する。そして実戦担当の試験者によって鎮圧執行を実施──。

資料を読むうちに、征陸は巌永への不信を忘れ、没頭した。残り時間が少ないせいもある。集中し一気に目を通す。刑事としての自分が立ち上がっていく感覚。

それにしても厚生省は、かなり昔からサイマティックスキャン技術を応用した犯罪係数による法執行制度を実験していたらしい。おそらく、お抱えの準軍事組織《パラミリタリー》と呼ばれていた集団が、この実験部隊の前身と見て間違いない。

それに〝ケース39〟――刑法三九条を理由に、逮捕された容疑者たちを強引に奪い取っていたのも、犯罪者の心理状態や精神構造に関する詳細なデータを取得するためということか。ずっと昔から、厚生省は自らが覇権を握る社会を見据えていたのだ。

「執行は〈slaughter〉か？」

「それもあるでしょうが……」巌永がデータの一部を共有した。「執行要員の心理的負荷を計測するために様々な執行方法が選択されたとの記録があります」

銃器に刀剣類、さらには素手によるものまで様々にあった。どの装備であれば、色相が濁るかについても確認をしていたようだ。

「ただ、研究チームを擁護するわけではありませんが、このような不採用となった執行方法の多くは試験者側――つまり、八尋から提案されたそうです」

「親爺の側から？」

「ええ」と厳永がうなずく。彼女もまた不可解だと言うように。「どうも……、彼は自らの精神に重い負担を強いる行為を積極的に希望していた形跡がある」

しかし、そんなことをすれば色相の濁りもひどくなる。自殺行為だ。実際、八尋の色相安定薬物の摂取量のグラフは、年を追うごとに増加の一途を辿っていた。記録によれば、法執行によって生じる不可避な心理的負荷を薬学的に治療し、実働可能レベルまで回復させる治療実験にも携わっていた。

つまり、業務内容として、ある程度の色相悪化が織り込み済みだったのだ。二〇八五年から緩やかに上昇曲線を描き、九〇年代に入ると激増、常人の摂取許容量をはるかに超える分量に達している。ほとんど薬物中毒も同然だった。

「……従事している業務の関係上、色相の悪化と好転が大きく波を描き続けていたから、犯行計画も露見しなかったのか？」

「今ある判断材料からすれば、一番もっともらしい理由と言えるでしょう。厚生省や東金医療財団からすれば、自らの醜聞にもなりかねませんから、公安局内でも一部の人員にしか、このあたりの情報は開示されていません」

巌永の返答に、思わず溜息が漏れる。

「皮肉なもんだな」

「え？」

「犯罪係数を誤魔化せるくらい強力な薬物は、所持するどころか、その製造方法を考えただけで犯罪係数が上昇してしまう。だから色相を誤魔化せる薬物の所持や製造を未然に阻止できるはずだった。なのに、合法的に色相治療薬を潤沢に入手できる環境にあった親爺は、その立場ゆえに、器用に立ち回り続けることができたわけだ」

二重、三重に自らの思惑を隠蔽し、事の準備を進めてきた。それも、長い歳月を費やして。それほどに自らを偽り続けられる精神力とは、どれほどの強さか。

あるいは、執念。狂気。

何が、彼をそこまで駆り立てたのだろうか。

二年前の再会のとき、すでに犯行を決意していたのだろうか。自分たち〈シビュラ〉社会の人間が共感神経系の過剰な優先傾向を持ち、生得的な脆弱性ゆえに思考汚染に飲み込まれる危険性を持つこと。それを排除するためなら、形振《なり》り構わず人間が殺される社会が到来することを確信して。

だが、そんな素振りなど、露とも見せなかった。むしろ、途方もない苦難によって摩耗し切って見えた。まるで自分が、捨て去られた過去の産物であるかのような言動を繰り返していた。世界の中心――計画された未来を現実にしようとする最先端の実験に関わっていたというのに、それによって消え去る世界にこそ憐憫を抱くように。

親爺は……何を望んでいたんだ。

わからない。なぜ警視庁を辞職してすぐに厚生省に鞍替えしたのか。あれほど否定していたはずの新世界の〈法〉に従うようになったのか。わからない。そして今度は、犯罪係数というシビュラ社会の〈法〉そのものを否定する側に回った。殺戮を繰り返している。

あんたは……何を目指しているんだ。

すると、執行官デバイスに新たなデータが転送されてきた。

八尋が犯した新たな殺人に関する鑑識結果だ。

「鑑識ドローンによる現場検証が完了。殺害方法を特定できたようです」

「刺殺か？」

「ええ。殺害された執行官、監視官ともに、死因は大量出血によるショック死。背後から襲われ、一撃で致命傷を受けています」

巌永がデバイスを操作し、フロントガラスに犯行現場を再現した投影《ホロ》――解析情報を共有する。半ば廃墟と化した住宅街の路上で黒のスーツ姿の公安局員が二名、俯せのまま路上に横たわっている。どちらも肩甲骨と背骨の間に深い刺し傷の跡が確認できた。十分な長さと切れ味を有する得物であれば、肋骨の間に刃を滑り込ませ、肺ごと貫き、心臓へ到達させられる位置。

「……見敵必殺《けんてきひっさつ》ってわけか」

遺体のホロ映像を操作し、執行官の死体を仰向けにした。征陸は、自分より、やや上の年齢といった男性執行官の顔と対面する。思わず、顔を顰《しか》める。

喉元を真一文字に切り裂かれているが、その断面は黒く焼け焦げていた。まるで噴出した溶岩が冷え固まったような無惨な傷跡。

八尋が所持している刀剣は、廃棄されたはずの対無人機用の白兵戦武器であることが、公安局分析室の解析によって判明している。月の光を吸い取ったように青白く耀く刀身は、超鋼タングステン合金を基礎とし、三〇〇〇℃を超える超高温を纏う。あらゆる対象を溶断する灼熱刀《ヒートブレイド》。人間の肉など骨まで焼き尽くし、消し炭に変える。

若い監視官のほうは、咄嗟に応戦しようとしたのか腕が切り飛ばされていた。そして喉を突いた切っ先は、そのまま頸椎を砕き、延髄までも刺し貫いた。喉には黒々とした穴がぽっかりと空いていた。

「これに先駆けて、昭和島の路上に設置された街頭スキャナに重度の色相異常者が感知されています。公安局は、これに対処するため、監視官と執行官を派遣。そして現場を立ち去った不審車輛を追跡。しかし、襲撃の現場となった住宅街で待ち伏せされたようです」

「半壊状態の住宅跡が多数。隠れ潜む場所はいくらでもあった。死角から奇襲をかけるのは、造作もない状況だ。読みが甘すぎる」

「……すみません」

「あんたが謝ることじゃない。──それより、親爺の現在位置は？」

もうすぐ接近してくる頃合いだろう。厳永は、監視官デバイスを見つめ、すぐに征陸を見返す。切迫した顔つき。

「──来ます」

直後に目の前の十字路を、猛スピードで一台の車が横切る。

「予測より早いな」征陸は舌打ちをひとつ。「行こう。追跡開始だ」

征陸は旧式車輛のエンジンを始動した。咳き込むように車体が揺れる。そして老いた馬に鞭を打つようにアクセルを踏み、車を発進させた。あまり速度は出そうにないが、派手なカーチェイスをするつもりもない。つかず離れずの車間距離を維持しつつ、追跡する。

だが橋を渡り、川向こうの埋め立て地に入るなり、白のスポーツタイプが直進するのを無視し、征陸はハンドルを切った。ひとつめの十字路で左折。狭い路地を進んだ。すでに湾岸廃棄区画の間際まで近づいていることを示すように、道の両側には防水シートを被った人影。髪も髭も伸ばし放題の浮浪者たちが蹲《うずくま》っている。

「……征陸さん？」

「このあたりじゃ、そもそも車の数が少ない。後をつければ、すぐに気づかれるから、一応の対策をやるわけだ」征陸はクラクションを鳴らし、この雨だというのに路上で寝転がっている男を退《ど》かした。「大丈夫だ。目標は、次の十字路で左に曲がり、東の方角を目指す」

「そう断言できる根拠は？　そのまま直進し、晴海方面へ向かう可能性もあるのではありませんか」

「昔はそっちの埋め立て地も廃棄区画の扱いだったが、相次ぐ都市整備計画によって、今は再開発地域に様変わりしちまった。つまりは厚生省の管轄区域――逃げ込むには不適当な場所だ。台場のノナタワーも近いから、配備された無人機を回されたら逃げ場がない」

「そんな場所に、わざわざ向かうはずはない、と？」

「……八尋の親爺が、そんなヘマをするとは思わないさ」

「変な話ですが、今でもあなたは、彼のことを信頼しているんですね」

「そうじゃない」征陸は細い橋が架けられた川沿いが見えるなり、車のライトを消した。

「侮《あなど》っていないだけだ」

フロントライトを消したまま、慎重に橋を進みつつ、横目でもう一本の鉄橋を見やった。

煌々とフロントライトを耀かせる白のスポーツタイプは、対岸の闇に吸い込まれていく。

「予想的中ですね」

「……だが、厄介なところに逃げ込まれたのも事実だ」

征陸は嘆息しつつ、やや速度を上げて対岸まで渡った。右折して川沿いを走り、大通りに合流する。すでに八尋の車は見えないが、もはやここまで来ればケツを追う必要もなかった。いずれにせよ、この先は行き止まりだ。

「ひとつ確認しておくが……、廃棄区画に立ち入ることに躊躇いはあるか？」

「ありませんよ」巌永は即答した。そして身を捩り、後部座席に畳んであった深い青色のレインコートを摑んだ。「事件捜査のためであれば、どんな場所へも赴くのが公安局監視官の仕事です」

案の定、白いスポーツタイプは湾岸廃棄区画を目前にした川沿いに乗り捨てられていた。車体のあちこちに泥水の跳ねた跡。ボンネットに触れると、まだ、かなり熱い。

すぐ近くには、廃棄区画側へと繋がる木製の粗末な橋があった。

征陸は身を屈め、泥に汚れた木面を見つめる。雨に消されつつあるが、刻まれた足跡は読み取れた。大小が一組。八尋は同行者を連れて、廃棄区画に渡ったらしい。

征陸もこれに続いた。巌永は〈slaughter〉を装備しているが、自分は電磁警棒《スタンバトン》のみで、心許ないのは事実だった。しかし、あの言葉を喋る真っ白な銃を再び手にすることはできなかった。心がそれを拒否している。

「巌永さんは、おれの後ろを離れないようについてきてくれ。このあたりの廃棄区画を訪れるのは久しぶりだが、ある程度の土地勘はある」

「任せます」と巌永。「公安無人機を急行させるように応援を要請しました。一定範囲で包囲網を敷いたのち、増援として駆けつけてくれます」

「有り難い。おれとしても犠牲者リストに載るのは勘弁だからな」

そして木板を足場代わりに泥地に敷いた廃棄区画の街路を進む。革靴はすぐに泥に飲み込まれ、水が入ってくる。足先が冷える不快な感触。

「随分と静かな場所ですね」後ろからついてくる巌永が呟いた。彼女も足を泥濘《ぬかるみ》に突っ込んでいるが、こんな状況は慣れっこだというふうに表情ひとつ変えなかった。「廃棄区画というと、もっと猥雑な印象がありましたが……」

「人々が利便性を求めて都市部に集中して暮らすのと同じさ。このあたりは地盤沈下と海水面上昇の影響が激しくて、居住するだけでも大変な地域だ。廃棄区画に逃げ込まざるを得なくなった連中であっても、別に孤独でいたいわけじゃない。寄り集まってささやかな社会を築こうとする」

「そういうものですか」

「社会に背を向けた廃棄区画住民でも普通のメンタリティを持っているなんて、意外か？」

「……正直に言えば」巌永は自嘲気味に頬を歪めた。「それにしても、征陸さんは、他人を語るとき、あたかも自分のことのように語るんですね」

「あくまで犯罪者の思考様式を模倣できるだけだよ。精神構造そのものが同じってわけじゃない。自分のなかに善悪の境界線を定めることで、おれたち刑事は、自分の正義を暴走させないようにしてきた」

ふと、初めて担当した事件の記憶が蘇る。囮捜査による〈チーム〉の連携。廃棄区画への意図的な情報漏洩によって間接的に住人たちの支援を得た。そして追いつめた連続殺人犯。すべてを押し流す濁流の間際での犯罪者との対峙。だが、無我夢中で対処しようとした結果、危うく相手を殺しかけた。それを止めたのは、八尋に他ならなかった。

あのとき、確かに自分のなかに、ひとつの、刑事としての芯が通った。だが、自分のなかで揺るがない正義を持つことは、諸刃の剣でもある。それゆえに、自分は〈シビュラ〉社会の〈法〉に適応できなかったのだから。そして、社会の提示する正義と異なる正義を信奉する者の犯罪係数は上昇する。結局は、反体制的な思想を抱くのと同じだからだ。

それに潜在犯とは、本質的に犯罪者でなかろうと、他者の排除に躊躇いがない人間であれば該当してしまうのかもしれない。たとえば、警察官や兵士といった職業の従事者は、業務上、殺人を犯す可能性はある。憎悪や殺意ではなく、必要だから殺す者たち。だが、共感神経系の優先傾向ゆえに、「他者の排除」という意図のみが周囲の人間に模倣されれば、結果的に思考汚染を招く。もたらされる被害は、犯罪者が引き起こすものと変わらない。

だとすれば、自分も必要となれば、やれと命令されれば、人を殺せるのだろうか？　実際、そうだったことも事実だ。言葉を喋る銃を渡されてからの公安局員としての職務に従事した日々の記憶。吹き飛ばされる潜在犯たちを日の当たりにしながらも、結局は敷かれた新たな〈法〉に従おうとした。疑問を抱きつつも、ある程度までは適応しようとした。少なくとも公安業務を遂行するうえでは。後輩の喜多のように潜在犯を殺処分できず苦悩し続けることもなく、斉東のように自分の周囲すべてを削ぎ落としてでも仕事を全うしようともせず、結城《ゆうき》のように懊悩のすえに自らの守るべきを守る選択をすることもなく。

結局、自分は、中途半端なままに適応しながら、そして破滅した。

極論、この社会の秩序を守るために人間は必要ないのではないかとさえ思う。

「……ま、すべては古い時代のやり方だ。あまり参考にすべきじゃない」

征陸は会話を打ち切り、廃棄区画の街並みをざっと見まわした。平屋建ての住居の多くは傾いでおり、液状化する地面に飲み込まれつつある。このあたりは廃棄区画の住人たちからさえ廃棄されたのか。だが、いくつかの住居から、わずかながら光が漏れ出ている。住人がいないわけではないが、人の息遣いというものが希薄な感じがする。

風が強く吹いてきた。泥地を叩く雨の、強い音。

すると視界の隅に、白い影がチラリと映った。並び立つあばら屋よりも高く聳《そび》え立つ建築物。まるで物見櫓《ものみやぐら》のような傾いだ鉄塔の骨組みに身を隠しつつ、眼下の街並みを観察する人影がいた。細く長い刀のような痩身長軀。数はひとつ。征陸は巌永を後ろ手に押しつつ、すぐさま手近な平屋の軒下へ退避。相手の死角へと滑り込んだ。

「……今の」

「八尋の親爺だろう」

巌永が、問うより先に返事をした。彼女にも認識されているなら、幻覚ではないわけだ。

「ついさっき殺した公安局員と同じ目に遭わせるため、逃走していると見せかけて、ここにも誘い込んだ……か」

征陸も電磁警棒を取り出しつつ、返答。周囲に目を凝らす。真っ暗な住居。灯りの漏れ出る住居。ともに中にいるであろう住人が扉を開け放ち、飛び出してくる気配はなし。不気味なまでの静寂に包まれている。

誰かが潜んでいれば気づくだけの状況把握力と直感力はあるつもりだった。少なくとも、住居のなかに敵意をもって潜んでいる人間がいる気配は感じられない。

しかし、そこでまったく別の疑問が湧き上がった。そもそもなぜ、潜在犯を執行する任務を帯びた公安局員たちがやってきたというのに、住人たちは逃げる素振りひとつ見せないのだろうか。潜在犯が逃げ込んでいるとなれば、公安局側は一軒一軒を調べることもできる。扉を閉じているだけでやり過ごせるものではない。

ならば、むしろ、住人たちは、別の意図の下で行動しているのか？

そう疑念した瞬間だった。

「巌永！」征陸は、思わず呼び捨てにしながら振り返った。「下だ！」

そして、その足許――渡された木板のすぐ傍の泥濘のなかから飛び出し、今しも、彼女の脚の腱を切り裂こうと振るわれる白刃の煌きを捉えた。

撃て。征陸は咄嗟に叫びながら、〈slaughter〉を構えた巌永の手を摑み、無理やり銃口を地面に向けさせる。直後に巌永が引き金を絞った。対象の犯罪係数を瞬時に判定。麻痺《パラ》銃形態《ライザー》によって意識を刈り取られた襲撃者は、握ったナイフを大きく空振りさせつつ昏倒する。だが、敵はひとりではない。進行する地盤沈下によって人間ひとりを沈み込ませられるほど深くなった泥地から、突き出される腕の数々。まるで埋葬された死者が次々と蘇るかのように。彼らは木板を摑み、手に手に刃物を携えて姿を現した。

瞬く間に征陸たちを取り囲む一〇名余りの襲撃者たち。雨によって瞼から泥が流れ落ち、こちらに明確な敵意を込めた眼差しを向けてくる。粗末な服。伸び放題の髪。廃棄区画の過酷な暮らしぶりを物語るようにぼろぼろになった肌が覗いている。

《犯罪係数二四九・執行対象です・ノンリーサル・パラライザー》

巌永がその細腕にもかかわらず、完璧な射撃姿勢で〈slaughter〉を構え、征陸に背後から襲い掛かろうとした男を即座に執行する。そのまま続けざまに三人に銃口を向け、犯罪係数を測定。鮮やかな連射で意識を奪い取っていく。そして、突破口を作り出すなり、すぐさま駆け出した。

「この廃棄区画を離脱します。彼らが何を考えていようと、今の私たちにとって脅威であることには変わりがありません」

だが、彼女に追い縋ろうとする襲撃者がひとり、柳葉包丁らしき細長い刃物を巌永の背に突き込もうとする。征陸は相手の首筋に、抜き放った電磁警棒を下から掬《すく》い上げるようにして叩き込んだ。そして意識を失い、倒れ込んできた相手のどてっ腹を蹴飛ばす。男は、そのまま後ろに控えた襲撃者たちに衝突し、彼らの追跡を一時、阻む障害物となる。

その隙をついて征陸は身を翻し、巌永の背中を追った。大した健脚だった。すでにかなりの距離を空けられている。征陸も足を滑らせないように気をつけつつ、全力で走る。

立ち並ぶ平屋の狭間に曲がり込む巌永の小さな背を追った。狭い街路の向かい側から押し寄せてくる襲撃者たち。憎悪に塗《まみ》れた怒号。一心に向けられる敵意。

巌永と征陸は、路地裏の途中で右に曲がった。さらに狭い裏路地を進んだ。走る。

ようやく廃棄区画の入り口に戻った。

市街地へと繋がる木製の橋が外されている。川幅は大したものではないが、水嵩《みずかさ》を増しており勢いは激しかった。対岸には、増援要請で駆けつけた公安無人機たちの群れ。だが、彼らでも濁流を強引に渡ることはできない。公安無人機たちは、物見遊山に集まった野次馬のように、頭部の視覚素子を明滅させ、じっとこちらを見つめるだけ。

背後から廃棄区画住人たちが接近する気配。泥地を踏みつけていく幾つもの足音。

陸路での脱出に見切りをつけた巌永は監視官デバイスを操作し、回収用の飛行無人機《UAV》の急行を要請。そして再び走り出す。征陸も続いた。

だが、あと、どれだけ逃げ回れるだろうか。土地勘は向こうにある。動員可能な数も圧倒的に多い。この廃棄区画の人口は不明だが、すでに襲撃してくる連中の数は、五〇名近くに達しつつある。

これは八尋の差し金だろうか。十中八九そうだろう。だが、なぜ、八尋本人ではなく、練度に劣る暴徒化した廃棄区画住人をぶつけてくるのか。

路地裏から敵集団が飛び出してくる。五人。巌永が、すぐさま〈slaughter〉を抜き放った。走る速度は緩めないまま、果敢に突撃。引き金を絞る。麻痺銃形態のまま精確な射撃で、接近してくる敵の先頭を撃ち抜く。巌永は、パンプスの踵で昏倒した男の頭を踏みつける。怯《ひる》んだ襲撃者連中に苛烈な四点射撃。尽《ことごと》く意識を奪い取る。見惚れるほどの鮮やかな手際で制圧を完了。すぐ近くの路地へと移動。開けた通りに留まれば、敵が群がってくることを承知している。

「――やはり八尋は、ここに逃げ込んだのではなく、私たちを誘い込んだ」巌永があばら屋の外壁に背を預け、息を整える。「しかし彼は、容易く公安局員を抹殺できる技量を有しているはず。なのに戦力に劣る廃棄区画住人をぶつけてきた理由が分かりません」

そう、数に差はあっても、それに拮抗し得る装備をこちらは手にしている。結果、戦闘状態は長引き、いたずらに時間だけが浪費される。回収用の無人機到着まで粘れれば、こちらの勝ちだ。八尋は、みすみす公安局員を取り逃がすことになる。

「だが、親爺に、この程度の予測ができていないはずもない」

「はい。であるなら……。今回の目的は、公安局員殺害ではない」

巌永は夜空に突き立つ鉄塔を見やる。ちらつく八尋の白装束姿は、遠目には白衣を着た実験者にも見える。襲撃に指示を出す司令塔というより、何かを観察し続けているような様子だった。

「彼には、廃棄区画住人を動員することで達成され得る、何か別の思惑がある」

だが、そいつは何だ――？

襲撃者たちは、八尋の配下ではなく、彼の思惑に乗せられた廃棄区画の連中だろう。

しかし、なぜ襲ってきたのか。利害関係を共有し徒党を組んだとしても、これだけの規模で公安局側に襲撃を企てるなど有り得ない。報復として強制摘発を招くからだ。

では、何かを報酬として提示されたのか？

しかし、〈シビュラ〉社会を棄てた廃棄区画の人間にとって、八尋の切り札たる色相固定薬の利用価値は低い。色相の浄さが価値を持たないこの土地では、ただ弱肉強食のルールがあるだけ。わからない。相手の意図が読めない。これではただの自殺行為だ。このまま攻防が続けば、襲撃者全員の色相は悪化の一途を辿るだろう。共感神経系の脆弱性ゆえに、闘争状態は際限なく強化されていく。やがては敵味方の区別もなく殺し合うかもしれないというのに。多摩の研究施設で目の当たりにした光景が蘇る。過剰な報復の渦に巻き込まれていった猿たち。血みどろの仲間殺し――。

そこまで思考したとき、征陸は、はっとした。八尋が自分たちを誘い込んだこの状況が、過去のある事態と類似していることに。

八王子の廃工場への摘発。一定規模以上の集団が敵意を向け合う状況。

「畜生」征陸は喉元に刃の切っ先を突きつけられたような気分。「親爺の野郎。おれたちをダシにして、この場所で思考汚染《サイコハザード》による殺戮を呼ぶつもりか……」

表の通りから、どっと大きな怒号が響いてくる。これは自分たち公安局員を追跡する連中の雄叫《おたけ》びか。それとも、同士討ちがもたらす悲鳴か。そして、巌永の鋭い叫びに強引に思考を断ち切られる。

「――征陸さん！」

彼女は〈slaughter〉の銃口を征陸に向けてきている。違う。その背後、半ば沈み込んだ平屋の屋根を伝い、密かに接近してきていた敵による奇襲。巨大な鉈《マチェーテ》の重さに任せた強引な振り下ろし。そのまま、征陸の後頭部を叩き割る軌道。

《犯罪係数三二八・執行対象です・リーサル・エリミネーター》

だが、巌永の対処のほうが一瞬、先んじた。死した獣の骨の連なりといった異形の殺人銃形態に変形した〈slaughter〉が、集束殺傷電磁波を発射。顔のすぐ傍を通り過ぎていく不可視の怪物の爪牙《そうが》に、征陸の背筋が粟立つ。そして背後で、肉と血が爆ぜる不気味な音が炸裂する。

執行と同時に身を翻して巌永が再び走り出す。征陸も追随する。後頭部に手をやる。髪の毛にべっとりとこびりついた血の滑《ぬめ》り。ざらつく骨の破片の不快な感触。雨に濡れそぼったコートで人間だった汚猥に塗れた手を拭う。

裏路地を塞ぐように金網が立てられていたが、何度か蹴飛ばすと錆びついた骨組みがへし折れた。強引に突破。激しく音が鳴った。追跡してくる住人たちがさらに増えた。

逃げるしかない。走り続けるしかない。右に左に曲がる。坂を上り、転がりそうになりながら下った。呼吸が荒くなる。心臓が激しく痛む。いっそう強まった雨が視界を奪い去っていく。目隠しをさせられた暗闇のなかを延々と逃げ続けるような錯覚。忍び寄ってくる破滅の足音が聞こえる。また、目の前で多くの人間が殺し合うのか。今度こそ、自分も狂気の渦に飲み込まれるのか。

先を進む巌永は、自分より頭一つ分以上、小さな体軀だというのに、これほどの戦闘を繰り返してなお動揺ひとつ見せていない。規則正しい拍を刻みつつ、撤退を継続している。臆する様子を微塵も見せない。しかし、ふいに立ち止まった。

前方に武装した廃棄区画住人たちの群れ。まだ距離があり、こちらの様子には気づいていない。背後を振り仰ぐ。こちらの追手とも、ある程度の距離がある。だが、挟まれた。やがては気づかれる。逃げ場がない。すぐ傍に水嵩を増した激しい濁流。川に飛び込んでも、東京湾まで押し流されるだけ。そして反対側も石壁が高く聳え立っている。

ここに来て、自らの弱さと迂闊《うかつ》さを突きつけられた。

なぜ、〈slaughter〉を携行してこなかったのか。自ら銃把を握れずとも、ここにもう一挺あるだけでも戦力は大きく変わっていたというのに。

そもそも非武装で八尋と渡り合うつもりだったのか。武器なく立ち向かえる相手ではない。ましてや、説得に応じる手合いであるはずもない。

刑事としての勘が鈍っているどころの話ではなかった。最低限のリスク回避すらできてない体たらくに、思わず強く拳を握り込む。背にした壁を苛立ち紛れに殴ろうとするが、目算を誤ったのか、石壁を殴り損なった。

それで気づいた。まだ、退路が断たれてはいないことに。

「――巌永。おれのあとに続いてくれ」

期せずして見つけ出した活路に意識を奪われ、相手を呼び捨てにする。まだ、完全に進退窮まったわけではなかった。征陸が見つめる先、自分の腕を半ば飲み込むような石壁の奇妙な光景。雨粒に滲む景観投影の瑕疵《ノイズ》の只中に身を投じた。

それは石壁に偽装された抜け道だった。


幅の狭い急な階段を昇ると木製の扉がある。施錠されていたが、征陸は手にした電磁警棒が折れ曲がっても構わず打ち据え続け、穴を抉《こ》じ開けた。そこから無理矢理手を突っ込んで鍵を解除する。ささくれ立った木材の破片に引っ掻かれ、手にはいくつも血の筋が奔ったが、痛みを感じている余裕はなかった。すぐさま巌永とともに扉の内側へ入り、再び鍵を掛けてから、もはや大きくしなった釣竿のように曲がった電磁警棒で鍵を繰り返し叩いて、簡単には開錠できないよう変形させた。

だが、奇妙なことに、これまで追跡してきた廃棄区画住人たちは誰一人として、微細投影材《ナノセル》によって石壁に偽装された隠し通路に侵入してこなかった。彼らが征陸たちを見失ったとは思えない。ならば、ここが、彼らが立ち入ることを躊躇うような場所、土足で踏み入ることを恐れる相手がいるのだろうと見当をつけ、円柱型に掘り抜かれた空間に通されている螺旋階段を昇った。

階段を昇り切ると、次の部屋に繋がっている鉄扉に出くわした。今度は施錠されていない。これが罠である可能性を考慮した。しかし、このまま、立ち止まるわけにもいかない。警戒しつつ扉を開け、さらに先へ進んだ。

物置のような狭い部屋だった。より先へと続く扉があったが、頑丈な鋼鉄製で鍵も反対側にあるため、今度こそ本当に開けることはできなかったが、耳を澄ませても自分たちに迫りくる者たちの足音は聞こえない。

ここで、追跡をやり過ごせるだろうか。わずかな安堵が胸に宿る。

室内は、四隅に置かれた燭台で燃える蠟燭以外に照明はなく薄暗かった。

そこで征陸は、ひどく場違いに感じられる匂いを嗅いだ。焼いた小麦の、パンの香り。

室内を見回すと木製の大机に、色は白く表面に十字の窪みが刻まれたものが並んでいた。

征陸が一つ手に取ると、それはまだ温かかった。仄暗い照明のなかで、うっすらと湯気が昇る。匂いからすればパンの一種だろうが、見たことのない形状だった。強いて言うなら、煎餅《せんべい》のように見えた。

「無発酵のまま焼いたパンですね」巌永が征陸からパンを受け取り、告げた。「おそらく万能小麦《ハイパーオーツ》を挽いた粉に、水と塩を混ぜて焼いたものでしょう」

しかし妙なかたちだった。見方によっては、掌サイズの大きな錠剤《タブレット》にも見える。

「……そうか。これって聖体拝領《エウカリスト》に使う種なしパン《ホスチア》……」

「聞き慣れない言葉だな」

だが、響きからしてキリスト教に関係しているように思えた。そう考えると、パンの表面に刻まれた窪みが十字架のように見えてきた。

「ホスチアとは、カトリックで聖変化——つまり、儀式を通してキリストの肉として変じさせた種なしパンを指します」巌永はやはり机に並べられた暗緑色の瓶を見つめる。「そして、同じくキリストの血が変じたものであるとする葡萄酒を、神父が信仰者に授ける儀式のことを聖体拝領——いわゆる聖餐式と呼ぶんです。とはいえ現代では、あらゆる宗教が事実上、失効していますので、喪われた過去の遺物といったところでしょう」

「詳しいな」

征陸は感心しつつ、ふと、この建物の主が誰であるのかを予測した。廃棄区画。失われた宗教。遠い過去が保存された場所。敬虔《けいけん》な信仰の現れ。

「学生時代にちょっと学んだくらいですよ」

巌永は抜栓されているワインボトルを手に取った。ラベルの類はない。人口のほとんどが主要都市に密集した生活をしているとはいえ、世捨て人同然で地方に暮らす小規模集落《コミューン》もある。そこで醸造された密造酒だろうか。

「趣味程度ですが、旧い時代においては、宗教が長らく〈法〉として機能していた。それに少し興味を持ったんです」

巌永は机に並べられていたグラスにワインを注いだ。救世主の血というより咲き誇る花のような鮮紅の色彩。グラスから零《こぼ》れる寸前まで、たっぷりとワインを注いだ。飲酒の習慣がなくて不作法をしているわけではなかった。

「……なるほど、ここは地盤沈下の影響を受けていない」

彼女の指摘どおり、ワインは、グラスの縁ぎりぎりで静止していた。周辺の家屋のように傾いていれば、確実に溢れ出すほどの量を注がれていても。

「となれば、ここの住人は廃棄区画のなかでも、ある程度の地位を……」

「――ええ、教会を大きな石の上に立てよ、という天からの言葉もあるくらいですから」

巌永の言葉に、柔らかな女性の声色が重なった。

そして暗がりから亡霊のように姿を現したのは、征陸にとって既知の相手だった。

「およそ十年ぶりでしょうかね」白い頭巾と修道衣に身を包んだ小柄な老婦人。「刑事さん」

「……やはり、あなたの教会でしたか。シスター」

かつては湾岸廃棄区画の盟主として、征陸が事件捜査の協力を求め、交渉した相手。

何度かメッセージでの遣り取りはしていたが、直接に会うのは、ほぼ一〇年ぶりと言ってよかったが、彼女に老いた様子はなかった。そして変わらぬ優雅な物腰は、彼女がいまだに廃棄区画に対して一定の地位を維持していることを言外に語った。

「外がやけに騒がしいようでしたから、何かあったかとは思いましたが……」

「夜分遅くに、突然、お邪魔して申し訳ありません」

征陸は丁寧に頭を下げた。同時に相手の態度を探った。一定の信頼関係はあるが、この廃棄区画の住人であることには変わりない。彼女が自分たちの排除を命じ、住人たちを招き入れれば、それで終わる。

「教会は古来より、逃亡者にとっての避難所です。彼らがここで、あなたたちに危害を加えることはできませんし、わたしがそれを許さない」

だが、こちらの警戒をすぐに見抜いたのか、シスターが微笑んだ。そして征陸たちが侵入のために扉を壊したことを聞くと、携帯端末で作業員を呼び出し、速やかな修繕を命じた。

彼らを一瞥した後、巌永が、掌をシスターに向けた。刑事手帳を投影表示する。

「――ご協力に感謝します。我々は、厚生省公安局刑事課です。現在、殺人犯が一名、この廃棄区画に逃げ込んでいる」

「鉄塔に陣取った白尽くめの男」とシスター。

「まさしく」と巌永はうなずく。「そして状況は、かなり悪いと言うしかありません。ここに我々を誘い込み、廃棄区画住人による襲撃を誘発させた犯人は、目的は不明ですが、意図的に思考汚染を発生させ、住民虐殺を実行しようとしている」

巌永は怜悧冷徹を常とする彼女らしからぬ切迫した口調で、この廃棄区画が置かれた状況を説明した。そして、その顔役であるシスターに、住民たちに、この区画からの速やかな退避を勧告するよう頼んだ。先ほど自分たちを襲撃してきた住人は、遠からず、公安局員ではなく自らの仲間を、そして隣人を殺すようになる、と。

「なるほど」とシスターがうなずいた。「しかし、退避勧告をする必要はないでしょう」

「あなたは、住人たちを見殺しにするつもりですか」

巌永が眼差しを険しくするが、シスターは微笑みを絶やさない。

「そうではありません。戦いを望まない者たちは、すでに教会堂に避難しています。自らの裡に巣食う怪物を呼び起こさないためには、狂化された人間との接触を物理的・情報的に遮断しなければなりませんから、もはや閉じた門扉は闘争の洪水が去るまで開かない」

シスターの言葉に、巌永は携行する〈slaughter〉を取り出し、通信状態を確認した。通信リンクが確立できない圏外表示。おそらく教会自体が巨大な電波暗室として改造されている、対思考汚染版の核シェルターともいうべきしろもの。

「……つまり外の連中が殺し合い、一人残らず死ぬまでは教会に閉じ籠るわけですか？」

征陸は尋ねた。彼女の話しぶりからすれば、教会の防備は堅牢であろうし、もしかすると自分たちも意図的に逃げ道を用意されていたのかもしれない。とはいえ、これで安全は確保されたと判断していいだろう。代わりに身動きは取れなくなり、八尋の追跡は断念せざるを得ない。だが、廃棄区画に自分たちを誘い込むことが彼の目的だったとすれば、他にも罠が仕込まれている可能性はあった。迂闊に行動はできない。

「安全が確保されるまでは、誰一人として外に出さないし、招き入れもしません」

「さながら一五〇日の間、洪水を彷徨った箱舟のようにですか？」

巌永が、監視官デバイスを確認したが、やはり通信圏外だった。

「それほど長くはなりませんよ。あの人数くらいなら、殺戮は夜を越せない」

「経験者のように語りますね」

「ええ、ずっと昔に、これとは比べものにならない規模の殺戮を幾度も目にしてきましたから」

シスターはゆっくりとうなずいた。彼女は、今世紀半ばの全地球規模の紛争が勃発した時代に国外にいたと話していた。だとすれば、日本へ辿り着くまでの過程で、いくつもの国家が滅んでいく光景を目の当たりにしていてもおかしくはない。

「ところで、――襲撃してきた連中ですが、彼らは、おれたちをこの廃棄区画に誘い込んだ人間と共謀している。しかし、なぜ、そんなリスクばかりが高い行為を？」

「……今夜、ここに公安局員を誘い込む、共に返り討ちにしよう、と住人に持ちかけた人間がいたのは事実です」シスターは悠然とした態度を崩さない。「そして、大多数の廃棄区画住人は要らぬリスクは背負わないようにするものですが、相次ぐ都市整備計画によって無理やり住処《すみか》を追われ、移住を余儀なくされた住人たちのなかには、今の行政府や公安局に敵対的な感情を抱く者も少なくない」

ただし、と彼女は付け加えた。

「今回、あなたたちを襲撃した連中には、この廃棄区画の住人以外も多数、関わっています。それは一種の外国人部隊のようなもの。都内各所の廃棄区画からやってきた義勇兵と言うべき者たちです。……刑事さんは、〈孔雀王《メレクタウス》の信徒〉を覚えていますか？」

ふいに告げられた言葉に征陸は、自分の顔が強張るのを感じた。はるか昔に聞き、もうすっかり忘れ去っていたはずの名前が埋葬された土の下から這い出し、冷気となって忍び寄ってきたような寒気。

「……忘れるはずもありません。あの賭けに負けたせいで――」

「彼らは、昨年頃から新たな指導者を得て活動を再開し、都内各地の廃棄区画で、住人らに対し楽園に入る手段を授けると吹聴して回っている」

「その新たな指導者ってのは、何者ですか……」

「――〝神父《ファーザー》〟」とシスターが告げた。「ひどく慎重な立ち回りをしているようで、わたしたちでも、名前以外の情報を入手できていません。しかし、巧みな人心掌握術と犯罪係数を無効化する違法薬物を駆使し、瞬く間に勢力を拡大しました。特に、廃棄区画生まれの二世や三世に、その支持者は多い」

《征陸さん》と巌永が端末間通信で声を掛けてきた。《この神父という指導者が、八尋和爾と見て間違いないのでは？》

《……おそらくな》

征陸は同意する。つまり、八尋は廃棄区画の若い世代を自らの支配下に収めつつあるということだ。

「……しかし、妙ではありませんか」と巌永がシスターに訊ねた。「違法薬物によって色相を誤魔化したところで、正式な登録市民でない限り、〈シビュラ〉の恩恵は得られない。結局は正体が露見するリスクがあるばかりで、廃棄区画での暮らしは変わらない……」

「それでも楽園を間近に望みながら、けっして手が届かない苦痛を強いられ、羨望を抱き続けた者ほど、悪魔の囁きに乗ってしまうものなのです。なぜなら、楽園からの疎外者たちの避難所たる廃棄区画であろうと、そこに人間がいる限り、やがては子が生まれる。そして彼らは、生まれたときから廃棄区画で暮らす世代となる」

廃棄区画二世や三世と呼ばれる若年世代は、紛れもない理不尽な運命に従って生きるしかない。親世代の業を背負うように生まれたときから、一般市民であれば当然のように享受できる社会福祉の一切が存在しないからだ。実質、人生のあらゆる可能性を最初から剝奪されているに等しい。

「神父は、そこに付け込んだわけですか」

八尋は、社会的弱者を喰いものにする典型的なやり方で手駒を増やしたことになる。少年兵を徴用するやり方と変わらない。偽りの希望を植えつけ、あとは薬物漬けにして使い捨てにする。だが、征陸には、何かが引っかかる。自分の知っている八尋和爾の思考様式、性格傾向とあまりに乖離している気がする。

「彼の勢力は、この一年間で無視できない規模に膨れ上がりつつあります」シスターが警戒を露わに告げた。「そして今回、公安局への敵対意識を明確なものとした」

しかし同時に、廃棄区画住人を思考汚染虐殺によって抹殺しようとしていることも事実だ。行為だけを見るなら、公安局と廃棄区画双方に敵対することになる。

ますます、分からない。八尋が何を考えているのか、まったく。

翌朝、教会から見下ろす湾岸廃棄区画の街路には、血みどろの闘争の結末が転がっていた。霧雨に濡れる街路のいたるところに汚泥に塗れた屍の山。刺殺に斬殺、殴殺に絞殺と枚挙に暇がないほどに多様な死に様で、誰もが死んで肉の残骸と化していた。

征陸たちを――排除すべき対象を見失ってなお、思考汚染によって排除の意図だけを暴走させた廃棄区画住人たちに、生存者はひとりとしていなかった。そして、死者のなかに白外套に身を包んだ八尋の姿はなかった。彼は、降り注ぐ雨のなかで繰り広げられたであろう凄惨な仲間殺しの只中にあって、実現された殺戮の混沌を見つめ続けたのだろう。

これで八尋は、一〇〇人以上の人間を死に追いやったことになる。これが、〈シビュラ〉の不完全性を証明するということなのか。征陸には理解できない。かつて、自分が目にしてきた誰よりも刑事であろうとした八尋和爾の記憶が偽りであったのだろうか。

瞼を閉じると、白くおぞましい怪物に成り果てた男の幻影が生じる。

征陸は、おもわず問い質《ただ》す。あんたが守ろうとしているものは何だ。社会でもなく、人でもないなら――。

八尋の幻影は何も答えない。ただ背を向け、そして消えた。

PSYCHO-PASS GENESIS 犯罪係数

第4部

1

粛々と自分の番が訪れるのを待つ人の群れは、なぜか灰色に見えた。

代々木体育館に設けられた色相臨時検診の会場は、安心感を与えるための薄いクリーム色が投影されている。厚生省から派遣された医療従事者たちは耀くような純白。医療ドローンの薄いピンク色の外装。色相治療薬の赤と青のツートン・カラー。どれもが鮮やかすぎるのかもしれない。人々は、それぞれ纏《まと》っているはずの色を褪せさせている。

征陸も、灰の群れのなかにいた。

一般市民のボランティアを装ったポロシャツ姿。順番を待つ人々を、それぞれの検診レーンへ誘導していたが、腕時計に偽装投影を施した執行官デバイスが、指向性音声でアラームを鳴らす。医療無人機たちが群がってくる。バックヤードへ戻る時刻。潜在犯である執行官が、職務とはいえ、長く一般市民の傍にいることは許されない。

色相臨検で治療が必要と判断された人間向けの専用出口へ。長い廊下を抜け、施設関係者用の駐車場に赴く。すると随伴してきた無人機たちは離れていった。お役ご免というように。

かわりに巌永がやってきた。薄桃色の看護服に白衣を纏った投影衣装《ホロ・コス》姿。髪はまとめて帽子のなかに収めており、一目で公安局員と見抜ける者は皆無だろう。

「結局、午前の部では、色相を誤魔化している兆候が確認された人間は見つかりませんでしたね」巌永は監視官デバイスを弄《いじ》りながら、呟いた。「どうします。また午後も待機列を監視しますか？」

彼女はそう言いつつ、昼食として支給された万能小麦《ハイパーオーツ》を加工したサンドイッチのパックを放ってくる。

「できることならそうしたい」征陸は、片手でキャッチし、包装を破った。「もしも、八尋和爾と何らかの繋がりがある人間が引っかかったとき、すぐに対応できるようにしたい」

ハムとタマゴ、ツナの三種類。齧りつくと薄くぼやけた味が口のなかに拡がる。医療用食品のせいだろうか、ひどく味気ない感じがする。瞬く間に食べ終え、巌永が寄越した色相安定用の錠剤を服用する。

「その可能性は低いと思いますけど」巌永がスティック状の携帯食を齧り、もぐもぐと咀《そ》嚼《しゃく》する。「彼の協力者であれば、色相を誤魔化す薬を使用しているでしょうから、チェッカーでは異常なしになってしまう。そうなれば、不審な素振りが確認されたとしても、制度上は健常者です。いたずらに色相を濁らせかねない尋問は行えない」

「それは、そうだが……」

八尋が再び行方を晦《くら》ましてから、すでに一週間が過ぎている。その間、彼の足取りはまったく不明のままだった。廃棄区画側での捜索には、シスターなど顔役たちが協力を申し出ているものの、目ぼしい情報は上がっていない。

「……まあ、いいでしょう。話は通しておきます」

巌永は端末を介し、色相臨検の統括責任者に話を通した。相手は難色を示すが、公安局権限は強い。すぐに了承させる。

都内一斉の色相臨時検診が告知されたのは、征陸たちが、湾岸廃棄区画での思考汚染虐殺に遭遇した翌日の正午のことだった。事態の緊急性を鑑み、公安局局長命令で、発令がなされた。

そして実施された色相臨検は、予防措置的な意味合いが強かった。今後、八尋に連なる反社会勢力に接触する可能性が高い人間たち——つまり色相が悪化傾向にある人間を事前に発見し、優先的に治療を施すことが目的だった。

臨検では、一定以上の色相の濁りが確認されれば、メンタルケア施設への緊急隔離と治療が手配される。その場で、家族からも引き離される。強力な伝染病に対する防疫措置と同じだ。もしも八尋が、今度こそ一般市街地で市民を対象にした思考汚染を引き起こそうとした場合、真っ先に狙われるのは、メンタルが不安定な人間たちだ。

だが、結局、どれだけ予防措置を万全にしようと、八尋の思惑が明らかにならない限り事態は好転しない。それに、このまま色相臨検で網を張り続けたところで、多分、成果は出ない。ならば、新たなカードを切るしかない。だが、今の自分の手の内には何がある？

巌永が隔離施設にスカウトしに来た日を思い出す。

〝八尋の凶行を阻止するためには、あなたのような旧い世界を知る者が必要です〟――つまるところ、自分に期待されているのは、理解不能な動機で行動する八尋の心理を推察することだ。情動の遷移たる精神色相ではなく、もっと奥底に秘匿されているであろう彼の意図を暴き出すことだ。

〈シビュラ〉の解析に基づき、征陸智己が、「八尋和爾の逮捕」に最も貢献し得る捜査員として、執行官の適性を見出されたというならば、理解できて然るべきなのだ。

そう、理解不能な人間などいないはずだ。あらゆる行動には、必ず動機がある。

征陸には、古い「刑事」としての仕事が求められている。そもそも、かつて自分が特捜の〈チーム〉に属してきたときに、犯人の動機を最初から理解できてなどいなかった。理解不能な相手であることが常だった。それでも必死に食らいつき、慎重に資料を精査し、繰り返される事件と事件の間を結ぶ線を見つけ、その動機に辿り着いてきた。

同じことをやるべきだ。

起きてしまった事態への対処ではなく、起きるであろう事態の阻止。

そのための動機の解明——自分は、八尋の足取りを遡るべきなのだ。徹底的に。余すことなく。

「……巌永監視官。すまないが、捜査方針を変えてもいいか」

「それは構いませんけど、どうするつもりですか？」

「今日中に面会したい人間が二人いる。どちらも一般市民なんだが、潜在犯であるおれが接触することは可能だろうか？」

「相手の判断次第でしょうが……」巌永は看護服の投影処理を変更し、上下黒のパンツスーツに。アップにしていた髪をいったん解き、リボンで黒髪を纏め直す。「それが事件捜査に必要なものであれば、公安権限で強引に押し通します」

相手には悪いが、そうさせてもらおう。征陸はうなずいた。もっとも、そのひとたちは、自分と必ず会ってくれるとは思うが。

「では、すぐに手配を。——他に何かありますか？」

　征陸は、八尋が東金医療財団の研究施設で実験要員をしていた頃の行動記録について、何か些細なことでもいいから、おかしな点がなかったか再度の調査をしてもらうように要請した。

「了解です。施設のほうに連絡を入れておきましょう」

　突破口になるかもしれない穴は、考えうる限り作っておくべきだった。それが、どこでひとつの道筋として繋がるか分からないのだから。

2

　臨検の立ち合いを切り上げた征陸と巌永は、同日午後に公安車輛で東京西部の町田市を訪れた。目的地は、鉄道駅隣接のショッピングモール。雑貨を扱うテナントと一体になったカフェを、相手が面会場所として指定してきた。

　キッズスペースが併設されており、利用客のほとんどは子供連れの親子だった。そういうなかで、物々しい黒服姿の男女が入店すれば、自然と不穏な気配を悟って客たちが店を出ていく。少々、申し訳ない気がしたが、どちらにせよ、これから話す内容ゆえに強制的に貸し切る手筈になっていた。その手間が省けたと考えることにする。

征陸たちが店内に入ると、店の玄関扉に【準備中】と投影表示された。

そしてキッズスペースに面したテーブル席に座った女性が声を掛けてきた。

「そんな恰好じゃ、周りを怖がらせちゃうわよ」

その膝のうえには、やや大ぶりなキャスケット帽を被った幼い男の子が座っている。下のほうの子供だろうか。

あのくらいのとき、伸元も冴慧にべったりだったな、とふいに思い出し、無性にふたりのことが恋しくなった。そういえば、冴慧の容体は、どうなっているのだろうか。面会の許可は今も降りていない。連絡を取ろうにも、執行官デバイスも公安局の通信設備も、AIによって検閲されている。

「久しぶり、征陸」

気さくな口調で出迎えられ、正直なところ面食らったが、安堵もした。互いに別の道を選んだ相手であっても、まだ完全に縁が切れたわけではない。

「ご無沙汰しております。結城先輩」

老けたというふうには見えなかったが、ショートに切られた髪型のせいか、随分と印象が違っていた。刑事の面影はない。ごく普通の――それが征陸からすると、やや意外に思えたが――母親らしい雰囲気。

征陸と厳永が着席すると、給仕ドローンが注文を伺いに来た。征陸はコーヒー、厳永はミルクを頼んだ。来たばかりの結城も子供と一緒にチョコレートパフェを選んだ。

そして待っている間、いくらか沈黙が流れたが、結城が口を切った。

「――で、聞きたいのは警部のこと？」

遠回しでない直球の問いかけだった。

「……差し支えなければ、どこでその情報を？」

征陸は相手の出方を窺った。公《おおやけ》には八尋の公安局員殺しは明かされていないはずだ。

「斉東や喜多の葬儀のときにね。まあ、公安局や、元警察機構の関係者もかなりの数が参列していたから、おおよその情報は人伝《ひとづて》に入ってきたわ」

だから、と結城は言った。

「――八尋警部が公安局員たちを皆殺しにしたことは知っている。今日、あなたが私に会いたいと言ってきたのは、つまりはそういうことよね？」

結城の言葉に、征陸は表情を険しくせざるを得なかった。緘口令《かんこうれい》が敷かれているとはいえ、八尋による公安局員殺しは、すでにかなりの規模で情報が拡散されていると見るべきだった。

「……そうです。おれは今も逃亡を続けている親爺を捕まえなければならない」征陸は傍らの巌永を紹介した。「彼女――巌永監視官とともに事件捜査を担当しています」

「巌永望月です。どうぞ、よろしく」

結城は彼女に握手で応じた。

ちょうど、注文していた品が給仕された。テーブルに置かれたカップにコーヒーが注がれる様子をじっと見つめながら、結城がぼそっと呟いた。

「生存者はあなただけだったと聞いたわ」

それから天井を振り仰ぐ。膝のうえに載せた子供を抱く力が少し強まる。

「……これは幸運って言うべきなのかしら？　少なくとも、私は、まだマシだって思ってる。自分が途中離脱した分隊が全滅したと知らされるよりは、ずっと。

けれど、もしも私が同じ場にいたら何かできたんじゃないかって後悔もある。でも、その場に居合わせたら死んでいたかもしれないって恐怖したりもする。……感情がぐちゃぐちゃする。どうにかなりそうだわ」

「先輩は、強いですよ」

同じ状況に追い込まれて、自分は果たして色相を正常に保つことはできるだろうか。最も優先すべきことを理解し、その選択だけを続けていくことが征陸はできなかった。だから、自分は潜在犯になった。

「お世辞でもうれしいわ」結城が苦笑を浮かべた。「……それにしても、私が知る限り、警部は何の理由もなしに行動を起こすようなひとじゃなかった。特捜時代の立ち回りが、それを何より物語っている。何かの成果を引き出すための行動、交渉、工作——そういう根回しを、けっして怠《おこた》らない。だから、警部は、自分が率いていた部下が死ぬことを承知して殺戮を実行した」

「つまり、八尋和爾は立案した計画から逸脱しないタイプというわけですね」

「そうね」結城は巌永の質問にうなずいた。「今はどうか分からないけど、特捜時代の警部は、周囲からは逸脱した捜査をする人間と捉えられていたわ。でも、それは正しい評価ではない。そのことは征陸も分かっているでしょう」

「――つねに半歩だけ逸脱する、でしたか」

「確か、そういう表現を使っていたわね。つまるところ、警部は、本当の意味では逸脱しないひとだったということよ。つねに状況を判断し、求める結果に対し、適切な行動を選び続けてきた」

「そのことで先輩にお聞きしたいことがあったんです」と征陸はコーヒーに口をつけてから、カップを置き、わずかに身を乗り出した。「おれが最初に担当することになった事件のことを覚えていますか？」

結城は自然な動作で息子を抱き上げ、膝の上から彼女の横に座らせた。まるで征陸と子供の間に自分が入って遮蔽物となり、少しでもその距離を取ろうとするように。

「私が囮《おとり》をやることになった事件かしら」

「はい。ただ、話はちょっと前に戻ります。おれが配属になった初日の夜に事件が発生しましたよね？」

　その翌日に、征陸は斉東の車で辰巳の廃棄区画を訪れたこと。そして大型物流倉庫に入る前に、斉東から、「八尋が省庁間の権力闘争を利用し、何か別の目的を達成しようとしているらしい」という旨の話をされたことを明かした。

　斉東は優秀な刑事だった。彼が、何の理由もなく、そんな言葉を口にするはずはない。ある程度、確信があったのだろう。八尋には警察庁の権益擁護だけではない目的があり、特捜で活動していた可能性が高い。それが今の犯行計画に繋がっているのか否かは、わからない。だが、調べる価値はある。

「別の目的……か」と結城がつぶやいた。「参考になるか分からないけど、警部は特捜が上層部の意向によって濫用されていた事実を快く思っていなかったのは事実よ。だから担当事件の捜査で、可能な限り独自に行動できるように、私たちみたいな直属の部下を集めた〈チーム〉を作っていたみたい」

「上層部による濫用……ですか？」

「それこそ、最初の事件のときなんかわかりやすいわ。当初、上層部は、自分たちの意向《シナリオ》に沿って犯人を用意させ強引に立件まで持っていこうとしていた。結局、警部があなたの立場を利用することで捜査の主導権を握れたけど、似たような事案はいくつもあったのよ。権益を左右する〝ケース３９〟を私的に利用する連中がいて、特捜の捜査員のなかには、利益を供与されることで走狗《そうく》に成り果てた奴も少なくなかったから」

「……警察機構も相当に腐敗していたようですね」と巌永が会話に加わった。「しかし、そういう既得権益に魅入られた人間たちというのはどこにでもいる。厚生省さえ例外ではなかったと聞いています。――もっとも、精神衛生社会が確立されるなかで、そういう公共の利益に反する寄生虫たちは、〈シビュラ〉システムの解析によって適性なしと判定され、政府機能の中枢から弾《はじ》かれていった」

「そういう連中が、どこの組織にも蔓延《はびこ》っていた。警察機構では、それが特に顕著でね。主流派をそいつらが占めていたと言われていたほどよ。そういうなかで、警部は、ある意味で警察機構の真の権益擁護のために行動していたと言えるのかもしれない」

「真の権益擁護……ですか？」

「ほら、厚生省の標語……」結城は再び巌永を見やった。「なんだっけ、あの――」

「成しうる者が為すべきを為す、ですか？」

「そうそれ」と巌永の返答にうなずきで返す。「〈シビュラ〉システムによって社会構成員すべての適性が解析されるということは、逆を言えば、与えられた役割に相応しい働きができない人間や組織といったものは淘汰されることになる」

結城が子供を一瞥した。彼にとっての適性が社会にとってよきものであることを願うように。それから、結城は向き直り、話を続けた。

「はっきり言って、警察機構は、さっき話したような体たらくだったから、事の本質を捉える才能に長《た》けた警部からすれば、省庁間対立の敗北は決定的に思えたんじゃないかしら。なら、〈シビュラ〉を擁する厚生省が構築する新秩序への適応を見据えて組織の生存を図るのが、正しい権益擁護の在り方ってことになる。じゃあ、来たる新世界で、警察が警察であるために必要なことは何？」

「――真実を追うこと。犯人を逮捕すること。事件を解決すること」

征陸は即答した。他に相応《ふさわ》しい答えは見つからない。それは、かつて自分がアブラム・ベッカム拘束のために交渉に赴いたシスターに対して、刑事の在るべき姿勢として物語ったものと同じだった。

〈法〉の守護者として犯人の逮捕と真相の究明に全力を注ぐことが、警察という組織が守り抜かなければならないものだった。だが、結局それが成し遂げられなかったからこそ、警察機構は解体された。公安局という組織に再編されたのだ。

「もっとも……精神衛生を至上とする社会は、私たちが考えていたものとはまったく異なるかたちで〈法〉の正義というものを捉えていた。なら、私たちにとって正しいことをやったとしても結局は、今と同じ結果になっていたかもしれない。でも、もう少しマシになっていたかもしれない……」

そう呟く結城の視線は、どこか視点が定まらないが、それはきっと過去を見つめているものだった。あるいは、失われた未来。有り得たかもしれないが、有り得なかった可能性について想いを馳せているようでもあった。

「……親爺は、犯罪係数の不備を糾弾し、この社会の不完全性を証明すると言って、一連の犯行に及んでいます。——先輩は、それが正しいことだと思いますか？」

征陸は、ふとそんな質問をした。

「理念としては正しいかもしれない」と結城は答えた。迷いはなかった。そして彼女は傍らに寄り添った自分の子供を見つめた。「もしかすると、昔の私だったら警部に同調していたかもしれない。でも、今は間違っているとしか思えない。もしも、警部の言う通りに犯罪係数が間違っている〈法〉として証明されたら、この社会はどうなるだろうって想像する。潜在犯たちが無罪放免される未来が来るとしたら、正直、ぞっとする。そのすべてが犯罪者であるわけはない。でも、〈シビュラ〉システムが隔離すべきと判断したということは、潜在犯は、犯罪行為とはまた別の脅威を抱えた人間であることは間違いないと思う。そして、私は自分の子供が潜在犯によってもたらされる何らかの脅威に晒《さら》されることを望まない」

だからね、と結城は言う。

いつのまにか彼女は征陸をじっと見つめている。

まるで、これで見納めになる大切なものを眸《ひとみ》に焼きつけようとするように。

「ごめんなさい、征陸」彼女は征陸の手を取った。「潜在犯であり執行官となったあなたと私が会うのは、これが最後よ。私は子供たちの色相を悪化させるあらゆるリスクを切り捨てる選択をしたわ。そこに例外というものはない」

そして手を離した。結城の手は、温もりのすべてを征陸に譲り渡したかのように冷たくなっていた。すべては遠ざかっていく。征陸と結城の間に、目には見えない透明な壁が聳《そび》え立っている。それはやがて互いの存在を覆い隠し、なかったものにしてしまう。

「……ごめん。こんなことを言いながら、私は自分の子供をあなたの許に連れてきた。言っていることとやっていることが矛盾している。私――、最低だ。ごめん、征陸……」

「……あやまらないでください」征陸は、ぎこちなく微笑みを浮かべた。「ご協力、ありがとうございました」

そう、何も謝る必要はないのだから。自分が潜在犯になったことは、結城の選択とは何ら関係がない。斉東や喜多が命を落としたことも。ましてや、八尋の親爺が公安局員を殺し続けることも。

「幸福であってください、先輩」今なお刑事である以外、自らを生かすすべを知らない征陸が、かつての仲間であった女性に告げる言葉は、これしかない。忠告ではなく、祈りであるもの。「――お子さんと、ご家族とずっと一緒に」

そして征陸は席を立ち、去っていく結城と彼女の子供を見送った。

　コーヒーはすっかり冷めてしまっていたが、おかわりを頼む気分にはならなかった。ソーサーの上に置くとき、誤ってカップを倒してしまう。テーブルに黒褐色の液体がどくどくと拡がった。横で、溶けかかった氷をストローの先で突いていた巌永が声を掛けてきた。

「ハンカチ、使いますか？」

「……いや、構わないさ」

　ちょっと指にコーヒーがついたくらいだ。紙ナプキンで拭けばいい。

　巌永は、やがて給仕ドローンを呼び、テーブルの片づけを頼みつつ、会計を済ませた。それから征陸の肩に手を置いた。

「……まあ、今回ばかりは少し同情しますよ。事件捜査のためとはいえ、こういうのは色相がきっと濁るでしょうから」


　夕方、二軒目の訪問に赴いた。

　指定されたのは、住居と事務所を兼ねているという港区三田の集合住宅だった。

　事前に征陸が潜在犯認定され、執行官となった旨を伝えたが、相手は何も気にすることはないと簡素な返事を寄越した。

　集合住宅の外装は、石積みに白い漆喰《しっくい》壁の南欧風な投影処理が施されていた。エントランスに入ると、石柱の並んだ回廊に迎えられた。二階から上の住宅棟が、施設中央の広場を囲む吹き抜け構造をしている。

巌永が訪問者用アクセス端末に触れた。目的の部屋番号を入力する。間もなく一基のエレベーターが到着した。目的階までノンストップで征陸たちを運んでいく。

エレベーターの扉が開くと、短い通路の向こうに、まるで気密室か何かが控えているかのような分厚く重たい扉があった。征陸は金属製の把手を握り、ぐっと押した。

すると、一転して賑やかな喧噪に触れた。呆気に取られた。パステルカラーを多用した鮮やかな壁は、投影インクによる落書きに彩られていた。二〇名ほどの子供たちが、見知らぬ来訪者である征陸たちを気にするでもなく、ウレタンマットの敷き詰められた床のうえをはだしで駆けていった。

土足禁止の案内に従って靴を脱ぎ、廊下を進んだ。壁面がうっすらと透け、室内の様子が映った。児童の相手をする保育ドローンの姿。角という角を削り、滑らかな曲面でパーツを構成し、各部に軟質素材をあしらった機体たちは、頭部ユニットに紙の輪っかを折り合わせた花環を載せていた。きっと子供たちの手作りだ。

子供と保育ドローンが戯れる姿。さながら巨大な保育施設といった風情。

降りる階を間違えた気がしたが、間違いはない。次なる面会相手は、この集合住宅棟の二フロアを法人として借り受け、保育施設を運営している。

征陸は、子供たちを横目で見やりながら、廊下が突き当たったところで左に曲がった。

ちょうど角部屋の番号を確認する。

そこには園長室の記載がある。間違いない。ここが訪問先として示された部屋。

チャイムを鳴らすと施錠が解除され、扉が自動で開いた。

左右に書架が配された長細い部屋。ちょうど、書斎のような。その奥、窓際の情報端末が置かれた机に向かう、白い蓬髪を束ねた後姿が見える。

「保育プランのチェックがもうすぐ終わるから、座って待っていてくれ」と振り返りもせずに部屋のあるじは告げた。

征陸と巌永は、手前に配された来客用のソファに並んで腰かけた。ドローンによって配膳されたコーヒーは豊かな香りと奥行きのある苦味がした。先ほどのショッピングモールで出された万能小麦を加工した擬似コーヒーではない。本物の、実に上等なしろものであり、じわじわと身体の裡から熱が拡がっていく心地よい感覚。

それから間もなく、部屋のあるじが征陸たちの対面に腰を下ろした。

「――仕事柄、厚生省の職員も訪れるが、公安局員となると、なかなか珍しい」

痩せぎすの身体にチェック柄のシャツ。皺の寄った白衣を羽織った姿の老人は、保育所の園長というより、偏屈な学者を思わせた。

「ご無沙汰しております、新田《にった》教授。お元気そうで何よりです」

「早くに退職したのがよかったのかもしれない。警察業務は天職だと思っていたが、今は園長仕事のほうがしっくりくる」

かつて特捜に所属し、〈チーム〉の検死官を務めていた新田は、砂糖とミルクをたっぷり入れたコーヒーを啜《すす》り、朗《ほが》らかな微笑を浮かべた。

「こちらには、いつごろから？」

征陸は、まず旧交を温め合うように質問した。実際、彼とは一〇年ぶりの再会だった。学校の恩師と再会したような不思議な郷愁さえ覚える。

「孫がね。全寮制の学校に通うようになってから手持ち無沙汰になった。それで〈シビュラ〉の職業適性で向いていると言われて始めた保育業だが、これをやっていてよかったと思うよ。ずっと昔から、そうであったほうがよかったかもしれない、と。子供たちは、賑やかに遊んでいる姿を見るのが一番であって、物言わぬ骸《むくろ》になった姿を検分するのは、健全とは言えない」

それは確かに、と征陸はうなずいた。

まったくだろう、と新田は苦笑しつつ、口髭についたミルクコーヒーのしずくを指で拭った。

「……八尋が刑事殺しをやったと聞いたよ。一応、釈明しておくなら、奴との交流は、もう一〇年近く途絶えている。そうだな。奴が依願退職になったとき事情を聞いたのが最後だったよ。もっとも、それさえ文面での遣り取りだけだったがね」

「やはり、ご存知でしたか」

「八尋の変わりようは実に痛ましい」新田は鶴のように細い首を横に振った。「刑事と公安局員は、どちらも〈法〉を擁護し、犯罪者という悪と対峙する職能という意味では同じだろうに。彼は、仲間殺しをやって、自らの正義を穢《けが》してしまった」

「しかし、かつては誰よりも正しく刑事であろうとした」と征陸は言った。「特捜時代——、あの省庁間対立の権力闘争の最前線で」

新田はうなずいた。

「八尋は、確固たる善悪の境界を認識していた。それゆえに強《したた》かだった。違法スレスレの捜査手法を取ったのは、警察機構の多くの人間が、組織に忠実であろうとするなかで、あっさりと不法の泥沼に足を取られ、やがては頭の先まで沈んでいくのを何度も目の当たりにしてきたからだろう」

「今になって思い返してみれば、親爺は、警察機構が有する地位や影響力といった既得権益ではなく、組織そのものの存続こそを、守るべき真の権益であるとして行動していたように思います」

「立場《ポジション》ではなく、理念《ビジョン》のための闘争ともいうべきものに従事していたのではないか、と君は言いたいわけだね。では、そう考える根拠は？」

新田が問い返すと、征陸は結城との会話を思い出す。

「――親爺は、事件の真相究明を目的としつつ、組織内の論理によって、本来なら解決可能な事件が放置され続けてきた状況……、上層部の意向に強い不満を抱いていた。新田教授は昔、親爺が特捜に配属される以前は、警視庁警務部に所属していたと話してくださいましたよね？」

新田がうなずいた。征陸は話を続ける。

「内務監査官としての親爺は、暴走しているとさえ言われるほど苛烈に、警察組織内の腐敗を暴いていった。そして自分の父親も関与していた大規模な汚職を告発しようとしたが失敗し、特命捜査対策室に配属替えとなった」

二年前に再会したとき、断片的ではあるが、八尋は自分の過去について話していた。

そして、八尋の行動の動機というのは、長らく一貫している。かつては内部監査や事件捜査といった自らの従事する職務を通じ、過ちを犯した組織を糾《ただ》そうとした、と推察できる。それはテロリストに成り果てた、現在の八尋であっても共通している。

〈シビュラ〉の不完全性を証明すると謳い、その統治体制の不備を指摘し、弾劾する。

一本、筋は通っている。極端な手段に訴えてでも、社会構造のなかで〈法〉の正義とも言うべき理念を徹底しなければならない組織――警察機構／公安局――の正当性というべきものを実現するために行動する。そこに、八尋和爾の行動傾向《パターン》にブレはない。

「――征陸。君が指摘したことは基本的に正しい」新田がしばし黙考してから告げた。チラリと巌永を一瞥してから、慎重に言葉を選んでいく。「すでに厚生省が覇権を取った現在では機密も何もないだろうが、省庁間対立構造の軸というべきものは、警察機構や経産省、国交省といった各省庁と、〈シビュラ〉を擁する厚生省が互いの権益を奪い合うなどという単純なものではなかった」

むしろ、と新田は続けた。

「そこには、もう一本別の軸が通っていた。組織対組織の対立構造が垂直の軸であるとすれば、もうひとつの組織内部の対立は、全省庁に通された水平の軸だ。あらゆる省庁には大別して二種類の人間が存在し、それぞれの勢力に属していたと言えるだろう。旧態依然とした組織構造とその権益護持を目指す派閥。そして来たる新秩序に適応するかたちで組織の再編を断行しようとした派閥だ」

「では、親爺が推進していた真の権益というべきものは――」

「言うまでもなく後者の目的と合致していたことになる。彼らにとって、個人的な動機で出発しながら、結果的に組織内の大規模な腐敗を一掃しようとした『八尋和爾』という男は、非常に有益な手駒になり得ると判断されたことだろう」

「それで特捜に転属した……と？」

「あそこは省庁間対立の最前線だった。両派閥が混然一体となって活動しており、共に権益擁護のための事件解決の手柄を争っていた。……現場の人間からしてみれば、どちらも自らの勢力に利するために、事件捜査を利用していたという点では五十歩百歩だがね」

「新田教授は、八尋の親爺は、組織浄化を目論む派閥の手先だったと思いますか？」

「いいや。彼は、それほど容易《たやす》く御せる人間ではなかったはずだ。目的が一致しているがゆえに手を結んだ利害共有者《ステークホルダー》というところだろう。お互いに利用し合う関係だ。少なくとも、政治とは無縁の現場の人間であった私から見ても、八尋和爾という刑事は、自らの目的達成のため、解決すべき事件を選り好みするような愚行は働かなかった。それは君も知っていることではないかな？」

征陸は、初めて担当した連続殺人事件の解決後、車中で八尋が自分に言ったことを思い出す。〈法〉の正義をもって〈人〉を守るという警察の本懐を忘れ、厚生省を倒すことだけに固執する者たちへの嫌悪や失望を露わにしていた。

結局、恣意的に事件の優先度を定め、獲得できる利益に乏しい事件は放置する姿勢は、個人の既得権益に拘《こだわ》ろうと、組織体制の維持に腐心しようとも、どちらも犯罪行為によって失われるいのちを軽視している点では変わらないというように。

となれば、次に当たるべきは、旧警察機構の関係者だろうか。

すると、新田が、にっこりとした人好きのする笑みを浮かべ、巌永を見ていることに気づいた。

「――ところで、そちらのお嬢さんにひとつ頼みがある」

「何でしょうか？」と巌永が新田に視線を返す。

「そう畏《かしこ》まらないで。実は、うちで保育している子供たちが君に興味津々でね。すごい美人だから、お話をしたいそうだ。どうだろう。少し頼まれてやってくれないだろうか？」

園長室の壁の一部が透過処理される。廊下で走り回っていたはずの子供たちが、じっとこちらを見つめていた。視線は巌永に集中していた。

巌永は、ちょっと気圧《けお》されるように沈黙してから、新田を見返した。

「彼らの相手をしろ、と？」

「子供は苦手かな？」

「いいえ、それほどでは――」

「なら決まりだ。ほんの少しでいいんだ。子供たちは、ちょっと訳ありでね。あまり外出できないせいで寂しい思いをしている。だから君のようなひとと話ができれば、とても喜ぶだろう」

「……わかりました。お引き受けしましょう。お話のほうも一段落したようですし」

巌永は、しぶしぶといった様子で腰を上げ、保育ドローンに案内されながら園長室を出ていく。無線通信で征陸を呼ぶ。

《征陸執行官。すでに情報は聞き出せたようですから、一五分後にエレベーターホールで合流を》

《了解だ》

征陸は短く返答する。通信終了。

すると、新田が笑みを消した静かな面持ちで征陸を見ていた。

「……それで、用件は何ですか？」

征陸は訊いた。新田の巌永への提案が、単なる善意からの頼み事でないことは、すでに察している。

「そう警戒しないでくれ」新田は鷹揚《おうよう》に答えた。「君の今後に関わることだ。征陸、八尋の起こした事件の煽りを食らって潜在犯化したんだろう。そして今は執行官として事件解決に従事している」

「……お伝えした通りです」

先ほどの結城との再会を思い出し、自然と身体が強張る。

「正直、執行官になることは、今のタイミングでは悪くない。君は、かつての八尋が見込んでいたとおり刑事としての才覚に優れている。そして、公安局側も犯罪捜査という業務の特殊性を理解し始め、単に潜在犯を執行するだけがすべてではないと考えるようになった」

「ありがとうございます。おれとしても、更生の可能性があるって言われて、この事件を担当することになりました。犯罪係数を何とかして下げなくちゃいけません」

単なる世間話だろうか。そう、征陸が気を緩めた瞬間だった。

「――征陸、忠告しておくが、今の君の状況は、最悪ではないが、けっしてよいわけではない。むしろ、悪いと言ってもいい。特に、君に連なる関係の人間にとっては」

「……新田教授？」

突然の厳しい口調に征陸は、少し狼狽《うろた》える。

「この保育施設で気づくことはないかね？」

新田は壁の透過率を再び上昇させ、保育室を見通せるようにした。棒立ちになった厳永が子供たちに袖を引っ張られ、いささか当惑した表情を浮かべている。周囲に立つ保育ドローンが、そのやりとりを微笑ましく見守るように立っている。

「……人間の保育士がいない」

通常の保育施設であれば、保育ドローンの導入が進んでいる現在でも、人間の保育士が必ずいるものだ。規模が小さい保育園なら完全無人化も有り得るが、この保育施設の規模や設備のレベルから見て、予算面の問題とは思えない。だとすれば、他の理由。

「潜在犯孤児の保育を、今の社会で率先してやりたがる人間はいないからね」

その単語を聞いたとき、征陸は、どきりとした。

親が潜在犯認定され、頼れる親族もいない子供は、忌み嫌われた存在として施設を盥回《たらいまわ》しにされるのが通例だ。そして彼らの色相は濁っていく。挙句の果てに潜在犯化し、隔離施設送りにされることも珍しくない。本来、公共の福祉制度に基づき、優先的に庇護しなければならない存在だというのに、実態として、彼らは、社会から見捨てられる傾向にある。

「なら、彼らは——」

征陸は、再び保育室を見やる。しゃがんだ巌永の髪に触れ、羨ましそうな幼い女の子のどこか寂しげな横顔。

「それ専門というつもりで開設したわけではないが、率先して受け入れているうちに、行政側から、潜在犯孤児の受け入れに特化した保育施設にしてほしいと要望されたよ。そんな危険な仕事を受け入れてくれる施設は少ないから、と……」

新田は呻《うめ》くように言った。

「いずれは、孤児院として長期的な養育が可能なように設備を整えていかなければならない、と最近は痛感する。潜在犯孤児は、およそ自らの与《あずか》り知らぬ理由によって理不尽な人生を強いられる。それに抗《あらが》うには、少しでも多くの可能性を手に入れられるように十分な教育の機会を施さなければならない」

周囲からの不当な差別を跳ね除けられるだけの「力」がなければ、やがては目に見えない悪意によって押し潰されてしまう、と懸念を示した。そして征陸のほうを振り向く。言わんとしていることは、自然と伝わってきた。

「――征陸、君が潜在犯として隔離された後、遺された家族はどうなっている？　奥さんと息子さんがいたはずだね。彼らの安否は確認しているか。然るべき手は打ってあるか？　――この社会で、色相を濁らせるかもしれない人間に吹く風は冷たく鋭いものであり、身を裂くものだぞ」

3

「すまんね。急に寄り道したいなんて言っちまって……」

征陸は、巌永の運転する公安車輛の助手席に座って、窓越しに望む都市の街並みを見やった。高架道路を神田のＩＣで降り、皇居跡の堀に沿って霞ヶ関方面へ向かっている。

新田の許を辞したときには、すでに陽が沈んでいた。雨も止み、今夜は珍しく晴れた夜の黒々とした色彩が空を染めつつある。代わりに風が強い。紙を裂いて撒いたような雲の切れ端が空に浮かんでいる。

「構いませんよ。今日はこれ以上の聞き込みもできないでしょうし」

公安車輛は交差点を右折し、霞ヶ関の官庁ビル群が立ち並ぶ大通りに出た。そしてナビゲーションシステムに従い、立ち並ぶ庁舎ビルのなかでも、一際おおきな建造物の駐車場へ車を滑り込ませる。灰白色の外装は、都市内では一般的な投影処理が為されておらず、さながら巨大な墓石とでもいうべき威圧感を放っている。

降車し、玄関エントランスを抜ける。閉館時間まで、まだ一時間ほどあったが、人気《ひとけ》はない。照明も最低限に抑えられており、空間の多くを闇に浸しており、薄ら寒い気配が漂っていた。だが、それこそが正しい姿かもしれない。美術館には、芸術家たちが残した無数の作品が並んでいる。死してなお、彼らの感情が刻印された墓標というべき作品群たちが眠っている。美術館は、感情の墓場でもあるのだから。

「事件捜査とともに、犯罪係数の低下を目指す約束もあります。色相を改善するために、ご趣味の美術鑑賞をするのも悪くない。しかし、征陸執行官が芸術を嗜《たしな》んでいたというのは、少し意外な感じがしますね。公認芸術家資格を持っていないのに」

今の時代において絵画・音楽・小説を問わず、あらゆる芸術作品は、色相を濁らす危険性を取り除くため、〈シビュラ〉による検閲が実行される。無論、作り手側も同じく認可制が敷かれており、無認可の芸術作品の創作は、原則として個人の趣味など限定した範囲でしか認められない。

「……そうかね」征陸は視線を窓の外に固定したまま、返事をした。「大学のころ、図書館の奥にあった絵画全集とかを適当に見繕ってね。講義がなくなったときなんか、ゆっくりと絵画を眺めたりしたんだよ」

「なるほど」まるで征陸が、アブノーマル趣味のポルノ映画鑑賞を好んでいると公言したかのように、巌永は苦笑いを浮かべた。「しかし、色相に影響が出ないように適切な調整がされる以前の原型芸術を好むなんて、なかなか倒錯的な趣味であることは間違いないですね」

「酒や煙草に溺れるよりはマシだろう？」

「まあ、鑑賞者本人以外には害が出ないという点では、そうかもしれません」

巌永が受付で、施設利用に関する免責事項を記載した電子ペーパーをドローンから受け取り、征陸に手渡した。

書面には、施設内の作品を閲覧することで精神色相が悪化するリスクが生じるが、施設側は一切の責任を負いかねる云々と記載されている。この原型美術館《アーキテクチャ》には、〈シビュラ〉による検閲が実行される以前に制作された芸術作品が数多く収蔵され、精神衛生保護の観点から必要な諸々の改変作業が加えられる前の原型《アーキタイプ》の状態で、保存・展示されているせいだ。征陸は、免責事項にひととおりの署名を終え、巌永に話しかけた。

「あんたはどうする？」

「遠慮しておきます。どんな作品がキッカケで色相が濁るかもわかりませんし」

「それじゃあ仕方がないな」

征陸は肩を竦《すく》めた。しかし、そうでなくては困るのだ。正直、一緒についてきて欲しくはない。ここでは単独で行動する必要がある。

「今から一時間だけ利用許諾を取りつけましたから。おひとりでゆっくりと楽しんできてください。ちなみに、展示室および保管庫内は完全な電波暗室になっていますから、執行官デバイスによる無線通信が使えません。だから、芸術鑑賞中に気分が悪くなったり、色相悪化の兆候を感じたら――施設内の通信端末を使って、迎えのドローンを寄越してもらえばいいんだろう？」

「わかってる」征陸はうなずいた。事前に下調べは済んでいる。「――

そして征陸は巌永の返答を待たず、展示室へ向かう廊下を急いだ。

あくまで逸《はや》る気持ちを抑えられないというふうな演技を心掛けて。ある意味で、気持ちが逸っているのは事実だが、どちらかというと巌永にこちらの目論見《もくろみ》が露見しないかどうかの焦りが大半を占めている。

耐爆防壁のような分厚い扉を抜け、展示室へ入った。

巨大な空間だった。聳える柱に幾つもの可動式の足場が備えつけられている。各展示フロアへの昇降を行うための設備だろうか。見上げた先が見えないほど、天井は高い。地下の保管庫もかなりの階層があると案内板に記されている。

征陸は、壁や柱に展示された美術作品たちを眺めた。どれも有名な作品なのだろうが初めて目にするものばかりだ。何しろ征陸に、芸術鑑賞なんて趣味はないのだから。

だが、ここを訪れる必要があったのだ。巌永の監視を離れ、たったひとりとなる状況を手に入れるためには。

芸術作品には目もくれず、目的の設備を探し、そして発見する。

可動式の足場を幾つも身に帯びて、鉄の大樹といった様相を見せる柱に設置された通信端末。ＡＩによる検閲が行われる公安局無線や端末からでは、執行官である征陸が無許可に外部のアドレスにメッセージを送ることや電話を発信することはできないが、この原型美術館の通信設備なら、問題なく外部との連絡が可能だ。

自分で直接、家族の安否を確認することができる。

冴慧の入院先は不明でも、北千住の実家ならば電話番号を覚えている。義母の亜紀穂さんと通話できれば、自分の家族の現状についての情報が得られるはずだ。

たったそれだけのことのために、巌永を騙したことは気が引けたが、善意か悪意かにかかわらず、征陸が事件捜査に臨むに不都合な事実を故意に隠蔽している可能性がないわけではない。

先ほど、車中で彼女に、冴慧の入院先を見舞うことができないかと尋ねたが、にべもなく断られた。相手の色相悪化のリスクがあるからの一点張りだった。

征陸は、柱に触れた。通信機能を呼び出す。予想通り、施設内部への緊急通報がメインだが、設定を変更すれば、外部との通信もできる。

ひとつずつ、ゆっくりと間違えないように番号を押していく。チャンスは一度きりだ。おそらく、これを使った時点で施設管理者側にも通知される。

だが、ふいに、もしも巌永にこちらの意図が察知されていたらどうだろうと考え、画面に触れる直前で指先が止まった。監視官を欺《あざむ》いて外部と連絡を取ろうとするのは、要らぬ不信を招く愚かな行為ではないか。いや、そんなことを考えている場合ではない。ただ家族の安否を確認しようとしているだけだ。もしも、それが露見したところで何も後ろ暗いところはない。

意を決した。最後の数字を押そうとする。

「――」

そのときだった。

背後で物音がした。聞き間違えようがない。床面をコツコツと叩く硬い音。女性の足音。

咄嗟《とっさ》に征陸は、通話機能を終了させた。動悸が激しくなる。まさか巌永が入ってきたのか。こちらの思惑を見抜いていたのか。反逆行為と見做《みな》すかもしれない。そう、監視官は執行官に対し、言葉を喋る銃を用いて懲罰の、執行の引き金を引くことができる。

今の自分の犯罪係数は、どれくらいだ？

一一一のままか？　それとも監視官を騙すなんて行為をしたせいでさらに上昇しているのか。わからない。周囲には、調整前の原型芸術がいくらでもある。それらがもたらす影響も加味するべきか。そうだ。数値の上昇に十分な要因は幾らでもある。

覚悟を決め、征陸は振り向く。

そして、一枚の美しい少女の姿に目を奪われた。

思わず息を呑んだ。それまで抱いていた不安も何もかも押し流された。ただ、壁に掲げられた一枚の絵画に吸い寄せられ、近づいていく。

美しい。まず、そう思った。パステルが描く豊かな色彩は、さざ波だって揺れ動き続ける感情の耀きを切り取ったように絢爛《けんらん》だった。

舞台で完璧なポージングをする踊り子がいる。痛烈な哀切を表情に滲ませて。同時に悲愴から飛躍しようと望む勇壮さを、大きく開かれた翼のような両腕に纏わせて。飛翔。拘束から自由への。それが叶わぬものであるとしても。

首に巻かれた黒いリボンは鎖のように見えた。彼女は繋がれている。いったい誰に？暗い奈落へ通ずる洞穴のような舞台袖には、少女を見守るパトロンらしき男がいる。だが、改めて気づく。踊り子は、自らをがんじがらめにした世界で、それでも懸命に自らの耀きを表現し続けている。そのしなやかさ。力強さ。そして儚《はかな》さ。振れ幅の大きい剝き出しの感情に、心を鷲摑みにされる——そんなふうに茫然として、見入ってしまっていた。

だから、征陸は、接近する人間に気づけない。

そして彼女は言う。

「よい絵だな」

突然の呼びかけに、征陸は呆けたように声も出ない。だが相手はそんなことはお構いなしというように語り続けた。

「――〈舞台の踊り子〉。通称は『星《エトワール》』。仏印象派の画家たるエドガー・ドガの代表的な作品だ。なるほど、君のような刑事が好む絵画として、案外、正しいかもしれん。ポール・ヴァレリー曰く、ドガは、一枚の絵《タブロー》とは一連の計算の結果だ、とよく口にしたそうだ。そして刑事が為し得ること、事件の解決とは一連の推理の結果がもたらすものに他ならないのだから」

いつのまにか、傍らにひとりの婦人が立っていた。

銀に近い白髪は、清潔感のある短さに切り揃えられていた。よく晴れた夏空の色彩を切り取ったように鮮やかな、青のオーバーコートを着ていた。靴《ヒール》もまた深い水底のような蒼。そして、それらすべてを映えさせるように肌が、とても白かった。それこそ女性が死者であると一瞬、錯覚してしまうほどに。

「……ドガは印象派に属しながら、時代遅れとされた古き良きルネサンス芸術を愛していた。伝統的な美をいかに現代の手法で復活させ得るか。その試みは、彼を稀有な才能ある芸術家へと至らせた。ますます君好みという感じがする。旧き刑事の仕事に誇りを持ち、公安局にあっても同じ正義を実践し続けようと試みた君には」

彼女の視線は絵画に向かったまま固定されている。最初から、ずっと征陸とともにおり、鑑賞していたとでも言うような自然さで。

そういう奇妙な感じを、征陸は相手に対して覚えた。

「しかし、忠告しておこう。君がドガを愛好するのは縁起が悪い。なにしろ、彼の晩年は、刻々と失われゆく視力ゆえに、世界すべてに盲目になった。悲惨としか言いようのない生涯最後のときを過ごしたのだから」

「あなたは……」

誰だ、と問う前に、婦人はさらに言葉を続けた。

「絵画や音楽などの芸術は、優れた作品と称されたものほど感情を大きく揺さぶるために、害悪とされている。だが、君のような今の時代に適応できない人間にとっては、むしろ癒しとして機能し、その精神色相を整調し、良き方向へ導いてくれるのかもしれんな……」

征陸は気づいた。この女性を、自分は知っている。

さっきは咄嗟のことで思い出せずにいたが、その顔には見覚えがある。公安局で職務に従事する者なら幾度となく見聞きしたことがある容姿、そして声、言葉。

「――禾生壌宗《かせいじょうしゅう》」と征陸は相手の名前を告げる。「公安局局長」

「……今日は休暇で来ていたのだがね」そして禾生は透徹した美貌にわずかに笑みを覗かせた。「職務と意志とを同じくする者、縁ある者とは自然と引かれ合うのかもしれん。何しろ、偶然に、君のような人間と顔を合わせたのだから……」

視線を向けた先、可動式の足場が下りてきた。まるで休憩用のベンチのように。

征陸は、禾生とともに腰かけつつ、彼女の言葉の嘘を見抜いた。

この邂逅が偶然であるはずがない。厳重な入館規制のある施設。それも潜在犯である執行官が監視官と離れて単独で行動するなかに、公安局のトップが、うっかり入り込めるほど、セキュリティが適当《ザル》であるわけがない。

巌永がこちらの思惑を見抜き、公安局に通報したのだろうか。いや、現場の人間ひとりの監視に組織の頂点が駆り出されるなど、馬鹿馬鹿しいにもほどがある。ならば、禾生は巌永と別の思惑でここを訪れたことになる。

目的は、自分と逢うことか？

だが、そんなことをする動機がまるで見えない。

「――まあ、こうして会ったのも何かの縁だろう。よろしく頼むよ」

肩を並べて座るかたちになった征陸に、禾生が握手を求めてきた。

征陸はこれに応じた。少し、驚いた。彼女が自分と握手を交わすこと、潜在犯の手に触れることに躊躇《ためら》いがないことに。

「どうかしたかね？」

「……いえ、局長は犯罪係数導入を推進なさったというのに、潜在犯であるおれを忌避されていない、と思いまして」

厭味《いやみ》に聞こえるかもしれないが、気にしない。印象をよくしたところで覚えめでたいわけでもない。むしろ、疑問は率直に口にすべきだ。

禾生もまた、そんな征陸の意図を察したように、やや皮肉めいた苦笑を浮かべる。

「あれは、もっと上位の意志決定機関の総意に拠るものだ。わたしは官僚として、合意された物事を粛々と進めることだけが仕事だ。望むと望まざるとに関係なく、そこに私情の挟まる余地はない。組織というのは、誰かひとりが頂点に君臨しているわけではない。今やすべてを委ねるべき王もいなければ、誅すべき暗君もいない。権力は分散することで強靭さを得る。いわばわたしも、連結化《クラスタ》された権力構造を構成する歯車のひとつにすぎない」

「だからこそ、託宣《シビ》の巫女《ユラ》という〈シビュラシステム〉が頂点に据えられている、と……」

「まさしく。〈シビュラ〉ほど、完璧なシステムでいられる存在はない。そこに正しい論理がなくとも主観的に物事を都合よく捉え、いくらでも矛盾を許容できてしまう人間とは、まるで逆の存在だ」

「……その仰《おっしゃ》りようでは、まるで〈シビュラ〉が生き物か何かのようですね」

「事実、そうであったとしたら？」

「ご冗談を」

「そうかね？」禾生は背後を振り返る。突き立つ柱の向こう。分厚い壁の彼方。夜の東京に拡がり煌めく都市の姿を捉えるまなざし。「社会とは、まさしく構成者たる人間たちが相互に繋がり合うことによって出現する、巨大な人工生物のようだ」

「――ちょうど、リヴァイアサンのように、ですか？」

　ふと、ずっと昔に、そんな言葉を影の世界の統治者に告げられたことを思い出した。

　そして何となく、禾生とシスターがどこか似ているような気がした。外見や口調など、まるで違って見えるが、互いにブレない芯を持っているであろうこと。そして、どちらも何も考えずに話をしていると、いつのまにか術中に絡め取られそうな強かさを感じさせるという意味において。油断のならない女傑たち。

「あるいはベヒモスか」禾生はうなずく。「ホッブズを語る刑事というのは珍しいな」

「であるなら、国家《ステイト》なるものは、自らを構成するすべてを庇護する役割を果たすべきだと思いますがね。その統治の正当性が、統治される側の合意によって担保されるものであるならば、ですが」

「少々、認識に齟齬《そご》があるようだな。人があって社会が生じるのではなく、社会があって人が生じるのだよ。そして国家――いや、〈シビュラ〉システムの運用を基礎とする現在の社会体制は、揺るぎない正当性を確立している。だからこそ、最大多数の幸福を実現するため、完璧な社会秩序において、しかし人間が不完全であるがゆえに生じてしまう不備《バグ》を取り除かなければならない」

「潜在犯は、まさしく社会の不備である、と」

「そういうことになるな」と禾生はうなずいた。「我々の社会は、これからも新陳代謝を繰り返していかねばならない」

「……筋は通っているかもしれませんが、何とも理不尽な話だと思いますよ。その正当性を維持するために、それを脅かす例外対象を切り離しつづけるなんて」

少なくとも、潜在犯として認定された自分からしてみれば、なおさらに。

「しかし、他でもない君が、なぜ、そう感じるのか不思議でならないな」

禾生がまじまじと征陸の顔を見た。蒼い眸。宝石のようで、硬く無機質な。

「どういう意味ですか？」

征陸は禾生の言わんとすることを計りかねた。

「いいかね。我々の行いは、廃棄区画が有する正当性を維持するため、過去に君が適用させた行為と同じ種類のものだ。ある目的を達成するために、新たな解釈を適用する。残すべきものと廃棄すべきものを峻別する。それが土地に新たな線を引くことか、人間に生と死の判決を下すかの違いでしかない。むしろ、その意味で、かつての君は、いずれ〈シビュラ〉が為すべきことを、一足早く実行した先駆者だったとも言える」

トンと心臓に刃を刺されたような心地がした。

理解はやけに静かだ。

これまで自分が、犯罪係数の導入を理不尽であると思いながらも、けっして最後まで拒めなかった理由は、これだったのだろうか。仲間たちが、誰もが口を揃えて理不尽だと唱え続けた社会の変貌を、本当は正しいものだと、心のどこかで信じていたとでもいうのか？　それが、なぜか自分の歩んできたもの、失った過去への裏切りに思えた。

声が、震えを帯びた。

「……違います。おれは、そんなものを認めてなど……」

「違わないさ。今はまだ直感がもたらすものを理解できていないだけだ。君は、卓越した観察眼を有している。自らの眼を曇らす世間の常識や自身の主観といった表層的な要素《ノイズ》を無視し、物事の本質を見抜ける――それが天より、君に授けられし才能《ギフト》だ」

それは刑事に何より求められるものであるが、同時に、お前が有する人間的な情緒は、所詮は表層的なふるまいに過ぎないと告げられたようなものだった。

「だからこそ、君だけが、あの殺戮の嵐のなかで生き残れたのではないか？」

そして禾生は、何か決定的な言葉を口にした。

「――その洞察力によって、八尋和爾が意図したことの本質を見抜いていた。そう、あのとき、君の共感神経系《ミラーニューロン》も思考汚染《サイコハザード》に感染していた。だが、その模倣先が異なっていた。周囲の人間が排除の意図の模倣を繰り返すなか、君だけは、事態を引き起こした扇動者《アジテーター》たるることができる機会がありながら、けっして、その逃げ道を使わなかった」
「無論、君は奴の共犯者ではないだろう。これまでの捜査状況を鑑みれば、いつでも裏切る根拠たり得るのではないかな？」
「おれが八尋の共犯者であると疑うんですか……」
数は隔離境界を突破したまま下がらない。この事実は、君の裡に潜在的脅威が根差しているはずだ。かつ何の犯罪行為も実行するつもりがないというのに、征陸智己の犯罪係尽とさえ思える社会の激変がなぜ起こらねばならなかったのか、その理由を十分に認識し
「そうかもしれん」禾生はうなずいた。「だが、そうではないかもしれない。君は、理不
「……違う」征陸は咄嗟に抗弁した。「おれは、八尋の犯罪を肯定しません」
がすでに、そういう存在になっているのではないかと懸念する勢力さえいる」
「公安局は、君が八尋和爾と等しい存在に変貌する可能性を危惧している。あるいは、君
だとすれば、それは――。
（おれが、親爺から思考汚染を受けている……？）
時に新たな危惧を生じさせるものだった。
その指摘は、征陸にとって不可解だった自身の生存を納得させるものでありながら、同
さらに追い打ちを掛けるように、禾生は続けた。
八尋の真なる意図を自らの精神にコードできた。だから、生き残った」

「なら——」

「しかし、君が再び奴と接触することで、彼の伝道者《エヴァンジェリスト》となる可能性は否定できない。はっきり言おう。君を生かしたものは、今後、君を殺すものに成り得る。その精神に映り込んでしまった八尋和爾の精神の似姿なるものが発現することによって」

お前の頭のなかに時限爆弾が仕込まれている、と宣告されたに等しかった。しかも、いつ起爆するかも分からず、いや、そもそも存在するかどうかさえ証明できないもの。だが、それゆえに存在しないと証明することのできない厄介なしろものだった。

まるで、呪いだった。

結局、自分は、いつ殺されるかもわからない身分なのだ。

だから隔離施設を出された。あそこで自分が扇動者になれば、大量の潜在犯や施設職員が社会的脅威に変貌する。なら、社会への高い忠誠心を持ち、絶対に揺らがない精神の持ち主を監視役として同行させる。そして、いざ危険な兆候が見られれば即座に処分する。

こんな簡単なことに、どうして、気づけなかった。自分の周りに味方はない。信頼すべき仲間、社会、世界——そのすべてが、とっくの昔に失われていたことを。

「……おれに、どうしろと、局長は仰るんですか……？」

「わたしは警告することしかできんよ。——カミュが〈ペスト〉において『つまり、われわれは、この病があたかもペストであるかのごとくふるまうという責任を負わねばならぬわけです』と記したように、八尋和爾に関連するすべての存在を、徹底して抹消すべきと考える連中もいる」

禾生は告げた。一切の親愛を欠いた機械的なまでの冷淡さで、暗に征陸が、八尋の事件捜査において利用されるだけ利用された末に、処分される可能性を示唆した。

「生き残るために、ここで手を引くという選択もあり得る。隔離施設に再び戻れば、君の精神に巣食う爆弾は炸裂せず、犯罪係数が殺処分境界を突破しない限り、君は死なずに済む。だがその生にはきっと自由というものがない。病疫を研究するための実験用モルモットとして飼い殺しの生涯を送るのが精々《せいぜい》だろうな」

「……おれは、あそこに戻るつもりはありません」

「君は、やはり面白いな」禾生が微笑んだ。「それとも刑事というものは、皆そういうものなのだろうか。生き死により、真実を究明することに重きを置くようだ」

「そんな……、大層なもんじゃありませんよ。おれはただ、再び家族と過ごせるようになりたいだけです。ですが、……だからこそ、おれは絶対に八尋和爾を捕まえます。報いを受けさせます。それが、おれがここにいる理由でしょうから」

あの白い監獄に戻れば、今度こそ、あらゆる繋がりを失うことになる。冴慧や伸元とも二度と再会できなくなるだろう。そんな予感がする。ここで立ち止まれば、結局すべてがこの手から零《こぼ》れ落ちる危惧がある。

「家族……か」禾生は初めて耳にした言葉を口のなかで転がし吟味するように、ゆっくりと呟いた。「――君は、おそらく自らの選択すべてに誠実であらんとしているのかもしれないな。それは今の時代には相応しくないかもしれないが、旧き良き美徳であることには間違いない。……嫌いではない。そういう人間は」

そして禾生は、椅子に手を翳した。すると征陸と彼女の間に施されていた偽装投影処理が解除され、一挺の大型拳銃が横たわっていた。

すべての光を吸い込むような漆黒の外装は、そっけないくらい簡素《シンプル》だ。かといって、試作型《スローター》のような禍々《まがまが》しさを帯びているわけではない。むしろ、無骨だが頑健な武器そのものといった形状《フォルム》をしている。それは征陸からすれば、とても馴染みのある姿だ。

拳銃。かつて警察官が、自らの責務とともに帯びた武器を思い出す。

征陸は、気づけば銃把を摑んでいた。その手に執行兵器を握っている。吸いつくような感触に、自分が喪っていた何かが取り戻されたような気がした。

「携帯型心理診断・鎮圧執行兵器」禾生の声が聞こえる。「――〈Dominator《ドミニオン》〉だ」

それはかつて神の威光を知らしめるために地上に遣わされたとされる主天使の名を冠していた。新世界の〈法〉を真に正しく執行するため、託宣の巫女《シビュラ》の判決を告げる銃器の完成型。支配者《Dominator》の銘を刻印された処刑具は、自らが社会に存在を許された脅威の具象《かたち》であり、征陸に対して自らと同じ道具になれと導くかのように、生体認証を開始し、そして声を発した。

《――征陸智己執行官・公安局刑事課所属・使用許諾確認・適正ユーザーです》

4

明けた翌日、空は朝から再び煙ったような雲に覆われていた。湿気が高く空気はべたついており、昼過ぎにはまた雨になると予報が出ていた。

「……昨日は、禾生局長と何をお話しになったんですか？」

運転席からこちらに一瞥をくれることもなく、巌永が呟いた。

白いリボンで束ねた黒い髪が揺れる。公安車輛は、ひどい悪路を進んでいた。

早朝から資料受け取りのために訪問した多摩の東金医療財団研究施設を出発し、神奈川県相模原へ。さらに市郊外へ繋がる幹線道路を走行している。だが進路上、あちこちひび割れた路面から突き出した木の瘤《こぶ》があり、巌永は忙《せわ》しなくハンドルを切っている。市街地を外れた途端、山間部に迷い込んだかのようなひどい悪路だった。

とはいえ、東名阪の三大都市圏から離れた地方のほとんどは、むしろこうした光景に埋もれている。あるいは、北陸に拡がる大規模穀倉地帯のような田園風景。

「絵画の話とか……だったかな」

征陸もまた厳永の顔を見ずに、当たり障りのないところで答えた。

「たとえば、どんな？」

「エドガー・ドガについて」

嘘ではない。禾生とは、正式採用型の鎮圧執行兵器〈Dominator〉を受け取った後、いくらか雑談めいた話をした。おかげで、通信手段確保のための方便だった絵画芸術に対して、本当に興味を抱くくらいにはなっていた。

「……話を聞く限り、局長が休暇で来ていたのは事実のようですね」

「昨日、そういうふうに話しただろう？」

「けれど、それだけが目的でもなかった」

「まあ、そうだろうな……」

厳永には展示室を出るなり、禾生局長と邂逅したことを話した。手には〈Dominator〉が握られていたのだ。誤魔化しようがない。

征陸はバックミラー越しに公安車輌のトランクを見やる。

そこには二挺の〈Dominator〉を格納した運搬ドローンが収められている。

以前の試作型《スローター》よりも運用に一層の慎重さが求められているのは、殺人銃形態《エリミネーター》より高位の執行段階が搭載されたせいだ。使用者の生命維持に重篤な危険があると判断された場合、軍用兵器を凌駕する威力を有した分子破壊銃《デコンポーザー》形態に変形し、その銃口は捉えた事物すべてを消滅させる。

「どうして局長は、あなたに配備されたばかりの〈Dominator〉を渡したんでしょうか。あれは必要なときに装備すべきであって、気軽に扱っていいものではない」

「さあね。お上の判断は現場の人間にはわからないもんさ」

こういう質問を切り出してきたということは、巌永には情報が下りてきていないのだろうか。ならば、禾生が征陸に警告した内容については、こちらからあえて話すべきではないのだろう。巌永が、厚生省のいずれの勢力の意向を受けているかによって、今後の身の振り方を考慮する必要があるのだから。

八尋の逮捕のため、征陸の刑事としての能力を利用しようとしているだけなら、今まで通りの関係を続ければいい。だが、捜査は二の次で、思考汚染された可能性のある征陸の監視そのものが目的であるとすれば、つねに警戒しなければならない。背後から銃口を向けられ、吹き飛ばされるわけにはいかない。

「……それにしても、征陸執行官。執行兵器を再び持てるようになったんですね。正直、私の見立てでは、もう少し心的外傷《トラウマ》の克服に時間が掛かるものと見ていましたが」

「この前の廃棄区画の一件で思い知っただけだよ。これから先、親爺とまた直接対峙したとき、丸腰では駄目だ。追い詰めたはいいが返り討ちにされたら意味がない。殺されるわけにはいかない。だったら、こちらも必要な武装はすべきだ」

征陸は、嘘ではないが真実でもない返答をする。そう、あれだけ忌避していた執行兵器を手にすることを躊躇わなくなっている。事態の深刻化を理解したことは事実だ。廃棄区画で戦力不足によって命の危機に瀕したときの恐怖。結城や新田のような守るべき仲間と再会したこと。理由は幾らでもある。

だが、最も重要な契機となったのは、間違いなく禾生の言葉だ。自分が八尋の思考汚染を受けているであろう事実。その恭順者となる可能性を否定するためには、事件を解決するしかない。それに、あそこで禾生から〈Dominator〉を受け取っていなければ、事件捜査から外される確信があった。そうなったら、牙慧や伸元と再会する可能性が潰《つい》える。

それだけは、絶対に駄目だ。

「士気を高くなさるのはよいことですが……、八尋和爾への最終的な対処は、〈Dominator〉による即時量刑に従ってください。勢い余って殺すのはナシですよ。いいですね？」

「わかってるさ。〈シビュラ〉が下す判決を無視して標的《ホシ》を殺せば、犯罪係数は致命的なものになるんだろう」

征陸はうなずいた。だが、もし八尋の犯罪係数を無効化する手段がなくなり、今度は、八尋を抹殺しろと〈シビュラ〉が判断したとき、自分は引き金を引けるだろうか。彼の命を奪えるだろうか。分からない。おれは、あのひとを――。

「ご理解なさっているようで安心しました。社会復帰を望むなら、けっして〈法〉を逸脱してはならない」巌永は戒めのように告げ、それから薄く笑みを浮かべる。「とはいえ、犯罪係数は徐々に改善している。これなら近く奥様との面会許可も出ることでしょう」

「――何？」巌永がふいに告げた内容に征陸は、一瞬、呆けた。会えるのか、冴慧に。

「捜査の一環として家族と面会できるよう、諸々の手続きを進めています。ただし、色相重篤者の接触を強く拒否する方針を掲げている医療機関です。強引にやるにせよ、少し時間が必要です。そのあたりはご理解いただきたい」

「そう、か……」

巌永の言葉ひとつひとつを、征陸は噛み締めた。それだけで活力が身体じゅうに漲《みなぎ》ってくる感じがした。目の前に餌をぶら下げられた馬になったような気分。もしかすると、自分の能力を活用するためには、家族をチラつかせるのが一番だと判断されたのかもしれないが、そんなことはどうでもいい。冴慧や、伸元と再会できるなら――。

だからこそ、そのためにも、事件捜査を進展させなければならない。

征陸は、今朝、立ち寄った多摩の研究施設から預かったレポートを改めて確認する。

昨日、依頼していた東金医療財団の研究施設に在籍していた時代の、八尋に関する調査報告書だ。再調査の結果、いくつかの奇妙な行動が確認された、と記されている。

大きく分けて、不審な点は三つだ。

ひとつめは、犯罪係数導入研究の実証部隊への参加経緯だ。二〇八四年の一一月に警視庁を退職した直後の一二月には、研究員として参加している。隙間がまったくない。あらかじめ設定されていた移籍コースを辿った形跡があった。

次に、二〇九一年三月の記録。ここで八尋は、投薬フィードバック試験ではなく、〈シビュラ〉システムを運用する別セクションへの転属を要請されたが、拒否している。さらには、犯罪係数制度の導入後に発生する、公安業務従事者の色相悪化に対する治療法確立のテスターとなることさえ提案していた。自らの色相悪化リスクを承知して。

そして三つめは、以前にも確認されていたが、色相安定薬物の摂取量の増加傾向だ。その摂取量を改めて計算した結果、東金医療財団から、どれほど精強な精神と肉体を有していようと致死量に達する薬物摂取量である、という返答が得られた。特に八〇年代末から九〇年代初頭にかけての時期がひどい。明らかに摂取不可能な量に達している。

そして、この第三の不審点こそが手掛かりになる、と征陸は判断した。

「巌永監視官」征陸は調査レポートから目を離した。「薬物の横流しってのは、今の時代でも小遣い稼ぎになるものなのか？」

「……やれはしますが、利益は出しにくいと思いますよ。自分の色相を誤魔化すために、ラクーゼなどの色相改善薬を生産しているＯＷ製薬の社員やメンタルケア施設の職員が、保管薬物を失敬する不祥事などは見聞きしています。ただ、国民ひとりあたりの平均薬物摂取量が増え続けていますから、錠剤ひとつの末端価格なんてたかが知れている。そこで利益を出すなら、外部へ莫大な量を不正流通させないといけません。しかし、厚生省の認可ルート外で薬物を取り扱うのは、〈ラクーゼ法〉に反する行為ですから、色相は相応に濁る。だから計画段階でも露見の危険性が極めて高い。それに外部の手配師《ディーラー》が摘発されれば、たちまち出所を辿られて横流しをした人間は破滅することになる」

「つまり、リスクにリターンが見合わないから実行しない……」

「はい」

「なら、八尋の親爺は、利益以外の目的で、外部の人間へ横流しをしていたことになる」

「調査レポートを見る限り、そうでしょうが、なぜ薬の行き先が彼の母親だという確信があるんですか？」

公安車輛が向かう先は、まさしく八尋の母親が入所していた相模原市郊外の養老院だ。

しかし、巌永はそこを来訪することに懐疑的だった。

「確かに、八尋の母親――八尋房子《ふさこ》は、長期にわたる夫の自宅介護のため、色相が濁りがちだった。養老院に入所してからも高い頻度で色相セラピーを受けている。ですが、彼女は、二年前――二〇九一年に死亡している。死因は、重篤な色相悪化によるもの。もしも、八尋から継続的に薬物を投与されていたら、こうはならないはずでは？」

八尋の母親は、犯罪係数が導入された二〇九一年に殺処分境界突破により、収容された隔離施設で死亡している。父親も、別の医療機関に入院していたが、やはり急激な色相悪化の後、九二年の初めに死亡している。

「……であるなら、これまでの経緯を鑑みるに、潜在犯遺族を利用して違法薬物に作り変えていたと見るほうが自然では？」

「いや、その線はないと思う。潜在犯遺族は、九一年の犯罪係数の施行以前には存在しない。それに親爺の薬物摂取量の過剰な増加傾向は、今から七年前の八五年から八六年にすでに始まっている」

「なるほど」と巌永がうなずいた。「ですが、犯罪計画実行に必要な分が貯まるまで、秘匿していた線は考えられませんか」

「その可能性はあるが、だとしても期間が長すぎるんだ。巌永監視官、色相治療薬の開発スパンはどのくらいだ？」

巌永は顎に指を添え、わずかに思案してから答えた。

「おおよそ、一年ごとのサイクルですね。諸々の機能の強化や調整が恒常的に行われています。年度ごとの全国民一斉の定期検診の時期に合わせ、新薬がリリースされる」

「つまり、色相治療薬の寿命は短い。だから、入手時期と使用時期は一致していなければ意味がない。――なら、八尋が薬物を大量に確保し始めた時期、研究施設以外で頻繁に訪問している場所があったとすれば、そこが薬物の供給先であった可能性が高いことにならないか？」

征陸の言葉に、巌永は合点《がてん》がいったというふうに頷いた。

そして、木立の切れ間から覗く建物を見やった。西欧風の赤い煉瓦を葺《ふ》いた屋根。白い漆喰壁。天に突き出した礼拝堂の尖塔。そこは八尋の母親が入所していた養老院だった。

到着するなり征陸たちを迎えたのは、施設職員ではなく、入所者らしき老人たちが俯きながら整列する姿だった。背筋のしゃんとした初老の男性。腰の大きく曲がった老婆。車椅子に座って居眠りをしている老爺もいたが、みな一様に黒の装いだった。

葬列だ。彼らは、黒のスーツ姿の征陸たちを参列者と勘違いしたのか、ゆっくりとした動きで手招きをしてくる。無視はできない。そのまま、列の端っこに加わった。

間もなく、施設正面から見て左手に建てられた礼拝堂の扉が開かれ、木製の棺を担いだ若い男たちが現れた。おそらく施設職員だろう。

ブラザー、ブラザー。老人たちが、そう呼びかけると、彼らは棺を正面玄関まで運び、ロータリーに入ってきた車に積み込んだ。

征陸は、隣に立っているソフト帽の老人に棺の行き先について尋ねると、彼はしゃがれた声で、死んだのは自分の親友であった準日本人の男で、横浜の準日本人墓地に眠ることになっている。できるなら、自分も同じところに眠りたいが、こっちは日本人だから難しいだろうな、と寂しそうに話した。それから彼は喉をごろごろさせて痰を芝生に向かって吐き捨てた。

それから征陸を見つめ、にやりと笑った。悪戯《いたずら》をしでかした子供を見つけたとき、老人がよくそうするように。

「あんたは刑事だろう？」

征陸は、虚を突かれたように固まったが、

「そのとおりです」

短く告げ、うなずいた。それからなぜ気づいたのかと訊くと、似た雰囲気の男を二年くらい前まで、よく見かけたからだ、と答えた。

八尋だ。そう直感し、征陸は表情をやや硬くした。やはり、彼はこの養老院を訪れていた。やがて葬列が終わり、入居者たちは三々五々に解散していった。征陸たちも、ようやく養老院の事務所を訪れることができた。

手短に用件について述べると、施設管理者の男は、最初こそ怪訝《けげん》な顔をしたが、巌永が公安局の人間であることをほのめかすと、慌ててデータを引き出してきた。

「……ええ、その方なら、確かにうちに入所されていましたよ。八尋房子さん……。まあ、大変な人生を生きた方でした。ご主人が糖尿と脳梗塞で倒れられてからも長らく、つきっきりで自宅介護をされていたそうです。しかし……、まあ何というか、自身もご病気になった途端、半ば捨てられたようでして――」

「捨てられたってのは、穏やかじゃありませんね……」

八尋が以前に話していた通り、彼の両親は――というより父親か――良好な関係を築いていたわけではなかったらしい。

「何でも、ご主人は、以前の勤め先の方々が経営されている特別養護施設に移ったそうなんですが、そこは本人以外、入所できない規則らしくて。結局、ひとりでうちの施設に入所なさったんです。ただ、話を聞く限りでは、ご主人のほうも色相がかなり濁りつつあったそうなので、離れて正解だったのかもしれませんがね。いや、でも本当に、房子さんは健気《けなげ》な方でしたよ。そんな仕打ちを受けたってのに、手紙を定期的に送り、遣り取りはしていたようですから」

「ちなみに彼女の遺品、残っていたりしますか？」

征陸は質問した。八尋の行動の手掛かりになるものは何であれ、入手しておきたい。

「おそらく倉庫内にあるかと。原則、亡くなられた入所者の持ち物については、ご遺族が引き取るか、さもなければ一定期間後に処分する規定になっていますが、房子さんの息子さんには色々とお世話になりまして、もし再訪される機会があればお渡ししようと思っていたんですが……」

「では、誰か職員の方に案内を」と厳永が名乗り出た。「私が行きましょう」

彼女に八尋房子の遺品確保について任せつつ、征陸は事情聴取を続けた。

「房子さんの養老院での生活は、いかがでしたか？」

「あまり社交的ではありませんでしたが、とても気遣いをされる方でしたよ。それに、息子さんも頻繁に面会に来られていたので、周りから羨ましがられていましたね。……いや、今の時代、当然ではあるんですが、色相が濁った親を施設に預けたっきり、一切の面会をしなくなる方のほうが多いですから」

「ところで、こちらの男性はご存じですか？」

「……ファーザー」

管理者が、八尋の相貌を見るなり、ぼそっと呟いた。

「――失礼」と彼ははっとして二の句を継いだ。「和爾さんだ。八尋房子さんの息子さんです。間違いない」

征陸は反射的に相手の顔を見つめた。その挙動を仔細に観察する。

神父《ファーザー》――八尋が廃棄区画で活動する際に名乗っているものと同じだ。なら、この施設の職員は彼の協力者なのか。だが、間もなく、征陸は浮かんだ疑念を否定した。施設管理者の反応に、何かを隠蔽しようとする気配は感じられない。この男性はシロだ。

　では、なぜ、そんな言葉を口にしたのかと考えたところで、養老院に併設された礼拝堂と、遭遇した葬列の光景を思い出した。この施設には古い宗教の面影がある。

　あるいは、もっと古い記憶が蘇った。沈下する泥地、湾岸廃棄区画での八尋との会話を。チャイコフスキーの『白鳥の湖』が幻の旋律を奏でる。そして、かつて八尋が自分に告げた内容を思い出す。おふくろがカトリックだったんだ。であるなら、管理者が八尋について形容した言葉は、文字通りの神父《ファーザー》ということなのだろうか？

「ああ、すみません。実は、和爾さん、面会に来られるといつも施設業務を手伝ってくださったんですよ。――ほら、敷地内に礼拝堂があるでしょう？　そこで入所者向けの行事などを主催されていて、自然と皆から、神父《ファーザー》さま、と呼ばれるようになったんです」

「……そうでしたか」

　過去を懐かしむように語る彼の様子からは、八尋に対する好意が自然と伝わってきた。利害を共有する関係ではなく、紛れもない親愛の情が感じられる。

　それにしても現在の八尋からは想像もつかなかった。あるいは、自分の知っている刑事としての八尋からも。だが、二年前に再会したときの姿。身体中の肉を削《そ》ぎ落とし摩耗したような痩せ具合。知性ある佇《たたず》まい。マサ、今の俺の仕事が何だか分かるか、という問いかけ。そうだ。あれは学者ではなかった。神父。聖職者という職種に就く者が纏う静謐《せいひつ》さ。さながら清貧のなかで自らを聖化させていく殉教者のような。

「……あのお、和爾さんは、もしかして何か、事件にでも巻き込まれたんですか？」

管理者が不安そうに征陸を見てきた。

征陸は咄嗟に微笑みを返した。何も心配することはない、と元気づけるように。

「ああ、いえ、これはちょっとした調査の一環でして、彼は今もご健在です」

すると、相手は大きく安堵の溜息をついた。それからぽつりと呟く。

「それは……、よかった。お母様が隔離施設に行くとなったとき、非常に混乱されて、憔《しょう》悴《すい》し切っていましたし……。それまでは順調に色相が改善しつつあったのに、急に悪化したのは何とも不運で――」

「改善しつつあった……ということは、やはり入所時点から彼女の色相は……」

「はい。病気というのも心因性の心臓疾患だったもので、長い間の旦那さんの自宅介護もあってストレスも相当なものだったんでしょう。……その、和爾さんから話を聞く限り、旦那さんは、やや気難しいところがあるようでしたから。それがうちに入所し、和爾さんが足繁く通って下さるようになってから、あんなに濁っていた色相がどんどん澄んでいった。奇跡だ、と誰もが喜んでいました……」

征陸は、少し妙に思った。潜在犯となり、収容された知見がもたらす違和感。

無線通信を起動し、倉庫にいるはずの巌永に話しかける。

《巌永監視官、色相ってのは、転地療養でそこまで改善されるものなのか？》

《程度問題ですね。軽度の濁りなら、その原因から距離を置くことで回復が見込めるとは思いますが……》

征陸は、施設管理者の男性に頼み、八尋房子の入所当時の医療データを受け取り、巌永に転送した。間もなく返信が来た。

《見た限り、自然回復で何とかなるレベルを通り越していますね。専門の心理療法士による色相治療と継続的な投薬処置がなければ、まず改善不可能でしょう。犯罪係数が導入された現在なら、すぐに隔離施設行きでしょうね》

《……であれば、親爺は、母親に独自に調合した薬物を服用させることで、色相改善を図ったということになるな》

《その可能性はあるとは思いますが……》巌永は奥歯に物が挟まったように答えた。《だとしても、説明《クラック》がつかない部分があります。これだけの大幅な色相改善には、複数の色相治療薬を混合した合成薬剤《カクテル》を使う必要があります。ですが、言うまでもなく、そんなものは正規ルートを経ていないことが明らかですから、違法な薬を服用しようと思った瞬間、色相が濁ります。しかし定期検診を始めとするデータを見る限り、その兆候は見られなかった》

《じゃあ、八尋の親爺は、母親に違法だと認識させずに服用させたわけだ。何か方法はあるだろうか？》

《薬効のないものと信じ込ませ、継続的に合成薬剤を服用させる偽薬《プラシーボ》の逆転版などは？》

《――なるほど》征陸は、事務室の窓越しに、施設横の礼拝堂を見やった。《ここにある設備なら、その手法が使えそうだ》

そして、征陸は無線通信を切り、施設管理者に再び質問した。

「――和爾氏は、面会に来るたび、礼拝堂を頻繁に訪れていませんでしたか？」

案の定、相手は、そうです、と首を縦に振った。


聞けば、養老院自体が元々は郊外型のホテルであり、老朽化によって半ば廃棄されていたところを、独居老人などの支援団体の後援を受けたＮＰＯが引き取り、改装したものだと説明された。礼拝堂もウェディングチャペルとして設計されていたため、造りがどこか安っぽかった。宗教施設そのものではなく、らしさが求められる空間。まるでテーマパークのアトラクションのひとつであるかのように。

施設内では、職員たちが慌ただしく撤収作業を進めていた。先ほどの葬儀の後片付け。老人たちの衣服に染みついた樟脳《しょうのう》の匂い。遺体の防腐処理《エンバーミング》に用いる薬品の匂い。

飾られた献花の投影処理が解除され、無機質な装置の外形を剝き出しにする。やがて撤収が完了すると、内装の投影が切られ、ひび割れた壁面が露わになった。幾度も修繕を施したであろう長椅子の手摺は折れているところも多かった。曇ったステンドガラスも外光を取り入れて鈍く耀くばかりで、薄暗い。

「恥ずかしながら、うちのような零細の養護老人施設というのは、騙し騙しやっていくしかないんです」と俯きながら施設管理者の男性は、頭を掻いた。「ですが、和爾さんが色々と寄付をしてくださったんです。礼拝堂の内装用の投影装置もそのひとつで、おかげで入居者の方々が旅立たれるときも、しっかりとお見送りができるようになりましたよ」

それから管理者は、養老院での儀礼の多くは、八尋が始めたものなのだ、と説明をした。葬儀だけではなく、様々な宗教儀礼について自ら実践し、施設職員たちに教えていったものだ、と。

「本人は、素人知識だから、あまり信用してくれるな……と言っていましたが、私たちからすれば、彼ほど幅広い知識と聖職者に相応しい慈愛の精神を持ったひとはいませんでした。だから、和爾さんが来られなくなった今でも、私たちで可能な限りは続けるようにしているんです」

「なるほど」と征陸はうなずいた。「――それで、ちょっとお聞きしたいんですが、和爾さんが行われていた行事のなかに、聖体拝領の儀式は含まれていませんでしたか？」

すると管理者は、すぐには思いつかないというふうに腕を組んだ。

征陸は、覚えている限りの内容で聖体拝領《エウカリスト》について描写した。シスターの教会堂内部、香部屋《サクリスフィア》。大机に並べられた、十字の窪みが刻まれた特徴的な形状の白い種なしパン《ホスチア》。そして深紅の葡萄酒について。

「ああ、それであれば……」と管理者が合点し、手を打った。「定期的に行われていましたよ。最初はおふたりだけでやっていたそうですが、だんだんと評判になり、最終的には、結構な人数が参加しておられました。和爾さん、その日は、車にパンの箱とワインの瓶を満載していましたっけ……」

やはり、そうだ。予想が確信に変わった。八尋は、自ら調合・合成した色相調整薬を、聖体となる種なしパンと葡萄酒に仕込んでいたのだ。現行の食品向け3Dプリンタ《オートサーバ》であれば、配合内容を細かく設定して出力することができる。材料の調達と薬物の配合割合さえできれば、作成自体はさほど難しくはない。

そして、聖体拝領に擬した一種の精神治療《サイコセラピー》を実行した。表面的には――授けられる側の主観としては――敬虔《けいけん》な信仰がもたらす奇跡として。

話を聞く限り、養老院での八尋は、神聖視された存在だった。そんな彼が授けるのであれば、きっと特別なものと思い込むには十分ではないか。そこに、神の教えや救済について述べる説教なども含めれば、宗教儀礼を通じて色相改善が為されても、それを享受する側は、薬物治療とは思わず、むしろ、八尋を救世主も同然に崇《あが》めていたのだろう。

「ところで、他の入所者の方たちも参加された理由って……、その儀礼に参加することで色相が改善したからではありませんか？」

「ええ、そのとおりです」と管理者は同意した。「先ほどもご説明したとおり、房子さんは、さほど社交的な方ではありませんでしたが、もしかすると、息子さんを自慢したかったのかもしれません。……いえ、それは適切な表現ではない。彼女は、自慢の息子から施される祝福のようなものを、自分だけでなく、周囲の人々にも分け与えたいと、きっとそう思ったのでしょう。お優しいひとでしたから……」

だからこそ、最後は急激な色相悪化で施設へ隔離されたというのが残念でならない、と沈鬱な口調で言った。

であるなら、なぜ、完璧であったはずの八尋による色相治療が最終的には失敗したのか、新たな謎が生じた。

5

間もなく、その答えが、巌永からの無線通信によってもたらされた。

《征陸執行官。倉庫に保管されていた八尋房子の遺品ですが、夫から送られてきた手紙に、少々、妙な記述が見つかりました。曰く、〝お前がくれた息子の奇跡を皆、大いに気に入っている。また、頼む〟――と》

それは次なる目的地を指す標《しるべ》に他ならなかった。

養老院を出て車を飛ばす。進路を南西に取る。目的地は横浜市元町の山手——八尋房子の夫が入所していた旧省庁ＯＢ向けの大規模色相治療施設。

その途上、助手席で征陸は執行官デバイスを操作し、養老院から提出された入所者たちの記録を開く。二つの検索条件を設定。出力された検索結果を互いに比較。結果、多くの共通項が見出された。

八尋が主催していた聖体拝領の参加者たちは、八尋の母親が隔離された二〇九一年四月以降に、後を追うように隔離ないしは死亡していた。原因は、急激な色相悪化ないしは、重篤なストレス症状を原因とする心臓麻痺や脳機能障害に拠るもの。薬物依存によるショック症状と見て間違いなさそうだが、あくまで自然死として処理されている。

「違法薬剤による強引な色相改善というのは、いわば決壊寸前のダムに壁を継ぎ足し、溢れ出てくる水を無理やり防ぐようなものです」と厳永が呆れも露わに言った。「薬効が切れた瞬間、壁は崩壊し、これまで抑えつけられていた強烈な負荷が一気に雪崩《なだ》れ込んでくる。無論、色相の濁りは凄まじいものになる」

「無害であると認識しているだけであって、実際の肉体はひどく損傷し続けた……か」

強力な投薬を続けていた以上、揺り戻し《リバウンド》は途方もない苦痛を伴ったことだろう。ある意味、そこで即死できれば、楽だったかもしれない。

しかし、八尋の母親は違った。命は奪われずとも、色相悪化は致命的だった。隔離施設への強制収容。施行されたばかりの犯罪係数の測定による潜在犯認定。そして合成薬剤の投与が途切れたことによる幻覚・幻痛症状に苛《さいな》まれ、さらに色相を悪化させていき、犯罪係数もそれに伴って上昇を続けた。そして、殺処分境界を突破した。

「……八尋も自分の母親に随分と惨《むご》いことをするんですね。薬物投与によって偽りの色相浄化をしたところで、彼女の身体はぼろぼろになっていたでしょう。そこに輪をかけて隔離施設送りにするなんて――」

「違うんだ」

征陸は、巌永の言葉を遮《さえぎ》った。

違う。違うんだよ。巌永監視官。八尋の親爺は、そんな苦痛を母親に強いるなんてこと、これっぽっちも考えちゃいなかったんだ。

「……養老院の管理者が言っていただろう。母親に隔離措置が取られたとき、親爺は激しく取り乱していた、と。――母親の色相悪化は、想定外の事態だったんだ」

有り得ない。きっと八尋は、そう思ったはずだ。投薬治療は完璧で精神治療においても万全を期していた。東金医療財団の研究施設で、犯罪係数実証チームに所属することで、その手のノウハウは余すことなく学んできた。これまでずっと上手くやってこれた。

畜生。それがどうして、こんなことになった。……なぜ、この社会は、なおも俺の母親に苦痛をもたらし続ける？　散々に苦しんできたんだぞ。あの糞野郎から解放されて、ようやく与えられた余生くらい幸福に過ごしたっていいじゃないか。なぜ、静かに眠らせてくれないんだ。託宣の巫女《シビュラ》よ、お前は、俺の母親が苦しみだらけの人生だったから、死ぬ最後の瞬間まで苦しめと導くのか……。

ダンッと征陸は公安車輛のダッシュボードを殴りつける。抑えられない怒り。膨れ上がる憎悪。自分を飲み込もうとする八尋の感情に気づき、咄嗟に我に返った。自らの意識を取り戻そうとした。必死に、自分の心のなかに引かれたはずの境界線を探った。

おれは、征陸智己だ。八尋和爾じゃない。

激情は波のように引いていった。消えた。後にすさまじい負の感情の津波となって襲来する、不吉な予兆を残しながら。

「じゃあ、なぜ、八尋にとって想定外の事態が発生してしまったんですか？」

「単純なことだ。母親の行動を、すべてコントロールできなかったせいだ」

八尋にとって、母親の存在は、自身の善悪の天秤を規定するもの。最も死守しなければならない聖域だった。だが、相手は人間だった。彼の思った通りにだけ行動してくれる人形ではなかった。意志ある人間だった。たとえ、善きひとであったにせよ。その性質こそが、最悪の方向に作用したのだ。

「始まりは善意から――」征陸は告げた、苦々しく。「そして無自覚の悪意によって殺されたようなもんだろう。……親爺のおふくろさんは」

　征陸は、八尋が聖体拝領に擬した色相治療に、やがて多くの入所者が参加するようになったことを改めて話した。

「養老院のなかで参加者が増えたこと自体は問題ないんだ。実際、人数が増加した後も、親爺は研究施設から持ち出す薬物の量を増やすだけで対応可能だった。そのときはまだ、状況は想定の範囲内だったんだ」

　だが、そこに漏れがあった。

　八尋の母親が出していた手紙の送り先は、彼女の夫だった。彼は糖尿由来の脳梗塞発症により、長らく介護が必要な状態だったところ、色相悪化を理由に特別養護施設へ入所していた。

「長らく献身的に介護してきた夫と手紙での遣り取りが継続しており、なおかつ、その相手は色相悪化に苦しんでいる。そういう状況下で、色相が改善するすべを知ったとすれば、彼女は、何を為すべきと思っただろうか？」

「八尋による色相治療のことを教えないはずがない……と」

「そうだ」征陸は頷きを返す。「だが、息子が誰よりも父親を嫌っていることもまた理解していたんだろうな」

　それこそ、告発によって人生を破滅させることさえ厭わないほどの憎悪だ。たとえ、頼み込んだところで、こればかりは受け入れられないと思ったことだろう。

「だから色相改善の方法を分け与えてほしいと頼まれても、断ることができなかったはずだ。何とかして、自分の夫を助けようと手を尽くした」

「……情報によれば、八尋和爾の父親は、警察官時代には組織ぐるみの汚職に手を染め、退職後に病で倒れてからは情緒の不安定に拍車がかかった。妻や介護福祉士に対しても極めて粗暴な言動を繰り返していたそうです。他にも、長期的に家庭内暴力を振るっていた疑いも持たれていたんですよ。そんな相手を救うために、自分を犠牲にするなんて有り得るんでしょうか。そんな、不幸になるしかない選択、普通はしませんよ」

「男女の仲ってのは、利益不利益だけでどうこうなるものじゃないんだ。他人から見たら、どれだけ不合理に思えても、本人たちのなかでは筋が通っていたりする」

「そういうものですか」まったく理解できないというふうな巌永の呆れた表情。

確かに、自分を犠牲に誰かを救うというのは、論理を超えた飛躍的行為だ。しかし、八尋の母親が信仰していた宗教《カトリック》における救世主《キリスト》は、そんな理不尽を背負い、すべての人類を救済しようと自らの命を投げ出した。

彼女は、そういう女性だったのだ。自己犠牲。他者への施しと救済。

それは非合理かもしれない。だが、そういう選択をする人間が確かにいることを、征陸は知っている。冴慧——自分の妻は、潜在犯化した夫の許に足繁く通ってくれた。それこそ、倒れるまでずっと。合理的に考えれば、とっくに切り捨ててもよい相手の更生を望み続けてくれた。そう、もし、自分が同じ立場に立ったとき、冴慧や伸元のために、おれは命を投げ出すことができるのか――？

「しかし妙なのは、母親の死後、八尋が、それほど憎んでいたはずの父親の許を頻繁に訪れるようになったことです」

母親の死後、八尋は、父親の介護を理由に、横浜の色相治療施設を繰り返し訪れていたと記録があった。

だが、それが本当の目的であるはずはない。母親の死後、残された父親を気遣って、過去の和解が果たされるほど、その対立は生半可なものではなかった。

「――その行為は、八尋の親爺の行動傾向と明らかに矛盾している。別の目的が必ずあったはずだ」

それを調べるため、公安権限に基づき、郵便事業者に情報開示をさせた。八尋房子が送った手紙に紐づく追跡可能性《トレーサビリティ》による荷物データを照会した。

八尋の母親が夫に送っていた手紙にはオマケがついていた。荷重量を見る限り、紙面だけとは思えない重量が計測されていたのだ。その輸送手段も通常の郵便ではなく、美術工芸品の類を送るときに用いる厳重な梱包を施した宅配便が使われていた。であるなら、手紙と一緒に違法薬物が送付されていたことは明らかだった。

そして、荷重量の数値は、月日を追うごとに増加の一途を辿っており、八尋の犯罪係数実証チームにおける薬物使用量を示すグラフの増加率と、ほぼ近似の傾向を示していた。

これだけの法的根拠があれば、色相治療施設も立ち入りを拒むことはできない。

そして公安車輛は、間もなく横浜市内に入った。

山手地区の坂を上り、準日本人墓地に差し掛かる。目的地は近い。

麦畑に火を放ったかのような真っ赤な夕暮れのなか、横浜港を見下ろす丘の上に、ねじくれた一対の山羊の角を思わせる建造物が聳え立っている。外装は鮮やかな珊瑚色《コーラル》。しかし陽の陰りによって、剝き出しになった内臓といった毒々しい色合いに変貌した建築物は、離れた位置からでも、かなり巨大に見えた。

それは各省庁――特に法務省・警察庁と経産省・国交省を中心とする――諸勢力が共同し、犯罪係数導入時期に建造させた医療福祉構造体《メディコン》。名目上は、社会的に有益な役割を有するが、色相が悪化してしまった自己申告者たちを社会復帰させるため、重点的な治療を施すという理由で建造された。つまるところ、各省庁の高級官僚《キャリア》のみを特権的に受け入れ、色相治療を隔離環境下で実施する施設だ。都内各所の廃棄区画が貧者たちにとっての避難所であるとするなら、あれはその逆、富める者らが逃げ込む場所。隔離という名の防壁を張り巡らして、その余生を安寧に過ごすための醜悪な揺り籠だった。

「……八尋の父親も、あの施設に色相悪化後に収容されていた」と巌永。「しかし、彼の警察組織内での地位を鑑みるに、施設の入居資格を満たしていたとは言い難い……」

つまりは、あの構造体を牛耳っている連中にとって、何があっても囲い込む必要があったのだ。彼は、組織的な汚職に深く関与していた。ならば、色相悪化で隔離され、自暴自棄になって暴露されては困る真実を抱えていたのだろう。

「――あの施設は、精神衛生社会にとって唾棄すべき負の遺産そのものです」

巌永はフロントガラス越しに、着実に巨大さを増していく医療福祉構造体を嫌悪のまなざしで見つめた。確かに、それは長い年月によって積み重ねられた既得権益の集合体そのものだった。

「社会にとって有益であるか否かを規定するのは、〈シビュラ〉であって官僚たちの仕事ではない。しかし、この社会を動かす歯車となるべき者たちのなかに、錆びついた旧来の価値観にしがみついたままの連中が、いつまでも消えない。新世紀も間近だというのに、人間は相変わらず、あまりにも不完全なままです……」

巌永は、苛立ちを隠そうともせずに陰鬱に呟いた。その様子に、征陸は何か異様なもの、けっして目にしてはならないものを垣間見た気がした。かつて再会したときに、虚《うつ》ろそのものといった八尋が、征陸の選択に対して警告を述べたときに帯びていた薄ら寒さと同じだった。

自然と、視線を逸らした。征陸も医療福祉構造体の捩れた塔を見つめた。

母親の死後、そして公的な記録が一切消失し、行方を晦ますまでの約一年間――八尋は、あの施設を頻繁に訪れていた。自分にとって仇敵だらけの場所を。

八尋の父親が過去、繰り返してきた罪の重さ。その発覚を潰すため、組織的に実行された汚職の隠蔽は、赦されざる悪徳に他ならない。それを実践してきた者たちが無数に蔓延《はびこ》る医療福祉構造体は、八尋にとって魑魅魍魎が巣食う万魔殿に等しかったはずだ。あるいは、地上に突き立った悪徳のソドムとゴモラのように。

なら、八尋は、そこを訪れて何をしようとしていたのだ？

今の八尋が掲げているように、正義の実践を為すというなら、かつての警察機構において大規模な汚職に携わったすべての人間を殺戮すべきだったのではないか。

だが、実際は違う。公安局員を連続殺傷し、廃棄区画の住人たちを扇動し、無関係な市民すべてを巻き込み、社会構造を転覆させる無差別テロを実行するための準備を整えた。

まさか、ここまでの推理が誤っていたのか。八尋の行動の動機は、彼にとっての正義が為されることではないとでも言うのか。いや、そもそも、八尋が掲げる正義とは何だ。不正の駆逐。それが彼の目的ではないとでも？

分からない。だが、この状況を鑑みるに、まだ先がある、と見るべきだった。より深い闇の奥に潜っていかねばならない。だが、それがどこで終わるのかさえ、征陸には想像がつかなかった。分析すべき、八尋和爾の精神構造は、あまりにも複雑すぎた。

そのときだった。

思考に沈降しつつあった征陸は、急に視界が暗くなったことに気づいた。陽は暮れつつあったが、これほど急に夜が訪れるはずもない。かといって天候が悪化しているのでもないとすれば。

征陸は背後を振り返った。

リアガラス越し——準日本人墓地を囲うように生い茂る木々の姿。車道の両脇に植えられた並木の類は一切見えず、代わりに二車線を丸々使い切るような横幅。巨大な威圧感を発する大型の工事用無人機運搬車輌が、接触寸前の距離まで接近している。

「——アクセルを踏め！」

咄嗟に叫ぶ。

巌永もすでに異常に気づいており、アクセルを強く踏み込み、急加速をかけて大型輸送車輌を引き離そうとしたが、遅かった。

衝突。強い衝撃が背後より襲ってくる。身体が前方に投げ出されようとするのをシートベルトのおかげで何とか堪《こら》えたが、運転席の巌永がハンドルから手を滑らせてしまう。高速度域での操作ミス。公安車輌がスピンしかける。危ういところで自動操縦に切り替わる。姿勢制御の実行。すぐさま巌永が再びハンドルを握り、今度こそ離脱を図ろうとする。

しかし、対向車線から、さらにもう一台の大型輸送車輛が出現し、横断歩道付近で急停車する。展開されていた荷台から工事用ドローンが飛び出してくる。そして、それは征陸たちの公安車輛が突っ切ろうとした三叉路のちょうど交差点に着地した。

進路を阻《はば》む門番であるかのような巨大な機影。太く張り出した四肢。有人操作が可能に改造された大型工事用ドローンが、堅固な鋼鉄製のクレーンを巨大な鉄棒のように振り回し、猛スピードで接近する公安車輛のフロントに、その一撃を叩き込んでくる。

巌永が急ハンドルを切った。だが、もはや間に合わない。

直後、征陸の視界に暗闇が降りた。


世界の手触りが遠い。音が鈍い。夢のなかにあるような意識の遊離感。

征陸がゆっくりと頭を起こすと、エアバッグが沈み込み、粗目《ざらめ》のように細かく砕けたフロントガラスの粒が、ざあっと落ちていく。頭に手を突っ込み、髪の毛の間に入り込んだ残りの破片を搔き出す。出血は、ない。だが、身体がひどく強張《こわば》っている。息が苦しい。出っ張ってきたダッシュボードの残骸が、征陸の上半身をバケットシートと一緒になって挟み込んでいる。

手探りでシート脇のスイッチに触れ、ぐいっと引く。シートが後ろに倒れ、隙間ができた。何とか身体を引っ張り上げ、よろよろと後部座席に倒れ込む。腕、脚に擦過や細かな切り傷はあっても、骨折、打撲はなし。

だが、そうだ。「巌永、監視官――」征陸は呼びかけた。鼓膜がやられているのか、自分でも囁いただけなのか、大きく叫んだのか分からない。

すると、蛇が噛みついてくるように白い腕が飛び出してきて、征陸の口を塞いだ。

「……静かに。向こうがこちらの様子を窺っています」

巌永だった。彼女は運転席で器用に身体を捩り、後部座席に手を伸ばしてきている。彼女は監視官デバイスを操作しながら、顔を顰《しか》める。どこか痛むのか。

「こちらが直前にあえて車をスピンさせたおかげで、屋根ごと頭から粉砕されずに済みましたが……、代わりに車は全損です」

「……まあ、命あっての物種《ものだね》だ」

意識が明瞭になってきた。公安車輛は、準日本人墓地の入り口に面したガードレールに衝突し、フロント部分が大きくひしゃげている。遠目には搭乗者の生存は不可能に見えるほどの損壊具合。公安局の装備の頑丈さに感謝するしかなかった。

だが、状況は最悪だった。

例の大型工事用ドローンは、目算で五メートルほどの位置で待機しており、その背後は道を塞ぐ巨大な壁のように輸送車輛が陣取っている。

「あいつら、親爺の私兵か……」

「でしょうね」と巌永。「それと強力な通信妨害《ジャミング》が実行されています。公安局からの応援は期待できない」

「医療福祉構造体の警備部隊は期待できないか？」

「多分……何が起こっても、上の施設から警備ドローンは駆けつけませんよ」巌永は澱《よど》んだ眼つきで丘に建つ珊瑚色の塔を一瞥する。「あそこの連中は、自分の命が惜しくて自分から檻に入った敗残者たちです。色相を濁らせるすべての事態を忌避し、無視をする」

「となれば、おれたち二人で応戦か。……投降って線はないよな？」

「八尋が、私たちに情けを掛けてくれるとは思いません」

「……違いない」と征陸は同意した。「無抵抗のまま、殺されるわけにはいかない」

であるなら、反撃の手筈を整えなければならない。

「監視官。トランクを開けるか……」

まずは武器の確保だ。この圧倒的な戦力差を覆《くつがえ》すには、それらを無効化するほどに強力な兵器が必要になる。そして、それは今、トランクに突っ込まれたままだ。

「車輛の管制システムが死んでいます。手動で開くしかありません」

「そんな姿を晒せば、すぐに攻撃される」だが、やるしかない。「――〈Dominator〉の運搬ドローンの脚部展伸機構を使って、トランクを押し破れるか？」

巌永がはっとした顔で、すぐさまデバイスを操作し、情報を参照。

「――やれます」

「なら、それで行こう。このまま相手が見過ごしてくれるはずもない。時間が経つほど劣勢に立たされる」征陸は後部座席のドアロックを慎重に解除。「近距離の端末間通信なら可能だよな？」

問題ない、と巌永の返答。

「じゃあ、タイミングを合わせるぞ」征陸はドアノブに手を掛ける。「1、2、3――」

征陸が車外に這い出した。ガードレールと大破した公安車輌の狭間。相手の死角となる位置に。直後にひしゃげたトランクを内側から押し破り、漆黒の墓石めいた〈Dominator〉運搬ドローンが出現。悪路走破用の機械肢を巧みに操り、路上へ着地。ローラーを回転させ、急加速を掛けて征陸の許に接近してくる。

八尋の私兵たちが、こちらの動きを察した。有人仕様の大型工事用ドローンが突っ込んでくる。駆動機の唸り。巨象が吠えるような重々しさ。

征陸は、相手の注意を引くため、身を起こして走り出す。公安車輌の陰から飛び出し、障害物のない路面に姿を、あえて晒す。来い、標的はこっちだ、と叫ぶように。

案の定、相手は目標を征陸に定めた。脚部ユニットで舗装道路を踏みしめながら、緩慢に、しかし圧倒的な歩幅《ストライド》によって、瞬く間に距離を詰めてくる。その腕には、鋼鉄の棍棒代わりのクレーンユニット。

「コン畜生！」

征陸は自分を押し潰そうと振り下ろされた大型工事用ドローンの一撃を、ギリギリの間合いで回避した。路面を舗装するアスファルトが砕け散る。人間であれば、もっと容易《たやす》く肉片に成り果てるであろうすさまじい衝撃。耳を聾する轟音。

だが、征陸も目的の装備を確保していた。頭から飛び込んだ先、中央分離帯のすぐ脇で内部機構を露出させている、〈Dominator〉運搬ドローンから突き出された二挺の大型拳銃。

この社会を統《す》べる法を執行する、漆黒の処刑具――その正式採用型。

征陸は、躊躇うことなく、禾生より渡された処刑具、その銃把を摑んだ。指向音声・指向投影による生体認証《バイオメトリクス》の実行。急げ。鼓膜を直接振るわせる機械仕掛けの巫女の声――**《携帯型心理診断・鎮圧執行システム・ドミネーター・起動しました》**。急いでくれ。時間がない。**《――征陸智己執行官・公安局刑事課所属・使用許諾確認・適正ユーザーです》**。自らの「力」を振るうことを許すと告げる銃の声。そして認証完了。

「監視官のところに行け」征陸は叫ぶ。「準日本人墓地を抜けて市街地で合流すると伝えろ」

〈Dominator〉を引き抜いてすぐ、運搬ドローンの筐体《きょうたい》に蹴りを叩き込んだ。

征陸は反動を利用し、その場を離脱する。だが、距離が不足している。大型工事用ドローンが、スケールのはるかに小さい征陸の回避など意に介さないというふうに、コンパクトな動作でクレーンを振り下ろす軌道を修正。機械仕掛けの腕力に任せ、征陸を粉砕せんと迫る。

もはや生き残るすべはなかった。

しかし、それこそが征陸の狙いだった。

《脅威度が更新されました・デストロイ・デコンポーザー》

まっすぐに突き出した右腕。握りしめた〈Dominator〉が、迫り来る大型工事用ドローンの脅威度を即座に判定。銃の遣い手たる征陸の生命保全を最優先し、瞬時に可変する。銃身から骨格が迫《せ》り出す。光を宿し明滅する未知の臓器を露出するように。一方で展開した装甲板が征陸の右手を手首まで覆う。まるで己の一部として取り込むように。身体の拡張する先として、託宣の巫女の猟犬が振るうべき牙成らしめるように。

《慎重に狙いを定め・対象を完全排除します・ご注意ください》

銃口から漏れ出す緑燐光。その射線上に大型工事用ドローンのクレーン／機械腕部／搭乗ブロックのすべてが揃った。必殺必中のタイミング。撃つべき、最大の好機。

　征陸は引き金を絞った。しかし、その銃口をわずかに逸らした。

　集束された分子破壊光が撃ち出された。光り耀く獣の牙であるように。砕けぬものなど存在しないと証明するように。鋼鉄製のクレーンも機械腕も纏めて喰い尽くしていく。だが、搭乗ユニット部分だけは外した。

　殺さない。たとえ、向こうがこちらに殺意を抱こうとも。偽りの救済に縋るしかなく、それしか摑める選択肢がなかった連中を、こんなところで死なせていいはずがなかった。ただ、脅威のみを排除する。処刑は刑事の為すべきことではない。それは、ちっぽけな矜《きょう》持《じ》だ。けれど、捨てることはできない。

　そして、もう一度、引き金を引いた。着弾箇所は大型工事用ドローンの脚部。両腕が大きく迫り出した典型的なパワーアシスト型の設計であるため、片方でも脚部を失えば姿勢制御が取れなくなり、途端に転倒した。無論、起き上がれない。無力化には十分だった。

　その瞬間、背後で何かが炸裂し、そして崩れ落ちる轟音が聞こえた。

　振り返ると、公安車輌から身を乗り出し、小柄な身体に不釣り合いなほど巨大に見える分子破壊銃形態の〈Dominator〉を握りしめた巌永の姿。

　彼女が穿《うが》った先、最初の追突を仕掛けてきた輸送車輌は、起動中だった荷台の大型工事用ドローンの搭乗ユニットを分子破壊光によって撃ち抜かれ、その残骸を地面に降らし沈黙する。一方的に蹂躙《じゅうりん》するはずだった相手が振るった、思わぬ反撃に慄《おのの》くかのように。

だが、やがて山の手から下ってきた数台の高機動車輌から、白尽くめの集団が姿を現しつつあった。白兵戦はご免だった。

征陸が手にした武器は、犯罪係数を誤魔化した人間相手では無用の長物と化す。物量で攻められれば確実に押し切られる。

征陸は、先に巌永が離脱したことを確認すると、路上を突っ切り、ガードレールを越え、そのまま準日本人墓地の入り口へ飛び込んだ。陽は沈みつつあった。染み渡ってくる夜の影が、降り始めた雨とともに自分たちを追手から隠してくれることを祈った。

山手の斜面を整備した準日本人墓地は、二一世紀半ばに旧名の横浜外人墓地から名称変更された共同墓地だ。元はキリスト教圏の土葬された墓がほとんどだったが、見慣れた仏式を始め、煉瓦を積んだ質素なムスリムの墓や、他にもカラフルな布地に骸骨の柄を染めたものを大量に敷き、酒瓶を並べた墓の群れに出くわした。何か象徴的な意味はあるのだろうが、その意味をけっして理解することはできない未知の墓がいくらでもあった。

鎖国政策によって外界との接触を断った日本で、ここだけは世界の雑多さが垣間見える例外的な場所のひとつと言えた。

幸いなことに宵の口の共同墓地に参拝者や観光客の姿はなかった。無理もない。準日本人向けの共同墓地として公的な指定を受けているものの、実際は野放しに近く、勝手に墓穴を掘り埋葬されるケースも多い。無縁仏も数知れない薄気味の悪い場所。あるいは、表ざたにできない理由で死んでいった多くの命が放り捨てられる廃棄場でもある。自分がそのひとりになるのは御免だが、このままでは追いつかれて殺される。

征陸は腰を低くしながら墓石の合間を駆け抜けていく。

すでに八尋配下の白尽くめたちは、手に手に刀剣を握りしめ、墓地内に侵入し始めていた。まるで亡者の群れ。捕まれば容赦なく喰い殺される。

執行官デバイスで周辺情報を収集し、マッピングする。様々に違法投棄が重ねられた場所だ。公的なデータでは情報がまるで足りない。だが、逆を言えば公開情報には記されていない隠れ場所はないか。あるいは市街地へ一直線に下れる抜け道でもいい。

あった。

斜面中腹の階段に設けられた搬出口らしき扉がある。征陸が急いで駆け寄ると、そこはすでに開け放たれたままだった。おそらく巌永が発見し、逃亡した跡。征陸もそこに踏み入る。扉を一応閉じたが、鍵は強引に破壊されていたから遠からず追手の連中も気づくことだろう。

だとすれば、ここからは体力勝負だ。今のうちに、どれだけ距離を稼げるか。

前方の照明ひとつない暗闇を、探査情報を反映した指向性投影によって把握する。北北西の方角に人為的に掘られたと思《おぼ》しき、地下トンネル。長さはおよそ六〇〇メートル弱と推定。

方角に、まっすぐに伸びている。おそらく、どこか地上の出口に繋がっている。

大きく息を吸い、一歩目から全力疾走で、闇に浸された隘路《あいろ》を駆け抜けた。


脇の下、腰のあたりからじくじくと噴き出てくる汗の感触。息は荒く掠《かす》れていた。喉はからっからに乾いており、咳き込んで吐き捨てた唾は塩気が強かった。

明らかに揉め事に巻き込まれ、逃げ回ってきたばかりという風体の征陸を、しかし通行人たちは誰も気に留めようとしなかった。そういう者たちばかりが集まる場所であるからだった。元町の旧繁華街。非公式の廃棄区画。中華系の派手な朱と金で彩られた門や商店に連なって、南米のスラムめいた、パステルカラーのペンキで壁面を塗りたくった家屋や何やらが立ち並んでいる。

征陸は、混雑する人の流れを避けるうちに道の端っこに寄った。夜露を凌ぐ場所もなく、道路に不貞寝《ふてね》するように転がった老人と眼が合った。闖入者《ちんにゅうしゃ》たるこちらの存在を把握し、何か用でもあるのか、という眼つきをしていた。廃棄区画住人でありながら、外部の人間とも取引する仲介業者だろう。

征陸は、手にしたドミネーターを懐に仕舞いつつ、代わりに廃棄区画で主に流通する旧来の紙幣を何枚か取り出し、半分に千切って放り捨てた。手付金。老人は素早く手を出し受け取った。そして征陸が指向性投影で、ひとつの住所について映し出すと、ゆっくりと頭を振った。もぞもぞと立ち上がり、ついて来いと促してくる。

征陸は、狭い路地に入っていく。振り返って背後を確認するが、夜の飯を食いに屋台や出店に繰り出す住人たちの雑踏のなかに、追跡者らしい姿はなかった。

うまく撒けたと思いたいが油断は禁物だった。何しろ、八尋が廃棄区画住人たちを味方につけている以上、都内ではないにせよ、ここも勢力圏内である可能性は十分にある。

《こちら征陸。巌永監視官、聞こえるか？》

一足先に街区に逃げ込んだはずの巌永を無線通信で呼び出した。通信妨害もここまで離れれば無効化されているだろう。

《ええ》と巌永が応答した。互いに位置情報を確認する。《現在、朱雀門周辺で偽装用の全身投影《フルフェイス》を適用して隠れていますよ。そちらに追い抜かされたようですね》

《気づかなかったな》

こちらも、と巌永が返した。

だが、それはよい兆候だ、と返事をする。お互いに気づけない程度に混雑しているなら、ちょうどいい隠れ蓑になってくれる。逆を言えば、ここで思考汚染が引き起こされれば、前回とは比べものにならない規模の殺戮が生じるのだろうが。

《今、そっちに送った座標で合流できるか？》

《構いませんが……。指定された位置にあるのは一般の家屋ですよ。住人がいるとすれば騒動になって目立つ可能性がある。先ほど、横浜市の公安支局に無人機の支援を要請しました。そちらの到着まで姿を隠していたほうが得策かと》
《いや――》征陸は、すでに目前に迫った建物を見やった。金属の板を張った木製の扉には閂《かんぬき》が通されていたが、高い位置にある嵌《は》め殺しの窓からは室内の灯りが漏れている。《ここの住人は、おれたちの存在を明かしはしないだろう。――実は知り合いなんだ》
《……どういう意味ですか？》
《八尋房子が書いた手紙には、夫以外にもいくつかの送付先が存在していたわけだが……、そのなかに、ひとつだけ奇妙な宛先があった。なぜか、この廃棄区画化した旧繁華街に位置している住所が――》
その人物は、征陸にとっては見知った相手だった。けっして親しい仲ではなかった。しかし、信頼していい人間ではあった。彼が昔と変わらない正義を持っているならば。
征陸は、目的地まで案内してくれた報酬として、老人に千切った半分の紙幣を渡した。それからメモ用紙を受け取り、短く文章を記した。そして扉と床の隙間から室内へ差し込んだ。
間もなく扉の向こうで慌ただしい動きがあり、そして施錠が外された。中の住人がわずかに隙間を空け、手招きをしてくる。征陸は、室内へ身体を滑り込ませた。
そこで待ち受ける者は、かつての征陸の仲間だった男だ。しかし、敵でもあった相手だ。

奇妙な関係だった。それが、まさか、こんなふうに再会することになるとは思ってもみなかった。きっと、お互いにとって、そうだろう。

「――お久しぶりです。金子特捜室長」

顔を合わせるのは二年ぶりとはいえ、まともに言葉を交わしたとなれば、あと五年は遡る必要があった。少なくとも旧交を温め合うような仲ではなかった。

「……どうやって、ここを知った」

金子のピンクがかった赤ら顔に樽のように腹が膨れた巨体は、以前と変わらないが、着ている服は上等な背広から上下繋ぎの作業衣に様変わりしていた。

「親爺のおふくろさんと手紙のやり取りをしていましたよね」と征陸は答えた。「彼女が出していた手紙の送付先は様々にあった。だが、頻度が高い宛先は二つに絞られた。その片方は、もちろん彼女の夫が暮らしている山手の官僚OB向けの福祉構造体。そしてもう片方が――、ここ元町にあった」

「とばっちりだ」金子が、食べかけの肉饅頭にかぶりつきながら吐き捨てた。「言っておくが、八尋の小僧が派手にやっていることについて、私は何も関わりを持っていないし、これからも関わるつもりはない。今の生活を壊されたくない。私はもうすべての争いから身を引いた」

「……受け取った荷物と手紙、見せてくれませんか？」

「ここで暮らす限りは必要ないしろものだ。勝手に持って帰れ」

金子は鼻を鳴らした。椅子からどっかりと立ち上がり、壁際へと近づいていく。そこには大量の木板が立てかけられていた。戸棚には、ぎっしりと螺子や釘などが突っ込まれている。そのうちのひとつからポリ袋を取り出し、征陸に放った。

「一応、言っておくが、こいつを使おうなんて考えは起こさんほうがいいぞ。色相は劇的に改善するが、結局はまやかしだ。薬効が切れれば途端に揺り戻しが来て、破滅へ一直線だ」

「わかっています」征陸はポケットに仕舞いこんだ。「あと、手紙は……」

「これだ」

金子が束になった葉書を差し出した。受け取り、中身を検分する。八尋房子の直筆で書かれた文字は、やや読み取りにくかった。人の手で書かれた文字など、今のご時世では、あまり目にすることがない。特に、こういう手紙の文章のかたちなど。

だが、同じ日本語であり、読めないわけではない。細く筆圧は弱いが品の良い文字を追っていくと、意味が立ち上がってくる。そして、ある記述に目が止まった。

八尋の母親が金子に対して、ある頼み事をしている部分。内容は、主人から求められる差し入れの量が増えています。おそらく、周囲の方に乞われてのことかと存じ上げます。

けれど、あのひとは優しいひとですので、すべてを分け与えてしまっているかもしれません。どうか、旧知であるあなたに、夫が正しく息子の施してくれた祝福を与えられているか、調べてはくれませんか──。

「金子さん」征陸は、その手紙を見せ、尋ねた。「これについて確認されましたか？」

「不可能だ。私には、彼女の夫が入所した医療福祉構造体への立ち入り権限がない。何しろ、連中とは犬猿の仲だったからな。それに、あそこは陸の孤島であり、要塞だ。だが、伝手《つて》を介して調べさせた情報に拠れば、彼女の推測は正しかったよ」

つまり八尋の父親は、我が身可愛さというよりも、周囲から強引に押し切られて薬物の要求量を増やしていったということになる。おそらく、その享受者たちは、かつて彼が捧げものをしていた相手。であるなら、繋がる。八尋の母親の命を奪ったものは、八尋が最も唾棄してきた汚職警官らのネットワーク。それが発する際限のない欲望そのもの。

そして、それは今なお、野放しになっている。おそらく、八尋が色相固定薬をもたらしたことで、彼らは生き長らえている。

「ところで──」

ふいに、征陸は、抜き放った〈Dominator〉の銃口で金子を捉えた。

「貴様っ」

「──落ち着いてください」と引き金に指を掛けていないことを示す。「おれはあんたを撃つ気はありません。ただ、確かめないといけないことがある」

〈Dominator〉が機械音声を発した。

《執行対象です・ノンリーサル・パラライザー》

「なるほど、やはり、あなたも潜在犯に……」

だが、計測された犯罪係数は、一〇一という隔離境界ギリギリの数値。治療次第で何とかなるかもしれないレベル。征陸より、その更生可能性は高いとも言える。

「お前も同じ穴の狢《むじな》だろうが。厚生省に尻尾を振って忠犬気取りか……」

「……そんな上等なものじゃないですよ。山犬風情が精々です」

金子の不快感も露わな声に征陸は視線を逸らした。だが、これで八尋に協力していないと信じてよかった。薬によって清浄な色相を維持しているか、あるいはドス黒く濁っているか。そのどちらでもなく、周囲の環境からすれば当然というべき数値だった。

「それにしても、なぜ、あなたのような人間が潜在犯に？」

「私のような人間だからこそ、だ。新しい法を受け入れられず、かといって旧来の悪しき慣習に無頓着でいられるほど馬鹿でもなかった。それがこの様《ざま》だ。警察機構を浄化しようと理想を夢見て、結局は新旧ふたつの世界から弾かれた。惨めに老いぼれた。畜生、警察庁のキャリアが今じゃ、準日本人たちの注文に合わせて棺を作って日銭を稼ぐ有様だ。……ま、荒事の多い街だ。武器を売る者、飯と酒を出す者。棺を作る者は富を得られるから、生活そのものは安定している」

特にこのあたりは、メキシコ系《チカーノ》と中国系の抗争が頻発していると言った。

「ちなみに、旧来の慣習っていうのは――」征陸は山手の方角を見やった。「丘の上にある医療福祉構造体に入所するための資格ってやつですか……？」

「さあ、どうだろうね。だが、あそこの住人というのは、過去にしこたま汚れた金を蓄えたせいで、どうしようもないほど色相が濁っている。色相を治療するために入所したのではなく、殺されたくないから檻のなかに逃げ込んだ、生き汚い連中ばかりだ。私は、はやく連中のために棺を作ってやりたい」

イエス、と金子は言外に答えた。

かつて八尋が告発しようとした数多くの汚職に手を染めてきた者たち。既得権益の享受者たちが、今も官僚OB向けの医療施設には巣食っている。

そんな連中だから、かつて警察機構を正しいかたちに戻そうとしていた組織内浄化派の金子を冷遇するのも当然だろう。警察庁のキャリアという経歴があれば、入所を認められて然るべき立場なのに拒絶された事実。スラムも同然の場所での生活を余儀なくされていることからも、明らかだった。

「……ずっと昔、室長は、戦い方が変わった、と親爺に言っていましたね」

「そうだな」

「あれは、省庁間対立構造において覇権を握る厚生省との戦いだけでなく、自らが属する組織内についての戦いも含んでいたのではありませんか？」

金子は沈黙した。正しいと答える代わりに。

「――だとすれば、ひとつ疑問が生じます。八尋の親爺にとって、あの医療福祉構造体を牛耳っていた連中は、死の報いを受けるべき連中のはずだ。それがどうして生き延びているのか。それどころか、彼らの色相を浄化する手助けまでしてやったのか……」

征陸が疑問を口にする。これまで収集してきた八尋に関する断片情報からは、そんな例外的な行動を彼がする可能性を見出せない。

だが、これまでの思考が間違っていたわけではない。だとすれば、何かが抜け落ちているのだ。自分が辿り着いた結論では、この事件を構成するすべての断片を繋ぐ線に成り得ていないということ。

「お前に渡したその薬は、結局は使用者を死に導くしろものだ。時間を掛け、ゆっくりと憎い相手を殺そうとしたんじゃないのか？」金子が鼻を鳴らす。「二年前、八尋の母親が亡くなってすぐのことだ。八尋は私の許に来た。父親の見舞いに来たと告げた奴は、白尽くめに痩せこけた異様な風体をしていた。一目見て、殺る気だ、とわかった。こいつは、母親を殺した父親を殺す。父親を使役した連中を抹殺する——分かるだろう、刑事だったお前なら。犯罪者というのは、何となくピンと来るものなんだ」

だが、その見込みは外れた、と金子は言った。

それが喜ぶべきか悔やむべきか分からないというふうな神妙な顔つきで。

「——奴は殺さなかったんだ。父親を、そして、悪徳の輩《やから》を」

「……八尋の父親は、長い病気で半身不随になっていたと聞きます。もしかすると、それを目の当たりにして……」

言い繕いながら、その可能性はない、と断定した。

八尋は犯罪者に対して苛烈な男だ。犯した罪に対する厳格な裁き。報いを欲した。ならば情緒的な理由で判断を覆すはずがない。そもそも、八尋は目的のために周到な準備を敷く策士だった。そして、走り出したら止まらない暴走機関車だった。

「もしも、そうであったなら、まだマシだったかもな……。そんな理由で踏みとどまっていたというなら、お涙頂戴のくだらん展開だが救いもあった」金子は続けた。八尋に対する嫌悪を隠しもしなかった。「抹殺を中止した八尋は、その後、父親の介護を口実に足繁く施設に通うようになった。かつて奴が唾棄した、父親が媚《こ》びへつらった連中に違法薬物による精神治療を施し始めたのだ」

その口調から推察するに、母親のときと違い献身的な介護など、まったくしていないようだった。

「――信じられん悪徳だ。奴は父親を踏み台にして、既得権益構造の中枢に到達し、彼らと取引をしたのだ」

「……親爺は、色相固定薬を供与した見返りに、何かを受け取ったんですね？」

「堕落者の典型的な末路を辿るようだった。穢れた権益に接近していった者たちは、望むと望まざるとにかかわらず、癒着の糸に絡め取られていく。八尋は、色相浄化の便宜を図る代わりに、多額の金銭と、違法物資流通網へのアクセス権を入手した。暗黒期に生じ、今なお消えることなく社会の影に張り巡らされた、金さえあれば、あらゆる物が手に入る闇の市場《ブラックマーケット》から無尽蔵に違法な物資を引き出すすべを得た」

そこで征陸は気づいた。つい今さっき遭遇した事態において、現在の治安維持体制なら、有り得ないはずの武装が溢れていたことに。

〈Dominator〉の分子破壊銃形態でなければ拮抗できない大型無人機など、一介の犯罪者風情では、けっして入手できないしろものだ。

「――先ほど、おれたちは親爺の私兵連中に攻撃されました。工事用無人機を運搬する輸送車輛に、有人搭乗型の大型重機……。どれもアンダーグラウンドな市場で買い付けたとしても、その運搬や保管の過程で、公安局の監視網に引っ掛からないはずのないデカブツばかりが投入されていた……」

八尋が手にしたとされる、旧省庁の夥《おびただ》しい数の官僚が関与していた違法物資の流通網なら、当然、その運営や維持においても膨大なリソースが投入されているのだろう。〈シビュラ〉統治社会が確立されていくなかでも、しぶとく生き続けた欲望の集積物は、それに関わる多くのものを隠蔽する。

「……親爺は、一連のテロを起こすために、警察庁OBたちを支援者にしたんですか」

「あるいは」と金子が言った。「連中の既得権益を擁護するため、現行の治安維持体制を動揺させるテロを引き起こしたか――。いずれにせよ、奴の行動は、〈シビュラ〉秩序を快く思わない連中を利するものになっていることは事実だ」

それは、かつて征陸も否応なく巻き込まれた中央省庁による権益の争奪戦。省庁間対立の残滓だった。

「我々の社会は、まだ平和とは程遠く、戦争は続いている。仲間殺し。同胞喰い。鎖国によって外の世界と隔絶されようと、我々もまた闘争という名の呪いに取り憑かれている」

犯罪係数の測定を無効化するすべを手にした八尋は、現在の法執行体系――犯罪係数の正当性を攪乱《かくらん》し、その不完全性を証明する存在となった。

そして廃棄区画に生まれ、最初から存在しないことにされてきた未来なき者たちは、叶うことのない偽りの希望、辿り着くことのない理想郷への到達を夢想し、使い捨てられていく。彼らが思考汚染の媒介となれば、市民は為すすべもなく殺戮の大津波に飲まれていくだろう。精神衛生至上社会——偽りの理想郷は一夜にして壊滅する。

すべては、いまだ命脈の途絶えない旧秩序、おぞましい権益の怪物を肥え太らせ続けるために捧げられる血まみれの供物というべきもの。

それは、ずっと昔に死んだはずの旧い世界の復讐だ。八尋の思惑が如何なるものであろうとも、と金子は言った。

征陸にも、八尋の真意は理解できなかった。最も憎み、罰するべき者たちを生かしてなお、達成すべき目的が何であるか。その正義の在処がどこにあるのか。

だが、それでも今、為すべきことがある。八尋の真意が何であれ、その行いがもたらす災禍を食い止める。そして征陸は身柄確保のため、鎮圧執行の引き金を引く直前に告げる。

「……金子室長。旧い世界の亡霊が今も生き延びているというならば、力を貸していただきたい。親爺の暴走を止めるには、その背後にいる連中の命脈を断たなければならない。そのためには、かつて組織の腐敗と対峙し続けた、あなたの証言が必要だ」

PSYCHO-PASS GENESIS 犯罪係数

第5部

事態は、ある意味で征陸たち公安局にとって有利な方向に働き、また一方では不利となる事態をもたらした。

まず、回収された襲撃犯の遺体が、どちらも警察関係者であると判別された。応援要請を受けて緊急展開された公安局の捜査人員は、すでに撤退していた襲撃者たちを捕らえることはできなかったが、大破した二機の有人操縦型の大型工事用ドローンと操縦者の遺体を回収した。片方は巌永の〈Dominator〉が放った分子破壊光によって肉の断片が残るばかりだったが、征陸が行動不能にした機体の搭乗者は違った。脱出が不可能と悟り、迫り来る公安局員を前に割腹自殺を遂げたのだ。

しかし、追跡調査の結果、自決したテロリストは、二〇九一年の組織再編で失職した、神奈川県警所属の元警察官だったことが判明した。さらに、DNA鑑定による身元照合により、もう一方も警視庁刑事部四課、いわゆる組対の元刑事であることが明らかになった。こちらもやはり組織再編の過程で、色相の濁りやすさから失職していた。

公安局に対する連続テロに元警察機構の人間が参加している——。

その可能性が確度を増すなか、公安局刑事課は、征陸が接触した元特捜室長の金子の生命保全が徹底された。本来、公安局は、廃棄区画住人への積極的な介入は行わないが、今回は事態の緊急度が段違いだった。八尋が都内の各廃棄区画に幅広いネットワークを有している以上、いつ暗殺の標的とされるか分からない。隔離施設への入所手続きは迅速に進められた。すみやかに精神治療を施し、犯罪係数を隔離境界以下にする策が講じられた。

保護期間は五日と定められた。

そして、週明け月曜日の六月二二日には、八尋が犯行のために利用したと目される違法物資流通網の存在を告発し、旧警察機構の元官僚ら権益集団との関係を暴露する会見の実施が決定された。

公安局局長と厚生大臣が列席し、そこに証人として金子が出席する。

こうした強硬策が選択されたのは、横浜山手の医療福祉構造体を運営する社団法人に施設入居者のリスト開示を求めたところ、個人情報保護と精神衛生保護の二つの観点から要求に応えることはできない、と返答されたためだった。

入所者には、警察庁や警視庁、法務省といった旧警察機構だけではなく、経産省や国交省などの引退官僚も数多くいる。だが、国内最強の介入権を有する公安権限が拒否されたのは別の理由だった。同施設には、厚生省出身者もかなりの人数が入居していたからだ。意図的に漏洩《リーク》された事実だった。告発のためではなく、牽制《けんせい》のために。

そこに踏み込めば、只では済まされないと警告するように。鎖国政策実施からの約七〇年間にわたって蓄積され、複雑化し、際限なく肥大化した既得権益構造がもたらした腐敗は、あまりにも巨大な網の目となって、あらゆる省庁に拡がっていたのだ。

1

征陸は覚えている。これからもきっと忘れることがない。

かつてそこで子供が拷問の苦痛を強いられたことを。公安局の手で、その猟犬たる執行官たちの暴虐によって殺されたことを。

葛飾区綾瀬の潜在犯隔離施設正門脇の外壁には、その建設反対デモの現場で発生した騒乱の記憶など少しも残っていない。

現在、反シビュラレジスタンスの少年が腹を蹴られて蹲《うずくま》った場所には、ベンチが置かれ、潜在犯隔離施設の入所者を見舞った家族らしき壮年の男が、巡回バスの到着をじっと待っていた。過去、その場所で起きた悲劇を知ることもなく。

「征陸さん、時間です」と厳永が声をかけてきた。「迎えにいきましょう」

「ああ」

金子が隔離施設での保護を受け入れ、入念な色相治療を施されて今日で五日目――すなわち、告発当日の朝を迎えていた。正午きっかりに池袋の合同庁舎で開催される。

征陸たちは、警備ドローンが防備を固めた正門を抜けて中央管理棟へ向かった。正面玄関で施設職員に迎えられ、軽度潜在犯を隔離する南収容棟との連結区画へ移動する。いくつもの扉。いくつもの隔壁。万全の気密性が保たれた施設内は、きっと緊急時の潜在犯一斉処分のための化学兵器が外に漏れ出さないためのもの。

そして面会室に到着する。透明な板越しに潜在犯隔離棟へと続く扉が見える。椅子は一脚しかない。征陸は壁に背を預けようとしたが、厳永に促されて着席した。面と向かって会話すべきは、旧知の仲同士のほうがよいだろうと告げられたが、そもそも自分と彼は仲間という認識を共有していただろうか。


潜在犯が入室します。潜在犯との接触は、あなたの色相を大きく損なう危険があります。危ないと思ったらすぐに施設管理者へ通報を――。

微細投影材によって構成された間仕切りの板が不透明度を上げ、白く濁った。そして一連の警告メッセージを告げてから、訪問者へ選択肢を提示する。

面会を続行しますか――【はい／いいえ】

躊躇《ためら》わず、続行を選択する。そしてふいに、妻の冴慧も自分と面会するとき、いつもこの選択をさせられていたのだろうか、と思った。もしかすると、面会にまでやってきたが、やはり会うべきではないかもしれないと煩悶したのだろうか。わからない。その真意まで、わかりたくもない。

投影材の不透明度処理が解除され、再び透明な状態へ復帰する。

「……お疲れ様です、金子さん。施設内の生活に不便はありませんか」

『一から十まで無人機がやってくれるから不便などない。だが、ひどく窮屈だ。私がデブだからではないぞ。この施設に満ちている善意の圧迫感で息が詰まりそうなんだよ』

すでに外出用に着替えた背広をパンパンに膨らませた金子が、どっかりと着席したまま、鼻息を荒くしていた。隔離棟からここまでの徒歩で息が切れたのだろう。

「わかりますよ。おれは足立区立の潜在犯隔離施設にいましたが、あの息苦しさは、どこも似たようなものだった」

人間は行動範囲を制限されると思考までがんじがらめにされていると感じるのかもしれない。そして、それが魂の自由までも侵されているように感覚するようになり、すさまじい窮屈さに苛《さいな》まれるようになる。

『じゃあ、今は出所してシャバの自由を満喫しているか？』

「……とんでもない。おれは首輪に繋がれた犬だ。公安局の猟犬に過ぎない」

『だろうな。その辛気《しんき》臭い顔を見れば一目瞭然だ。――ところで、本題に入る前に少し雑談をしよう。そちらのお嬢さん。この隔離施設が、かつては何と呼ばれていたか知っているか？』

「東京拘置所」と征陸の脇に立ち、椅子の背に手を置いたまま巌永が告げた。「前世紀半ばに巣鴨から、ここ葛飾区小菅に移転させたものであり、数多くの著名な事件を引き起こした死刑確定者や懲役受刑者、あるいは政治犯が服役していた、と記憶しています」

『若いのに聡明なお嬢さんだ』と金子が肉のついた掌で拍手をした。『――しかし、これはどうだろう。鎖国政策の行き詰まりによって国内治安は急速に悪化した。犯罪者が激増し、刑務所はどこも収容人数をはるかに超過し、受刑者の氾濫状態に陥った。さて、施設機能の維持が限界に達したとき、特定の受刑者に対して実施された特別執行についてはご存知かな？』

「それは――、まことしやかに語られる悪質なデマの類《たぐい》ですよ」

巌永が眉を顰《ひそ》めた。口にするのも憚《はばか》られるものであるかのように。

『あったとは証明できないが、なかったとも証明できないしろものだよ。だが、確かに多くの受刑者たちが抹殺された事実だけは確かに記録されている。――反社会分子を扇動する可能性の高い政治犯や死刑囚たちを、当時、導入されていたサイマティックスキャンによる職業適性診断の応用によって選別し、特に危険度が高いと判断された者たちを超法規的措置によって殺処分したという噂があった。あの頃は、まだ真の意味で政府があった。あらゆる省庁を超えて勅令を出し得る最高意思決定機関によって、国家は管理運営されていた。それがよかったのか、悪かったのか、私には判断できんがね』

「それが、もし本当に存在したとすれば、この社会を運営する者たちが犯した汚点のひとつでしょう」巌永は組んだ腕をぎゅっと摑んだ。あくまで事実であったとは明言しなくとも。「それが真実であるとすれば、国家による、〈法〉を無視した虐殺行為に手を貸したことになる」

『おやおや、罪を犯したか否かに関係なく、犯罪係数の数値に照らし合わせて潜在犯を執行する、君ら厚生省が敷いた新たな〈法〉は、それと似たコンセプトではないかな。数理的に今後の社会の脅威と成り得るものを見つけ出し、事前に対処する――』

犯罪抑止の観点から完璧な司法体系が確立された、と金子は皮肉たっぷりに言った。

『いずれ罪を犯すものを事前に隔離し、場合によっては殺処分することで、その者が実行したかもしれない犯罪は絶対に防げるだろう。何しろ、死人に人は殺せない』

巌永は、少し長めに呼吸を取った。それから、金子に再び向き合う。

「あなたが仰《おっしゃ》ることは理解できます。ですが、『犯罪係数』という概念の導入は、最適解ではなく最善策である、ということをお伝えすべきでしょう。今後、さらなる検討を重ね、改善していかなければならない司法体系であると個人的には認識しています」

『前向きに善処いたします……か。実に官僚らしい答弁だな』金子はにこにこと微笑んだ。

『しかし、自らが属する組織、従うべき〈法〉が、完璧であり無謬《むびゅう》であると盲目的に信仰していない点は好感が持てる。――征陸。お前はいい官僚を相棒に選んだようだな』

金子に話を振られ、征陸は軽くうなずく程度に留めた。話の主導権は、あくまでこちらが握らなくてはならない。相手は、かつての省庁間対立のなかで、権力闘争を戦ってきたタフなプレイヤーなのだ。油断すると、すぐに術中に嵌《は》まるだろう。

「――おれは現場で動く。彼女はそれを指揮する。完璧な分担です。その意味では、金子さんにとって、八尋の親爺も最強の相棒《カード》だったんですかね」

『……ほう』

「あなたは、暴走する正義の権化であった八尋和爾という存在を、組織内において最も上手く活用した使い手だったはずだ。省庁間対立構造において、あなたもまた自らが属する警察機構の真の権益を擁護していた。大多数の人間が、組織内における自らの権益に固執するなかで、大きく異なっていた。あなたは組織の浄化を推進する告発グループの派閥に属していた」

『そうなるな』

金子はうなずく。

征陸は続けた。

「かつて、あなたはアブラム・ベッカム拘束を前に、八尋の親爺に戦い方を変えるときが来た、と言った」

普通に考えれば、彼を拘束した者は組織内で盤石《ばんじゃく》の地位を手にすることができる。なにしろ厚生省の権威を失墜させる切り札をもたらすのだから。しかし、金子も八尋も、アブラム・ベッカムがもたらす情報のみを欲し、その身柄は組織の上位者にくれてやればいいとさえ言った。特命捜査対策室が、警察機構の権益を擁護する役割を担っていたことは間違いない。警察庁のキャリアである金子が室長として派遣されていたのも、その活動方針をブレさせないための楔《くさび》であったのだから。

しかし、金子も八尋も、手に入る権益より優先すべき、真の権益を捉えていた。

「あなたが言った戦略変更の必要性は、もはや権益の奪い合いをしている場合ではなく、警察機構の存亡そのものが脅かされつつあった情勢の変化のせいでしょう。それこそが最大の危機だった。なぜなら、あなたたちにとっての省庁間対立は、権益《ポジション》の闘争ではなく、理念《ビジョン》の闘争であったからだ」

金子と八尋が属してきた派閥は、ずっと昔から、厚生省が覇権を握る未来を見据えていた。だから、その誕生が不可避である新秩序のなかで、警察機構が存在し続けるための生存可能性を模索してきたのだ。

サイマティックスキャン技術によって、魂は数値化され、人々は適性に応じて最適な場所へと配置されていく。完璧な秩序の構築。成しうる者が為すべきを為す社会において、組織が生き残るすべを求めた。

それは自らが、担う役割に相応《ふさわ》しいことを証明し続けることに他ならなかった。

「金子室長。おれたち刑事が、警察官が在るべきだった姿とは何でしょうか？」

その答えを、理念を、自分たちはきっと共有していたはずだった。

八尋と金子は、光と影のようなものだった。現場と組織の双方から、警察機構がもっとも擁護すべき真の権益――〈法〉の守護者として正しく在るため、過酷な闘争を戦い抜いてきた。その戦列に自分も、かつての仲間たちも、望むと望まざるとにかかわらず加わっていたのだ。

『真実の探求者であること、そして正義の体現者であることだ。それ以外に何もない』

金子は言った。警察機構とは、国家を背景とする合法的暴力装置だからこそ、その力の行使には、つねに慎重さが求められたことを。自らの正当性を証明し続けるために、自らを律する正義の存在を忘れてはならなかったことを。けれど、多くは違った。〈法〉の執行者であるがゆえに、容易《たやす》く〈法〉を逸脱できる立場の優越性に溺れ、数え切れないほどの警察官たちが堕落していった。

繰り返される汚職が生み出す既得権益構造は、やがては独立した経済《エコ》システムとして完成されていった。それに関与しなければ、警察機構という組織内で生き残ることはできないと錯覚させる最悪な怪物となった。歪んだ組織のなかで立身出世を為すためには、腐った泥を飲む以外に選択肢は、事実上、存在しなくなった。

この社会の暗黒期は、多くの人間を殺し、そして精神を穢《けが》した。まさしく、腐敗の思考汚染というべき最悪の事態をもたらしたのだ。

『社会構造に寄生し、依存し、癒着した権益構造というものは、その関与者の数限りなさゆえに強固で消滅することがない。そのすべてがトカゲの頭であり、そして尻尾だ。〈シビュラ〉を擁する厚生省の台頭による新秩序の構築と、これに伴う省庁間対立だけが、その完全な駆逐を成し得たかもしれなかったのだ』

だが、それが果たされることはなかった。

『警察機構は、その醜悪な権益構造を排泄することもなく厚生省の軍門に下った。他の省庁たちも同じ末路を辿った。結果、構築されようとしている精神衛生社会なる新秩序さえも、旧来の悪弊から脱することができていない。無数の悪徳や矛盾を内包しながら、その瑕疵《かし》に目を瞑ってきた』

　紛れもない糾弾だった。正義を実践しようとして、敗れ去った者の、それでもなお、魂を腐らせずに苦闘してきた闘争者の。

「――だから、それを今度こそ一掃するための証言が必要なのです」

　巌永が告げた。かつて彼女が征陸に、協力を仰いだときと同じように。まっすぐなまなざしを金子に向けて。その手を差し伸べて。

「だから、あなたの選択を教えてほしい。〈シビュラ〉が人々を導くものであっても、行動を強制するものではないように。わたしたちが真実の正義というものを手にするために。この社会の暗黒を、本当に終わらせるために」


　会場に到着するとすでに告発会見の準備は整えられていた。

　厚生大臣と公安局局長が同席する緊急会見ともなれば、人々の注目も集める。

　政治は見世物になって久しい。内閣や国会といった政府中枢なるものは形骸化している。政治家は単なる娯楽産業の役者と同じ時代。

　正しく社会を運営するのは〈シビュラ〉に選ばれた官僚であり、市民の生活に幸福をもたらすのも、やはり〈シビュラ〉だ。政治家の仕事ではない。

　だから国民の誰もが、政治家が自分たちに利益をもたらしてくれるわけではないことを承知しているし、意見を代弁してくれているとも考えていない。むしろ、そこで繰り広げられる醜い政争や、スキャンダルの暴露といった話題を好む人々だけが現代政治の動向に興味を持つ。そんな視聴者たちの好奇心を満たすため、会見会場となった池袋合同庁舎の吹き抜け構造、地上六〇階の基礎部を貫く空間に、大量の小型無人機が滞空していた。

厚生省推奨チャンネルを始め、娯楽公司などが出資する各局報道機関の撮影ドローンだ。自動操縦によって、設定された接近限界高度ギリギリまで降下し、撮影のポジションを争っている。

征陸たちは、控室として宛がわれた二階フロアの会議室で待機し、その光景を見ていた。巌永が厚生省職員との折衝に出ているため、自分たち以外には、人影がないし、訪れてこない。潜在犯と同席したくないという、厚生省官僚たちの意図は明白だった。

「すっかり嫌われ者だな、私たちは」金子が昼食として出された合成カツサンドの三袋目を平らげ、指についた擬似中濃ソースを舐め取った。「……まあもっとも、最初から組織に従順な連中からは煙たがられてはいたか。——ところで、なあ、雑談がてら、私がどうしてこれだけデブったか、その理由を話してもいいか？　もしかすると、八尋から聞かされているかもしれんがね」

「いえ、耳にしたことはありませんね」

征陸もカツサンドを齧ってみたが、随分と粗悪なしろもので、はっきりいって不味《まず》かった。粘土のような不快な感触が口のなかに残る。食品再現率が低い。多分、旧式のオートサーバを使っているのだろう。水で強引に流し込んだ。よくもまあ、こんな食い物を嬉々として食えるものだと感心するくらいだった。

「バカ。そこはまず、金子さんは体格がいいだけですよってフォローをするもんだろ」

金子がげらげらと笑った。

「あんたもおれも、今じゃ潜在犯だ。必要以上の気遣いはしませんよ」

「やれやれ、昔からお前は面白くない奴だったよ」金子は征陸の素っ気ない態度を気にする様子もなく、齧りかけのカツサンドを奪い取った。「——私の親父は、検事官だった。極めて厳格な前世紀的価値観の持ち主であり、つまりは近代的《モダン》な正義や平等という概念を重んじる人間だったわけだ。そして、ちょうど彼が法務省に入省して間もないころ、鎖国政策が実行された」

二〇年代に実施された鎖国政策は、大陸を中心に勃発した全地球規模の紛争からの国土防衛のため、半ば緊急的な措置として実施されたものだった。極端に食料自給率が低く、諸外国からの輸入に頼りきりだった日本であらゆる物資の輸出入を停止すれば、深刻な物資不足が訪れるであろうことは、誰にも予想できていた。

それでも鎖国政策が推進されたのは、そう長くせずにこの紛争は終結するだろう、という楽観論によるものだった。事実、当初は、大規模とはいえ局地的な紛争だったのだ。しかし、それは瞬く間に深刻化した。アフリカ大陸での資源確保を巡る代理戦争。その紛争を受けて大量に難民が発生し、最も戦禍から縁遠いとされていた欧州も、南から北へと混沌に飲み込まれていった。この戦争は長期化する。人類の大多数が死滅するまで終わらないかもしれない、と人々が気づいたころには、日本も鎖国政策を解除することができなくなった。

「私が生まれた二〇三〇年代というのは、貧富の……いや、社会に対する各人の有用性の差が決定的な生死の境目となりつつある時代だった。メタンハイドレートの海底採掘場の死守によってエネルギーの安定供給が為されたことで、市民生活が原始時代まで戻ることはなかった。だが、この狭い国土で一億三千万人もの人口を食わせていくためには、どうやったって食料生産量が足りなかった」

まず、もっとも弱者である者たちが死んでいった。揺り籠のなかの赤ん坊は明るく温かい清潔な寝床で老人が眠りながら餓死していった。夜泣きをせずに、そのまま夜を越せなかった。

食料の配給システムは、万民平等の配給方式ではなく、サイマティックスキャンの解析に基づき、公共への貢献度の高い社会クラスタを優先する傾斜配給方式が採用された。それは弱者救済から程遠いものだった。

「まあ、合理的に考えれば当時の政府は、国家存続という観点から最も適切な判断を下したことになる。働かざるもの食うべからず——国内だけで経済を回していくためには、徹底的に贅肉を削ぎ落としていかなければならなかった」

およそ人倫に反する金子の発言だったが、征陸はそれを非難する気にはなれなかった。どこかで彼の言葉に同意していた。そうしなければ、この国が滅びていた。自分が今ここにいることはなかったのだから。そして、自分が当事者ではないとしても、その時代の窮乏は、幼いころに両親の断片的な会話から推察して余りあるものだった。

何しろ一億人以上いた日本の総人口が、たった七〇年間で、一千三百万人にまで減少したのだ。一億弱の人間が餓死ないしは、何らかの理由で命を落とした計算になる。

「征陸、私の親父はね、自らが掲げた理念に反する行いはできないと、傾斜配給方式に公然と反対したのだよ。そのために身体を張って抗議の意志を示した。——飢餓抵抗《ハンガーストライキ》だ。親父は、政府が公平な配給方式を国民に提供することを求め、配給された食料すべてを口にしなくなった。ゆいいつ誰にでも平等に与えられていた水道水だけを摂取したが、六〇日後に餓死した」

ひどく痩せ細った姿だった、と金子は淡々と語った。無意識だろうか、彼は手を動かし、何か繊細なものを労《いた》わるように手指を動かした。骨と皮だけになった父の背中の窪みひとつひとつを、背骨に沿って触れていくように。掌に収まってしまうほどに細くなった父の手指を慎重に摑むように。

「親父のやったことは愚かだと思う。今でも肯定する気はない。もしも、彼のいのちひとつに国家が動かされていたら、今世紀中に日本は市民同士の食糧の奪い合いによって滅ぶ末路を辿っただろう」だがね、と彼は言う。「己の理念に殉じた行為を尊い、と感じる私も確かにいる。破滅に美を見出すのは、日本人の悪癖かもしれないが、少なくとも、父の遺骸は、とてつもなく醜く美しかったんだ」

金子は征陸の齧りかけのカツサンドを頬張り、次に机に置かれたピンクと黄色が鮮やかな合成ハムタマゴサンドの包装を開ける。まるで食欲が暴走しているかのように。

「あのとき、私は一〇代のクソガキだった。父親に似て痩せぎすだった私は、その日の夜に親父に配給されたまま手つかずで腐りつつあった食料を一心に食らった。吐き気を堪《こら》え、破裂しそうな腹の悲鳴を叩き潰した。そして警察庁の一類試験に合格するころには他の誰よりも肥えた男になった。誰もが私をデブと陰で罵《ののし》った。まったく……よいことだ」

「それがあなたの理念だ、と？」

「与えられたすべてを無駄にしないために」と金子が答える、サンドイッチを咀嚼《そしゃく》しながら、ふごふごと鼻が鳴る。「かたちもなく、何の得にもならない概念や思想というものに、人間は時に殉じる。それは、人間が動物的な生存本能を超え、獲得した自由意志が発現する瞬間であるのかもしれない。――なるほど。であるなら、犯罪係数が容認された現在は、ある意味で市民の大多数が、託宣の巫女《シビュラ》への信仰を自らの理念に据えた社会ということかな」

「……あんたの言っていることは理解できない。金子さん、あんたにとっての理想郷は、無実の人間さえも裁かれていい社会ってことですか？」

「あくまで裁かれる側が、理不尽に殺される最後の瞬間まで、自らの信仰を捨てずにいられるのであれば、ね。だが、大多数はそうではないだろう？　この社会の構成員たちは、〈シビュラ〉が自分たちを幸せにしてくれるから、その導きに従っているのさ。とても即物的で俗っぽい理由だ」

「それが普通ですよ。自分の幸福を追求しない人間はない」

「まったくそのとおりだ。しかし、公《おおやけ》に仕えることを選んだ一部の人間は、確固とした理念を持たなければならない。特に人間の命を奪い得る〈法〉という正義の天秤となることを選択した者たちはね」

それができない者ばかりだから組織は歪み、腐り堕ちた。八尋のような自暴自棄の特攻精神を生み出した、と金子は締め括った。

「――そろそろ時間だな。いい昼食だった。食べたいものがすべて食えた」

樽のような肥満体を揺らし、立ち上がる。転びそうになって征陸が支えた。両脚でしっかりと踏んばらなければ耐えられないほどの重み。

「悪いね。お前は、いざっていうときに誰かを助けてやれるいい人間らしい。多分、今の時代の理念に正しく合致した警察官っていうのは、征陸、お前みたいな奴なのかもしれないなあ」

ふいの褒め言葉に征陸はどう返答するか、うまい切り返しが思いつかなかった。それが皮肉であるなら、いくらでも返す言葉があったが、困ったことに金子の言葉は、征陸を本当にイイ奴だ、と告げているようだったから。

「ところでそれ、美味《うま》かったんですか？」

征陸は、視界の隅に入った空《から》の食品パッケージを見やった。

「下の中だ」金子はペットボトルのお茶をがぶがぶと飲み干した。「だが、昔に闇市で喰わされた下の下のクソ飯、廃棄された残飯をぐちゃぐちゃに煮込んだヤツ――なぜか使用済みコンドームまで混入していたシチューに比べればよっぽどマシだよ、本当に」

そして彼は征陸とともに会見会場へ向かった。

告発会見の前座と言わんばかりに、会場では禾生公安局局長と厚生大臣による、公安局の有用性に関する討論が行われていた。

とはいえ、厚生大臣がお飾りであることは、誰にとっても承知のことだ。実質は、治安維持活動を統《す》べる公安局の活動方針を喧伝する茶番だ。

『――大臣閣下は、我が公安局が現下の情勢に対し、過剰な戦力を保有しているとお考えのようだが、公安局はそうは考えない。公衆精神衛生のため、最前線で戦い続けてきたわたしから見れば、いまだ精神衛生社会は平穏無事であるとは言い難い』

禾生は、研がれた刃の鋭敏さを思わせる美貌で、断言した。頭上を飛び交う撮影ドローンのカメラの向こうにいる、人間すべてを捉えているかのように。

『数多の換え難い人命を損失したノナタワー落成式襲撃事件から、今年で二十三年が経つ。それは反体制勢力との戦いに我々が勝利してから、平和構築のために費やしてきた年月に等しい。しかし、いまだ戦後は終わっていない。その現状をお忘れなきよう』

彼女の剣幕に、穏やかな容貌の厚生大臣はやや押されつつ、挙手し、起立する。彼の役割は、予想される市民からの質問を代弁することだ。そして、それらはすべて陳腐な疑問に過ぎないと演出するために、厚生大臣の喋り方も、やけに茫洋としていた。

『しかし……、とはいえ、公安業務への適性者は極めて少ないではありませんか。どれも高い教育水準が施され、義務教育課程の最終考査でも極めて優秀な成績を記録する人材ばかり。いわば、公共の財産とも言うべきものを、色相悪化リスクの飛び抜けて高い部局《セクション》に投入し続けるのはいかがなものであるか、という問題提起を今回はさせていただいた次第でございまして。また、恐縮ではございますが、公安局局長におかれましては、いたずらに市民の不安を煽るような発言はお控えくださいますよう、お願いする次第でございます』

そして再び着席した。

すかさず禾生が再び答弁を始める。

　征陸たちはデバイスを操作し、中継映像の投影を壁面に固定。出番を待つ。すでに一階に移動し、バックヤードとなる施設職員専用通路で待機していた。

「戦後は終わっていない……か」と金子。「なかなか、いいことを言うね、彼女。もしも八尋の件がなかったとしても、半世紀近く続いた暗黒期に対し、構築された秩序はまだ二〇年ほどしか維持できていないのは事実だ。社会はいまだ平和から程遠い……が、そのことを大っぴらに公言するのは迂闊《うかつ》かもなあ。しかも、厚生省隷下《れいか》に準軍事組織が存在していたことも仄《ほの》めかしている」

「……あれで結構な武闘派なんですよ」会見場で合流した厳永が、ぼそっと呟いた。まるで相手と旧知の仲であるかのように。「禾生局長は、犯罪係数実証チームの前身である厚生省内の準軍事組織の創設にも関わっていたそうです」

「とっくの昔に、この国――この社会の〈法〉を執行する役割は、警察《サッチョウ》ではなく、厚生省に移っていたというわけか……。なるほどね、それだったら警察庁や他省庁が、厚生省に敗北した訳も理解できる」

　これは傑作だ、と金子はひとしきり笑った。

「警察機構は、結局、組織の意志決定を人間に任せきりだった。だから、利己的なふるまいから逃れられず、非合理な判断がいつまでも付きまとった。そのせいで内部から腐り果てた。しかし厚生省は、〈シビュラ〉という完璧な技術に、すべての判断を委ねていた。まったくね……。そりゃあ、勝てるはずがない」

「私からすれば……、魂の数値化技術《サイマティックスキャン》が実用化されてから、もう半世紀以上も経った。各々の適性は完璧に把握され、最適化された幸福を享受できる時代になったというのに、いまだ多くの人間が、最終的な行動選択を自己意志なんて不安定なものに委ねているほうが不思議ですけどね」

「お嬢さんと話していると、自分が古い時代の人間なんだって思い知らされるねえ」

金子がおどけた仕草で両手を上げた。それから、満面の笑みを浮かべたまま告げた。

「――だがね、それは持てる者の傲慢だよ。およそ、ほとんどの人間は持てず、そして餓えている。だから持つ者こそが、その役目を正しく果たさねばならないのだ」

やがて、彼の出番を迎えた。

会見場の舞台は、光が氾濫しているように眩しかった。

撮影ドローンたちが鮮明な映像を欲しているせいもあるだろうし、精神色相において至上とされる純白《ピュアホワイト》を連想させる意図もあるのだろうが、征陸からすれば、この徹底した白さは、隔離施設を思い起こさせる。影のない魂の監獄を。

征陸は、そこにあるゆいいつの影だ。全身投影《フルフェイス》による疑似的な光学迷彩。巨体を揺らし、壇上に昇った金子のすぐ脇に待機していながら、その姿は頭上を回遊する視聴者の眼に映ることはない。厚生大臣や施設職員の視線からも隠蔽されている。

禾生がこちらに目配せし、軽くうなずいた。彼女は征陸の存在を把握している。

わずかな会釈を返す。この程度の小さな挙動では、投影される図像にノイズは出ないだろう。

横で投影処理によって容姿と音声が欺瞞された金子が鷹揚《おうよう》に手を上げ、用意された席へと向かい、着席する。人間工学《エルゴノミクス》に基づいて設計された曲線の連なりが織りなす優美な形状の椅子が、みしりと重みに耐え兼ねるような不吉な音を立てたが、何とか持ちこたえた。

征陸は、金子に取り憑いた亡霊のように静かな足取りで追随する。亡霊。そうだな。それは今の自分に相応しい表現だ。

おれも、金子も、そして八尋も、みな亡霊だ。死ぬべきときに死ねず、滅びるべきときに滅べず、行き場もないのに地上を彷徨《さまよ》い続ける亡霊は、やがて通り過ぎた場所すべてに災いを残していく悪霊になっていく。

『……公安局が存在すべき理由は、社会の脅威と対峙することに他ならない』

禾生が再び話を始めた。

その理由を証言する者がここにいる、と金子を紹介する。撮影ドローンたちのまなざしが一点に集中する。

『彼は、かつて警察組織に属し、その腐敗と戦い続けてきた。自らの存在意義が何であるかを問い続けてきた。真相の究明。犯罪の駆逐……、警察機構は、法の擁護者であり、社会の守護者であり、正義の番人として在らねばならないと――』

金子は、やや大げさな禾生の表現に頰を皮肉げに歪めたが、まもなく背を伸ばし、そして語り始めた。

『警察機構は、〈法〉の執行者であるがゆえに、〈法〉適用の例外でもありました』

たとえば、と金子は例を述べた。

『暴力を振るえば傷害罪が適用される。しかし、我々はそういう犯人を拘束するために暴力を行使し制圧する。人を殺せば殺人罪となる。しかし我々は時により多くの犠牲を出しかねない犯人を止めるために、これを射殺することもある。そう、我々は、自らが果たすべき任務を遂行するうえで、従うべき〈法〉から逸脱しなければならないときがあるのです。ですが、その逸脱はどこまでも野放図であっていいものではない。はるか昔、とある国の警察官が明確な差別意識をもって、軽犯罪を犯した黒人少年を射殺したことがありました。民衆はこれに強く抗議しました。万民への自由と平等、挑戦の機会を与えることを標榜する社会にとって、それは明らかな不法であったからです。だからこそ、犯罪者と対峙するという大義名分の下、逸脱が容認される立場にある我々は、自らの善と悪について明確な境界《さかい》を敷かねばならない。特に、そう、〈シビュラ〉という万能の演算処理システムを手に入れ、自らの行く末について、最適な未来が示されるようになった――現代の日本社会で警察官であろうとするならば。だがしかし、私たち警察機構は裡に抱えた汚濁ゆえに、その果たすべき役割を果たせなかった』

多くの警察官僚たちが喚《わめ》いていたように、託宣の巫女《シビュラ》という規格外の「力」を擁する厚生省が全省庁の権益を奪い取り、その支配を拡大したせいで警察機構が解体されたのではない。〈シビュラ〉は数値化された人間の魂を映し出す鏡のようなものであり、そこには、どれだけ隠そうとも裡に抱えた醜悪な真実さえもが露わになる。

『だから、警察は自壊したのです。組織を支える脚。職務を遂行すべき腕。自らの正義について思考すべき頭――そのすべてを腐敗の温床に変えてしまった。そして全身が腐り落ちた。自らの犯してきた罪を省みなかったがゆえに。――ところで、厚生大臣殿、公安局局長殿は、かつての暗黒時代をご存じか？』

その問いに禾生は、無言でうなずいた。厚生大臣は、相手の迫力に飲まれて何も反応を返せない。

『……あれほどひどい時代もなかった。言葉で表現すれば、ひどく軽く聞こえてしまうでしょうが、あえて言いましょう。最悪だった。全地球規模で吹き荒れる殺戮の嵐からは隔絶されながらも、そこでは組織的暴力が国家規模で振るわれた。持つ者が持たざる者を利用し、食い漁るおぞましい構造が。傾斜配給方式によって、憲法上保障されていた国民の生存権は、事実上、無視された。公的な物資の流通システムは明らかな破綻をきたしていました。だからそこに違法物資の流通ネットワークが出現するのは、不可避だったのです。

私は覚えている。新宿、上野、有楽町、新橋など都内の各所で闇市が勃興したことを。職を失って関東各県の農業漁業、畜産者から闇の食べ物を買い付けてくる担ぎをやる人間たちを。駅や幹線道路、県境に陣取って違法業者撲滅を掲げ、闇の物資を残らず回収していく職務に忠実な警察官たちを。トラックに積み荷を満載し、制服を脱いで強《したた》かな売人に鞍替えする彼らの姿を。稼いだ金で街頭に立つ痩せぎすの少年や少女を買っていく姿を——

——』

職務に忠実であるために正しく在ろうとした警官も少なくはなかった。しかし、組織に忠実であるために罪を犯す警官は、もっと多かったのだ。それは現場よりも、上層のレイヤーに上がるほどに増えていった。

『根より腐る木は、早くに朽ちて倒れるだろう』と金子。『だが、その頭より腐りながらも、根は懸命に大地に張ろうと努めたならば、どうだろうか？』

自らの職務を正しくまっとうすることが、何よりも大切だと現場の刑事や警察官は考えた。しかし、腐敗に屈せず、自らの正義を失わない現場の人間たちを、狡猾《こうかつ》な連中は、都合のいい駒として使った。

そして、自分たちは、彼らの正義を支えるための必要悪なのだ、と開き直った。そうやって強固な地位を固めていった。やがて恩恵に与《あずか》ろうとする者、その真実を知らずに手を貸していく者が増えていった。こうして、既得権益という名の怪物は、今の時代にまで生き残るしぶとい生命力を得た。どのような社会であろうと適応する寄生虫となった。

『彼らは表立って姿を現すことはない。社会に牙を剝き、これを食らい尽くそうとはしない。なぜなら、連中はつねに社会に依存しなければ生きていけないからだ。人間の作り出す不完全なシステムに寄り添って、そこから零れた者たちを掬《すく》い取って利用する。そこで生じる利益《アガリ》を掠《かす》め取る。だから、敢えて言わせてもらおう。完全であると方便し、そこに矛盾という名の不完全性を内包している限り、彼らはけっして死に絶えることはないのだということを』

そして金子は席を立った。

突発的な動作に、撮影ドローンたちのカメラが集中する。

いまや、敗残者となった男に多くの視線が注がれていた。

『新たな〈法〉を敷くならば、千年の使用に耐え得る完全法でなければならないのです。犯罪係数を導入するというなら、それは徹底して適用されるべきだ。例外を設けてはならない。審判を下す全能者――託宣の巫女《シビュラ》に不備《バグ》があってはならない』

金子は禾生を振り仰ぐ。彼女は黙した。しかし、眼を逸らすことはなかった。厚生大臣が、元警察官の異様な振る舞いに不穏なものを覚え、無意識からか身を引いている姿とは違って。

《――征陸執行官》緊急で無線通信が鼓膜を震わす。告発を観覧する聴衆に混じって、会場警備に動員されている巌永からの警告。《金子の犯罪係数が急速に上昇を始めています。通常では有り得ない反応……。何らかの薬物反応の可能性が高い》

すぐ傍に立ち、壇上の真ん中へと歩み寄っていく金子の背中を見た。禿頭にびっしりと浮かぶ汗の粒が流れ落ち、首筋からシャツの襟をぐっしょりと濡らしている。

『禾生壌宗公安局局長……、あなたにお訊きしたい』彼の呼吸は長く、間隔が空き、そして異様に大きかった。明らかな苦悶。それも死に至る類の。『――〈シビュラ〉は完全か？』

『そうだ』禾生は即答した。わずかな迷いもなく。『扱う人間の側が不完全だとしても、〈シビュラ〉は完全なシステムだ。それは犯罪係数も同じだ。多くの人間は誤解しているようだが、あれは潜在犯を見つけ出し、この社会から排除するだけのものではない。それは真実の一面に過ぎない。コインに表と裏があるように』

『ほう……』

『例外を排除するだけでは、偽りの完全性しか達成できない。ゆえに我々は、例外を例外ではないものとして徹底的に理解する過程《プロセス》を経ることで、矛盾を許容せず克服する道を選択した。それが、わたしたちの掲げる〈法〉の正義だということを、我々、公安局は事件解決を通し証明する』

『――たとえ、〈法〉の例外存在と化した八尋であっても、いずれは駆逐すると？』

『〈シビュラ〉に裁かれない者はいない。我々の完全なる正義《システム》は、つねに更新されていく』

『なるほど……』金子はうなずき、そして頭上を見た。滞空する撮影ドローンたちの群れから、何かを探し出そうとするように。そして叫んだ。『――ならば急げ、八尋。お前にいい、いい、いい、いい、いい猶予は残り少ない』

そして金子が斃《たお》れた直後に、無数の蜂が羽ばたくような異様な重低音が響き渡った。

咄嗟《とっさ》に征陸が頭上を振り仰ぐと、吹き抜け構造を滞空する撮影ドローン数機にノイズが生じている。偽装投影が解除される。正体を現したのは、小型の無人攻撃機。雀蜂の腹部のように膨れた機体下部の武装懸架。そこに吊るされた環状機関砲《ガトリングガン》が火を噴いた。

すさまじい破壊の炸裂。双頭蛇の紋章が投影された壇上を砕き割りながら、破壊の痕を奔らせていき、椅子に座ったまま逃げ出せずにいた厚生大臣の身体を引き千切る。肉が爆ぜて血が撒き散らされた。

「畜生！」

射線上の次なる標的となった禾生の許へ征陸が駆けた。携行していた〈Dominator〉を抜き放つ。そのまま禾生が座る席の長机に飛び込んだ。半ば転がるような姿勢のまま、銃口を頭上の無人攻撃機たちへ向ける。

脅威度判定の更新。分子破壊銃《デコンポーザー》形態に変形した〈Dominator〉の引き金を絞る。

人体を容易く挽肉に変える銃弾を緑燐光の迸《ほとばし》りが蒸発させ、そのまま無人攻撃機数機をまとめて消滅させる。

だが、一機だけ逃した。

機関砲の唸り。間に合わない。

《対象の脅威度が更新されました・デストロイ・デコンポーザー》

だが、間際で聞こえた新たな機械音声。

禾生が〈Dominator〉を掲げ、その銃口で無人攻撃機を捉えた。自らの命が危機に晒されているというのに、まったく動揺する素振りも見せない冷静な射撃で目標を沈める。

「……奴も捨て石か」壇上で倒れ伏し、痙攣を起こしている金子を一瞥し、征陸に厳命する。「――あの男を確保しろ。ああいう症状を引き起こす薬物に、昔、遭遇したことがある。急げ、犯罪係数0にするための強引な色相変移の負荷に耐え切れず、遠からず精神崩壊を起こす。そうなれば一切の情報が虚無に飲まれるぞ」

「ですが、あなたを――」

「私とて、君以上の修羅場を潜ってきた」禾生は言った。まさしく苛烈な戦士といった面持ち。「戦うすべは心得ている。だから往け。この状況だ。必ず、八尋が仕掛けてくる」

「――了解です」

そして征陸は壇上を駆け、すぐさま金子の許へ。無人攻撃機は排除されていたが、どこかで爆発音が響く。吹き抜け構造の上部から会場に硝子片の雨が降り注いでくる。腕で顔を庇いながら頭上を見れば、ラペリングロープを垂らし、姿を現す白尽くめの集団。数は一三。よく訓練された無駄のない動作で急速に降下してくる。

〈Dominator〉を向けるが、通常形態へ変化。引き金がロックされた。濁るべき状況で清浄な色相を維持する連中――間違いない。

八尋と彼が率いる信徒たち。その突撃部隊。征陸は、急いで金子を抱き起こした。激しい痙攣のため、口から吐《と》瀉物《しゃぶつ》が溢れ出している。無理やり掻き出して、辛うじて呼吸を維持させる。役立たずの〈Dominator〉を収め、担いで運ぶには重すぎる金子の肥満体を引きずっていく。

その間にも、白尽くめたちは近づいてくる。壁面を蹴る音がどんどん大きくなるほどに心臓が激しく鳴った。奴らが銃器で武装していたら、自分はいい的だ。さきほど死んだ厚生大臣と同じように殺される。

明確な死への恐怖を感じた。すぐにでも逃げ出したかった。なぜ、自分の命を危険に晒してまで金子を生き残らせようとしているのだ。このままでは事件を解決する前に、殺される。くそ。今は、余計なことを考えるな。少しでも早く、禾生の許に合流しろ。

だが、壇上に飛び散っていた大臣の血で革靴の底が滑る。尻餅をつく。何とか起き上がり、金子の巨体を両脇の下から手を入れて、なおも引き摺っていこうとするが遅かった。

「――よう、狸爺を運ぶのは大変そうだな。手伝ってやろうか？」

紫電を帯び、奇妙な七色の刃紋を浮かび上がらせる白刃が、気軽に肩を叩くように征陸に触れた。背筋が凍りつき、その場で硬直しながら、首だけを回して振り返った。

視界の端、白外套姿の長身痩軀が立っている。手にした刀の切っ先が、そのまま征陸の首筋に当てられた。

「……親爺」

茫然と呟く。幻影ではない。

明確な殺意を持った実体としての脅威が、八尋がそこにいる。

「何でも色々と嗅ぎ回ってたらしいな」八尋はいっそうこけた頬に昏い眼差しでこちらを見下ろしてくる。「おかげさまで、連中は、お前さんらを殺せとお冠だ。それで遅ればせながら、この会場を襲撃ってわけだ。……とはいえ奴らも、こうして正体を暴かれちまったら、今度こそお終《しま》いだろうがね」

征陸と金子の許に、他の白外套たちが集まってきた。人種に違いはあれど、どれも若かった。皆、一様に八尋と同じ昏い眼差しを宿している。

　囲まれた。巌永たちが手出しできないように壁が築かれた。

「……廃棄区画の住人を特攻兵に仕立て上げて、結局は警察庁ＯＢたちに尻尾を振るなんて、親爺らしくもない。何が目的なんですか……」

「おいおい、そんなつまらん質問をしてくれるなよ」

　八尋が手許を操作し、刃先で征陸の左耳にさっくりと切込みを入れた。冷たい異物を挿入されるようなおぞましい感触。血が垂れ始めて、ようやく痛みが生じた。堪えた。激痛ではない。それこそ、仲間殺しの場所で浴びた苦痛と比べれば。

「金子室長は、あんたの仲間か？」

「ある意味では」と八尋。「最終的な目的に相違はあったが、利害は一致していた。生き長らえてきやがった汚職警官連中を一掃するという点においては」

「……やはり、連中に取り込まれたわけじゃありませんでしたか」

「虫唾《むしず》が走るようなことを言うんじゃねえよ。奴らに俺が飼われたんじゃない。俺が奴らを飼い慣らしたのさ。長年の悪行で、色相がドス黒く濁っちまった連中だ。俺からの施しのためなら、あらゆる装備を手配してくれた。――だが、感謝するぞ、マサ。お前さんが俺の足跡を辿ってくれたおかげで、奴らの退路を断てる状況が構築できた。金子の狸爺は、そのために捨て石になることを了承したのさ」

ならば金子は、最初から色相調整薬を服用し、薬効切れで致命傷を負うことを織り込み済みで行動していたことになる。乗せられた。

自分たちは、八尋の掌の上で踊らされていたに過ぎなかった。

「……だが、これで、あんたたちも後がなくなったはずだ。告発が為されたということは、旧官庁ＯＢ連中が逃げ込んでいる医療福祉構造体に大規模な手入れが入る。そうなれば、公安局に対抗可能な装備や、色相調整薬用の配合素材の供給源も断たれる」

「――そりゃ、そうだろ。だが、必要なものは、すべて揃った。だから、もう連中は用済みさ。死の報いを受けるときがきた」

八尋は退路が断たれたことに何ら動揺を見せなかった。彼の部下たちも同じだった。薬物で感情が抑制されているのか。違う。そうではない。まだ、この先に目的がある。彼らには、八尋には。

「……ようやく、ここまで漕ぎ着けた。なあ、分かるだろ、マサ。お前さんなら、俺が何をしようとしているのか、すでに理解していると思うんだがね」

「分かるわけがない……」征陸は呻《うめ》いた。「あんたがずっと固執してきた連中は、これで破滅する。あんたの正義は実践される。それ以上に何を望むってんですか……」

「それが理解できないなら、お前さんは、ここで死ぬことになるな」

八尋が手にした刀の柄を握り込む。青白い耀き。灼熱刀《ヒートブレイド》が発する超高熱の揺らめき。

斬撃が振るわれる。征陸は咄嗟に〈Dominator〉を抜き放ち、これを防御する。脅威度判定の更新。即座にデコンポーザー・モードに変形する。右の下腕を覆い尽くした黒い装甲板によって、辛うじて防御に成功する。

「――ほう」

八尋は感心するように、口笛を吹く。その威力を警戒してか、配下の者たちとともに背後に飛び退く。反撃の、千載一遇の好機。だが、頭上から、新手の無人攻撃機が殺到してきた。征陸は、止む無くそちらを迎撃せざるを得ない。

引き金を絞る。分子破壊光が、巨大な蜂のような無人攻撃機を消し飛ばす。

だが、その隙に、八尋の配下の白装束たちが殺到してくる。手には尽《ことごと》く、銀色に輝く刃物。すかさず、銃口を向けるが、途端に〈Dominator〉が通常形態に戻った。引き金がロックされる。この程度では脅威度判定が更新されない。征陸は歯嚙みする。

征陸は、今度こそ役立たずになった〈Dominator〉を放り捨て、電磁警棒を抜く。背後に飛んで少しでも距離を稼ぐ。もっとも先頭に立ち、切り掛かってきた白装束の分厚いナイフを受け止める。交錯する視線に明確な憎悪を、自分たちを救おうとしない社会への絶望を感じる。相手の膂力《りょりょく》は凄まじかった。強引に押し切られる。

しかし横から突っ込んできた公安無人機に救われた。解けた膠着状態を見逃さず、巌永たち公安局員が介入したのだ。すると一転して、白装束たちは身を翻し、逃走を開始する。

「――親爺！」

征陸の叫びに、公安無人機の包囲によって壁際に追いつめられたはずの八尋が不敵な笑みを浮かべた。

「マサ、俺が殺すと決めたのに、また生き残ったな」そして八尋は大声で嗤《わら》う。「これで三度目だ。だから、頼むぜ。こんなところで死んでくれるなよ」

そして激しい揺れが来た。壁面のいたるところで、無数の罅《ひび》が走った。

「解体用の工事用無人機を有人機に改造したんだが、そのときに施設の解体箇所を走査するユニットが余ってな。そいつを有効活用させてもらった。吹き飛ばすべき箇所に必要なだけ爆薬を仕掛けた。これもすべて、旧い時代の亡霊たちの贈り物だ」

間もなく、この建物は自重に耐え切れず崩れ落ちる――。

吹き抜けを貫き、上層から巨大な建材が落下してきた。広場を押し潰し、八尋たちの姿を覆い隠した。各所から粉塵が上がり、視界が白い靄《もや》に包まれていく。征陸は金子の頭が転がっているのを見つけた。鼻から下が砕けており、黄色い脂だらけの乱杭歯が突き出した口腔が、丸見えになっていた。胴体は、落下してきた建材と床の間で押し潰されたのだろう。重油のような赤黒い染みが一帯に漏れ出していた。

いっそう揺れが増した。征陸は、自壊を始めた施設から脱出するため、出口を探した。緑の非常誘導灯が靄のなかに輝いている。施設の緊急避難ドローンが警告の赤色灯を明滅させている。落ち着いて、走らず、ゆっくりと避難してください――。

そう告げたあと、傾いてきた支柱が無人機を押し潰した。

征陸は無我夢中で駆けた。禾生も厳永の姿も見つからない。他の公安局員は、施設利用者たちは、無事に脱出できただろうか。そして、おれはここで死ぬのか？

「革命だよ」幻聴のように、どこからか、八尋の声が聞こえる。「俺はこの社会の不法を糾《ただ》し、新たな法をもたらす。そこでは、今度こそ救われるべき者が救われる楽園が生まれる」

間もなく合同庁舎を、一際強い地鳴りと轟音が襲った。

2

池袋合同庁舎を崩壊させた爆破テロの翌々日のことだった。

世論の矛先が、事件の事前抑止に失敗した公安局に向けられるなか、禾生公安局局長は、告発された旧警察機構および省庁官僚らの摘発を断行した。集中する非難を巧妙に誘導し、強制摘発の好機に作り変えた。彼らこそが爆破テロを引き起こした敵対存在であると喧伝し、厚生省推奨チャンネルを始め、報道各局への印象操作は怠《おこた》らなかった。

そして、旧省庁ＯＢらが居住する医療福祉構造体《メディコン》への強制摘発は、正義の執行として扱われた。

二〇九三年六月二四日は、血の水曜日となった。

早朝より、霞ヶ関の公安局庁舎を出発した公安車輛と執行官護送車輛の車列は、見る者すべてに威圧感を与えながら神奈川県横浜市へ急行した。刑事課の監視官および執行官のほぼ全戦力が投入された一大摘発であった。

施設正面に乗りつけるなり、降車した監視官及び執行官は、あえて報道各局に撮影される状況下で、正式配備された携帯型心理診断・鎮圧執行兵器〈Dominator〉のユーザー認証を済ませ、装備した。みな、緊張した面持ちだった。これから為すべき行いを誰もが頭に思い描いていたからだ。

そして施設への立ち入りが開始された。漆黒の銃器を手にした黒衣の公安局員たちは、死神の群れのように医療福祉構造体内部へ踏み込んでいった。対処すべき相手の数を考慮し、大量の〈Dominator〉運搬ドローンがその後に続いた。長四角形のかたちは、これから生じる多数の死者を納めるための棺桶のようだった。

鎮圧執行の間、公安上の機密として、施設内への一切の報道機関の立ち入りが禁じられた。多数の潜在犯が潜伏している恐れがあるための防疫措置とされたが、内部で行われたのは当然、途方もない数の死骸の生産、紛れもない虐殺だった。

まず施設管理棟が制圧下に置かれた。電子戦に特化した執行官および分析官の手により、施設内の記録情報の一切合財が吸い出され、同時に以降の監視映像の撮影を、統御ＡＩを介してすべて遮断した。続いて、執行官部隊が居住棟に突入した。数に任せた人海戦術。徹底的なローラー作戦で、入居者たちへ次々と〈Dominator〉を向けていった。監視官たちは、そこで執行官の逸脱行為が発生しないかどうか、つねに彼らに銃口を向けていた。ごく稀に、惨劇を目の当たりにした監視官が耐え兼ねて犯罪係数を悪化させる場面もあったが、概ね、強制摘発は、スケジュールどおりに進行した。

――執行対象ではありません／トリガーをロックします／執行対象です／ノンリーサル・パラライザー／リーサル・エリミネーター／慎重に照準を定め目標を排除してください――

言葉を喋る銃は、休むことなく犯罪係数の測定を続けた。保護／拘束／殺処分――違法物資流通ネットワークの運用に関与していた者も、そうでない者も関係なく、算出された数値に応じて運命が決まった。

色相を欺瞞《ぎまん》できる人間は、もはや誰一人としておらず、該当していた旧警察機構ＯＢを始め、八尋がもたらした偽りの色相浄化――その恩寵に溺れた老人たちは、すべて殺処分された。色相調整薬の薬効はすでに切れていた。社会に寄生することで身を隠し、生き延びてきた者たちに死の報いがもたらされた。暗黒時代、数多の弱者を喰い物にして肥え太ってきた汚職の大樹がめきめきと折れていった。

やがて日付が変わる直前、鎮圧執行終了が宣言された。医療福祉構造体の内部は、珊瑚色《コーラル》の外壁よりなお紅《あか》く染まった。腹に抱えた臓器すべてが破裂した跡のようだった。

そして報道機関を通じ、禾生公安局局長は、かねてより発生していた公安局員連続殺人の事実を公表するとともに、実行犯に膨大な武装を供給してきた支援組織は鎮圧された、と声明を出した。そこには犠牲となった公安局員たちへの哀悼が添えられた。

だが、深夜、午前二時頃のことだった。

市民が利用するSNS――〈コミュフィールド〉の複数コミュニティに、一本の中継動画が配信された。

映像は、廃棄された旧地下鉄日比谷線とJR常磐線の高架路線それぞれが合流する地点より始まった。荒川区三ノ輪の浄閑寺の敷地跡が映し出され、罅割れた石畳を伝って外に進み、橙色の光を放つ街灯が設置された十字路に出た。四方に伸びる二車線道路は、地下水位上昇による亀裂と陥没だらけだった。そして、どれも一定のところまで進むと瓦礫《がれき》の山によって塞がれていた。それが境界だった。三ノ輪の小規模廃棄区画と一般社会を分かつための。

再び十字路に戻ってきた視点は、ぐるりと周りを見渡した。

白装束姿の青年たちが、それぞれ家屋を訪問していく様子が映し出された。地上を彷徨う亡霊が戸口に這い寄っていくような不吉さを帯びていた。この廃棄区画の特徴は、〈シビュラ〉社会から逃亡してきたばかりの離脱者に当座の宿泊場所を与える点にある。地下道を通じ、三ノ輪駅から地上に出てきた色相悪化者は、持ち出してきたわずかな金品を頼りに、ひとまずの仮宿を得る。そして、各廃棄区画での仕事を斡旋《あっせん》する仲介業者の伝手《つて》を頼って、自らの住処を探すようになる。

やがて白装束たちが外に出てきた。外套に黒い染みのように、べったりと返り血を浴びている。それから、通りに面した安宿から血まみれの男や女が飛び出してきた。内部で行われた惨殺を免れた者が逃げようとしているふうにも見えたが、彼らは、どちらからともなく殺し合いを始めた。男は、武器がないので路肩の縁石に摑んだ相手の頭を打ち据え、原始的な手段で殺害した。灰色の石材に女の脳漿がこびりついた。しかし直後に、男の首に背後から有刺鉄線が巻きつけられた。そのまま刃が左右に鋸のように引かれ、肉が破けていき、頸骨が露出するころには千切れた血管から、どっと血が噴き出した。

他でも、いくつもの殺戮。誰もが互いを、恐れ戦《おのの》く眼《まなこ》で見つめながら。

そして視点がぐるりと回った。

ざらつく画素の粗い画面いっぱいに映るのは、初老の細面《ほそおもて》。

周囲の狂騒と無縁の穏やかな笑みを浮かべている。

彼は名乗る。自分は神父《ファーザー》である。

そして八尋和爾は、動画中継で説教でもするように語り始めた。

親愛なる市民のみなさまにお伝えしたいことがございます。私たちは兼ねてより、犯罪係数なる恣意的かつ不備ある偽りの〈法〉によって、多くの人間を虐《しいた》げ、掛け替えのない数多の命を奪ってきた現行の司法制度に疑義を呈し、虐殺の実行者たる公安局員に対して天誅を下して参りました。正しき理念がもたらされることを望みましたが、公安局は一向に姿勢を改めず、徒《いたずら》に犠牲を増やすのみでございました。

さて革命とは、大衆の幸福のために自己犠牲を厭《いと》わない「捨て石」の精神こそが肝要であり、我々は、この決起を通して自らの命を惜しまぬ覚悟でございました。

しかし、ひょっとすると、あなたがた善良なる市民の皆様は、他者がどれほど命を落とそうと気にならないのではございますまいか。すぐ傍に隣人の骸《むくろ》が横たわり、腐り落ちようとしてなお、あなたがたの目は閉ざされ、偽りの幸福に心を奪われているがゆえに。

それでは、私たちの訴えもご理解できないのかもしれません。あらゆる意味が無に帰してしまう。

であるなら、お教えしなければなりますまい。

死はいつも傍にあり、この社会は、つねに自らの正当性を省み続けなければ、容易く自壊するものであることを。

私たちは一日ごとに一つずつ東京から街を消していく所存でございます。

まずは見本《デモンストレーション》といたしまして、あまり大きくない場所を選びました。あと一時間ほどで、誰もが死に絶えるでしょう。見ての通り、その実行はさほど難しくはございません。

そして、これは都市のあらゆる場所、人と人が交わるところすべてで生じ得る。

さて、これをご覧の善良な市民のみなさま。速やかにこの都市から逃れなさい。機械仕掛けの神、託宣《シビ》の巫女《ユラ》の恩寵を捨て、自らの意志による真の幸福を求めなさい。

――ところで、そろそろ〈シビュラ〉の検閲AIが働き始めているころだろう。もはや、これを見て、そして聞く者は、公安局に限られるだろうから、言っておく。

そうとも、要求はシンプルだ。

ひとつ。包括的生涯福祉支援システム〈シビュラ〉の仕組みを全面開示しろ。

ひとつ。その運用を、独立した第三者機関を設立し、これに委ねよ。

ひとつ。すべての要求が果たされるまで、二四時間ごとに虐殺を実施する。

ひとつ。期限は、今日より七日後とする。

ひとつ。期限後、要求が無視された場合、残る地域すべてに思考汚染虐殺を仕掛ける。

ひとつ。そして、いかなる結果となろうと、公安局員はすべて処刑する。

それでは、正しき楽園の創造のため、よき選択が為されんことを。かくあれかし《エイメン》。

『――以上が、本日午前二時頃にコミュフィールドの複数フォーラムで同時中継され、一定時間後に、精神衛生保護の規定に基づき、検閲ＡＩが遮断した殺人動画《スナッフ》の全内容です』

と、壇上で説明をしていた巌永は締め括った。

公安局庁舎上層フロアの大会議室。大学講堂のように階段状になった座席には、刑事課一係から三係までの監視官および執行官が、所属係ごとに揃って着席している。

そして所属係を持たない征陸の座席は、壇上から見て右端の列、その最上段に配置されており、公安局員たちの動向を見下ろせた。

誰も彼も疲労の色が濃かった。昨日の一斉摘発から碌《ろく》な休息が取れていない。長くて三時間程度の睡眠で叩き起こされ、午前七時から緊急招集が掛かったのだ。監視官たちは、向精神系の錠剤を摘み、ペットボトルのミネラルウォーターで嚥下《えんげ》する。執行官のなかには堂々と居眠りをしている者もいたが、先ほどまで正面スクリーンに投影された動画を閲覧しているときは、例外なく緊張した面持ちだった。

「動画への一般市民のアクセスの可能性は？」愛嬌ある口髭を生やした老紳士然とした監視官が尋ねた。「悪意ある拡散が為されれば、いっそうの色相悪化者を生みかねない」

「現状では、ほぼゼロのはずです。〈コミュフィールド〉の運営企業に緊急通達し、全フォーラムにおける検閲を実行。動画をアップロードしたアカウントおよび、閲覧履歴やダウンロードの履歴があるアカウントはすべて凍結しています。なお、最初に動画を投稿したアカウントについて現在、身元を捜査中とのことです」

「ならよ、故意と偶然にかかわらず、この殺人動画を閲覧した野郎への対処はどうする？」

金と灰のまだらに染めた長髪をヘアバンドで纏めた粗暴な風貌の執行官が声を荒らげた。

「俺が昔に扱ってたブツより、色相にガツンと来るぜ。視聴すりゃ、一発で真っ黒だぞ」

これに回答したのは巌永ではなく、禾生だった。

壇上に設《しつら》えた長机から起立し、正面スクリーンに都市内の鳥瞰図を映し出す。彼女もまた不眠不休で職務を遂行しているはずだが、かすかな疲労の様子さえ見せてはいない。

「目下、動画閲覧者については追跡調査後に、厚生省直轄のメンタルケア施設へ移送するよう手筈を整えている。ＯＷ製薬および、東金医療財団も全面協力を申し出ている。とはいえ、先日の一斉臨検によって、色相が不安定な傾向にあった市民たちを予《あらかじ》め隔離できていたのは僥倖《ぎょうこう》だった。――ゆえに事態は、まだ我々のコントロール可能な状態にある。都市を脱出しようとする市民の動きは、まだ稀だ。そして、午前六時時点の東京都内のエリアストレス警報も、警戒値まで上昇した地域は確認されていない。しかし、この事実が、厄介な推論を導き出していることも事実だ」

彼女は一度、言葉を切った。着席する公安局員たちを見る。誰か続きを話してみろ、というように。

そこで征陸は挙手した。視線がこちらに集中する。

「――思考汚染によって、小規模とはいえ廃棄区画がひとつ消滅した。なのに、近接区域でさえエリアストレスの上昇が見られないということは、思考汚染による虐殺を実行したテログループは、その影響範囲を完全にコントロールできると見做《みな》すべきです」

「結構だ」壇上の禾生がうなずいた。「諸君らも承知のとおり、現在の日本国民の大部分は、ストレスに対する耐性が極めて脆弱化《ぜいじゃくか》しており、他人からの悪意や害意といった負の感情に伝染しやすく、また伝播させやすい。思考汚染《サイコハザード》の大規模拡散《パンデミック》は、市民同士の無差別な虐殺《ジェノサイド》を招き、互いを死に至らしめることがある。――そして認めがたい事実だが、敵は、その発生方法を確立させている可能性が高い。すなわち我々が対峙すべき相手は、任意のタイミングで首都を滅ぼすことが可能な大量破壊兵器を有しているに等しい」

彼女の断言に、公安局員たちのざわめきが議場内に生じた。

無理もない。自分たちが対処すべきテログループが、核兵器を炸裂させるよりも簡単な方法で社会を滅ぼせると告げられたようなものなのだから。

しかも、公安局は、それによって四〇名余の局員を同士討ちで失った。

廃棄区画も、今回の三ノ輪を含め、二つが消滅した。

現生人類が抱える生得的な欠陥——共感神経系の過剰模倣傾向に媒介され、如何様にも拡散し得るしろものだ。状況に直面せずとも、ある程度の段階を過ぎれば、記録された情報越しでも思考汚染は発生し得る。目の前にいようと画面の向こうにいようと、共感神経系が、その意図を理解しようと作用すれば、それで終わる。

これを止めるすべは、実行犯たる八尋たちを即座に拘束するか、あるいは逆に、彼らの要求を呑み、思考汚染テロの実行を抑止する以外に選択肢はない。

「ゆえに、我々公安局は、その全戦力を賭して、テログループの指導者——八尋和爾の居場所を発見、これを制圧しなければならない」

禾生は強く厳命した。だが、こればかりは公安局員らも即座に応答することができなかった。あまりにも分が悪すぎる。こちらは八尋たちへの支援ルートは断ったとはいえ、それだけだ。拠点についても割り出せていない。

一斉摘発で拘束した旧省庁ＯＢらを尋問したところで、大した情報も得られなかった。最初から八尋は彼らを利用しようとしていた。真の思惑に繋がるような足跡を残すヘマはしない。

「——局長」若い女性の監視官が起立した。まだ入局したての新人らしく俯いたまま、遠慮がちに発言する。「テログループの行動を抑えるため、要求を一部受け入れるべきではないでしょうか？」

「却下する」禾生は即座に否定した。「我々はテロに屈しない。あらゆる取引に応じてはならない。社会の基盤を崩すこと、それ自体を目的に行動している相手に、弱腰の姿勢を見せれば、その隙に付け入られる。そして、〈シビュラ〉の内部システムについて公言することは国防上の観点からも認められない。秘中の秘を明かしたが最後だ。我々の敵は、テログループだけではなくなる。国境線の向こうで発生しつつある武力統治を前提とした新興国家群。加えて、この情勢にあってなお、権益を確保しようとする一部の組織が群がってくる」

そして何より、と禾生は指摘した。

「テログループの要求に応じるということは、我々公安局が、国内の治安業務を遂行できないと認めることになる。そうなれば事態への対処は、上位組織に管轄が移る。そして思考汚染虐殺の火薬たる廃棄区画住民が市民でないと判断されれば、国防軍が動く」

八尋たちの潜伏先が、都内いずれかの廃棄区画と目される以上、掃討作戦が開始されるとなれば、国防軍の無人攻撃機が、都市内すべての廃棄区画に対する空爆および、陸上戦力による徹底制圧を実行する。

だが、それは致命的な破局を招く。

他の公安局員たちも同じ未来を想像しているようだった。

軍の介入では、事態解決どころか、さらなる悪化を招きかねないのだ。

大規模な軍事行動が実行に移されれば、首都の治安は最悪の騒擾《そうじょう》状態に陥る。すると今度は、戒厳令下で多大な負荷《ストレス》状況に置かれた市民たちが、思考汚染発生の温床となる。

「軍の制圧行動により追いつめられたテログループは、抹殺される前の最後の抵抗をするだろう。そして都市が焦土と化すより先に、市民同士の虐殺が始まる。総人口一三〇〇万人のうち、その大多数が居住する首都圏が、この混沌に飲まれれば、我々は七〇年前に多くの犠牲を払い、ようやく押し留めたはずの殺戮の渦に飲み込まれる。築いてきたものすべてが崩壊する」

――結果、日本という国家は歴史の表舞台から退場するだろう、と禾生は告げた。

冷徹に、絵空事ではなく、極めて現実的な可能性について語り、そして全公安局員に対し、事態解決に尽力することを厳命した。

誰もが無言のまま席を立った。

最後まで着席していた征陸は、巌永とともに会議場を出た。そして最上層にある局長執務室へ向かう高速エレベーター内で、おもむろに呟いた。

「……巌永監視官。禾生局長は、あらゆる要求に応じないと言っていたが、実際のところはどうなんだ？　〈シビュラ〉の中身を明かせないのはまだ理解できる。だが、運用組織の独立再編については対応可能だと思うんだが……」

無論、それは打開策たり得ない。あくまで、八尋たちの行動を一定期間、押し留める効力しか有さないが、それでも交渉の機会を作ることはできる。

「それこそ不可能です」巌永は苛立《いらだ》たしげにサイドに流した髪を手で弄《いじ》っている。「〈シビュラ〉システムの運営部局は、あらゆる利害に縛られないため、すでに全省庁から超越した独立組織のようなものです。世界の中心と評される厚生省さえも、〈シビュラ〉とその管理運用を司《つかさど》る領域において策定された事柄を、最も忠実に実行し得る手足のひとつに過ぎません」

「〈シビュラ〉を制御するのではなくて、おれたちが制御されている……、と？」

「そうなりますね」何を今さら、というふうに巌永が肩を竦《すく》めた。「もはや、私たちは、人生における選択すべてを託宣《シビュラ》の巫女の導きに委ねている。それなのに、どうして組織や社会……、いえ、絶対に失敗が許されない国家運営レベルで同じことをしないって思えるのか。それに、摘発された連中を見れば分かるでしょう。社会を動かし得るレベルの強大な権力といったものを、個人の意思決定で動かせる限り、利己的なふるまいが腐敗を生む。健全な社会システムの運用を阻害する。違いますか？」

「……否定はしない。だが――」

「加えて、良くも悪くも相手の思考に左右されやすいなんて生得的な欠点も、私たち人類は抱えてしまっているんです。唯一無二の自意識なんてものは、ずっと昔にはあったかもしれませんが、現在はほとんど消滅してしまったといっていい。必要ないから捨てられたんですよ。それなのに、欠陥だらけの動物が思うがままにふるまう環境が、よき社会を構築できると思いますか？　私は、そうは思わない。人間は、各々の適性に応じ、公共に資する役割を果たすために自己改善をしていくべきだ。もはや人類は、自らが作り出した技術よりも劣っている」

「そういうものなのか？」

「え？」

「……いや、おれには、あんたの言っていることの意味は理解できる」

征陸は点滅するエレベーターの階数表示を見つめた。何も考えずとも、この鉄の箱は自分たちを目的地に運んでくれる。人生のすべてがそうなっているほうが便利で過ちが起きないこともわかる。

「ただ、それを受け入れられない自分がいる。もしかすると、生まれた時代が悪かったのかもしれない……」

古すぎもせず、新しすぎもせず、自分は中途半端な時代に生まれ、成長してしまった。

子供のとき物事の正否を決める基準は、〈シビュラ〉である以前に親父やおふくろの言葉だった。通った学校の先生や友達を通して社会というものを学んだ。大学に通って、すべての価値観に差異はあっても、優劣はないことを知った。やがて、そういうなかでちっぽけではあるものの、己というもの、自分なりの世界に対する視点や考えというものを育《はぐく》んでいった。おふくろに反対されてでも警察官になったのは、他の誰でもなく自分が、それを望んだからだ。冴慧との出会いと結婚も、〈シビュラ〉が決めたものではなかった。自分たちで選んだ。そうしていくことが正しく、当然だと、ずっと思っていた。

なのに、自分を取り巻く社会は、いつのまにか、自分で物事を決めることが害悪とされる社会に変わっていた。システムの命じるままに成長すること。勉強をすること。就職をすること。理想的と診断されたパートナーと恋愛すること。結婚すること。子供をもうけること。そして、究極的には、自らの死さえもシステムに従う。

犯罪係数とは、つまるところ、自分がいつ死ぬべきかについて、〈シビュラ〉の言う通りにするということだ。それを受け入れるか否かというのは、自らの人生すべてをシステムに委ねられるかどうか、自らの意志なんて厄介なものを手放せるかどうかということだ。ならば、自分は、それを受け入れられない自意識、古い時代の精神を抱えたまま、新たな世界に辿り着いてしまった異邦人なのだ。

罪を犯したか否かではなく、結局、この時代に生きる人間に相応しくないだけのこと。潜在犯は、本来なら、ずっと昔に死んでいるべき人間、廃棄されるべき精神を持つ亡霊だ。

「……どうすりゃよかったんだろうな」

おれは、おれたちは、この何もかもが変わった新世界で、どうすればよかったのか。

そしてエレベーターが停まり、会話は中断された。最上階。扉が開き、長い廊下の向こうに、わずかな光が見える。局長執務室へ繋がる扉。

そして廊下を進む途中、巌永が告げた。

「——わかりませんよ。こんなにも素晴らしい新世界に適応できない人間の精神なんて。でも、どうにかするしかない。私たちは、今の社会を護るために、ここにいる」

局長執務室の奥の壁面には、蒼い惑星が映し出されていた。

わずかに残存する情報探査衛星が捉えた地球の姿。夜となった地域には、ほとんど灯りがない。そこに人の営みは見つからない。暗黒に飲まれている。この星の面で生きる人間の数が本当に少ないことを否応なく実感させられた。

「——この事態で言うのもなんだが、君らはよく捜査をしてくれた」

禾生は執務机のチェアに背を預けながら、落ち着いた様子で言った。

「八尋和爾に利用されていたとはいえ、既得権益擁護を図る連中を一掃できたことで、局員の連続殺人により有用性が疑問視された公安局の名誉回復は、無事に為されたと言うべきだろう」

「やけに前向きですな」征陸は憤然と答えた。「明日、おれたちの社会が滅ぶかもしれないのに、事態が解決した後のことを話せるなんて。それとも、打開策でもあるんですか？」

「そう都合よく事は運ばんよ。打つ手なしだ。さきほどは士気に関わると判断し伏せていたが、軍の介入はすでに決定している。午前零時、都内の全廃棄区画に対する掃討作戦が実行される。これによって八尋のテログループを迅速に確保できれば、〈シビュラ〉社会は以前と変わらぬ夜明けを迎えるだろう」

「ですが、殺せなければ、この国が死ぬ」

禾生はうなずきを返した。

「ならば、どうして軍の介入など容認したのですか？」

「それが組織全体が下した決定だからだよ。官僚機構とは、動き出すまでは非常に時間が掛かるものだ。しかし、ひとたび歯車が回り始めれば、それは巨大な車輪の回転となって、あらゆる組織と人員を巻き込み、何人《なんぴと》も止められなくなる。もはや八尋和爾が引き起こした状況は、犯罪の領域を超えたのだよ。八尋の行動の背景に、旧社会体制の利益享受者たちが存在していたことが判明した今、多くの組織が自らの潔白を証明するため奔走している」

「……つまり、自分たちが八尋和爾たちとは無関係であり、処罰の対象ではないと証明するため、過剰対処を実行しようとしていると？」

その八尋の手により、今しも社会体制そのものが滅ぼされようとしているのに。

「結果、国防軍は、過剰ともいえる戦力を供出したわけだ」

「ですが、武力による鎮圧は、混沌を呼ぶだけだ。万が一に、八尋を確保できたところで、それまでに思考汚染虐殺は必ず引き起こされる。そんなことは明白じゃないですか。そんな非人道的な方法を〈シビュラ〉システムだって導き出さないはずだ。もっと、有効な策を指し示すはずです」

「――君にとっては、残念な答えになるかもしれんが、この対処方法は、〈シビュラ〉の演算結果によって一定の有用性が認められている。八尋和爾の影響力を無効化するため、武力鎮圧を実行し、大規模思考汚染による殺戮が誘発されようと、日本の総人口は激減しても、ゼロにはならない。一定の段階で歯止めが掛かると予測されている。その数は、およそ三四〇〇万人。そして無人機の大量投入による首都圏の物理的・情報的隔離を徹底することで、名古屋および大阪の二都を首都として、統治体制を再建することは理論上可能だ。そこで精神衛生社会は、再び繁栄を築くことになる」

「……局長、それは、東京の市民すべてを切り捨てるってことですか……」

事態鎮圧のため、一千万規模の市民を生贄《いけにえ》にするなど、言語道断だった。何より、そうなれば、まず確実に、征陸の家族も助からない。

「無論、わたし個人としては、この方針には賛成しかねる。政情の不安定化による不測の事態の誘発、諸外国の侵攻可能性を鑑みれば、綱渡りであることには変わりないからだ。

それに、この対処策では、公安局の有用性を消失される。再構築される社会制度のなかで、我々が生き残る道は断たれると言わざるを得ない」

「――では、どうすると言うのですか？」巌永が強引に話を遮《さえぎ》った。それどころか、禾生を咎《とが》めるような視線を向けた。「このままでは、どのような結果になろうとも、私たちは用済みという烙印を押されることになる。そんなことは認められません」

「だからこそ、君たちを呼んだのだよ。公安局も、軍の展開に際して発生するであろう大量の色相悪化者たちに対処するため、刑事課の人員すべての供出が要請されている。しかし、いかなる係にも属さない独立捜査班である君たちだけは、この状況にあっても単独行動が可能だ」

「……何を為さるおつもりでしょうか？」巌永が警戒心をいっそう強めた。

「わたしの全権限を投じ、軍の介入を先延ばしにするよう働きかける。君たちもまた、あらゆる手を尽くし、八尋和爾を逮捕しろ」

「正気ですか……。すでに対処策が選択された以上、それに従わない行動を取るということは、〈シビュラ〉システムの判断を無視するのも同じです」

立場を鑑みれば、無礼に過ぎる巌永の言動を気にする様子もなく、禾生は言った。

「いいや、これも容認された対処プランのひとつだ。成功可能性が低すぎるために、次点に追いやられてしまったがね。しかし、これに成功すれば、公安局は単独での事件解決の功績を手に入れられる。確固たる有用性が認められる。――そして、何より一千万規模の犠牲を回避できる」

禾生の眼差しは、いつのまにか征陸に向けられている。

お前の家族を守れる方法は、これしかないぞ、と暗に告げている。なら、他の選択肢など存在しない。そのことを、きっと相手は熟知している。

「……了解です、禾生局長。すぐにでも八尋和爾の逮捕に向かいます」征陸は頭を下げた。「ただ、その前にひとつだけ、個人的な願いがあります。お聞きいただけますか？」

「――言ってみろ。君には困難な仕事をやってもらう。実現可能な範囲なら叶えてやる」

では、と征陸は言った。

「おれの家族と面会させてください。――これが最後になるかもしれないから」

「……なるほどな、君らしい」禾生がうなずき、小さな笑みを浮かべた。「もとより、それを褒賞にするつもりだった。そして、今ここにいる人間すべてが、明日はもうこの世にいないかもしれない身の上だ。別れの言葉は交わしておいたほうがいい」

3

そして、街からひとが消えた。殺されないために、殺させないために、この社会が実行し得る最大の防衛策が実行されたというように。もしも殺戮に発展しても家族だけは生き残らせようというのか、あるいは殺戮は家庭内で済まそうと誰もが誓い合ったように門戸を閉じた。家族という名の最も身近な他者を信頼し警戒しながら、じっと耐えた。社会の終わりが近いと誰もが知っているかのように。

　征陸は反対車線に目を向けた。何台も何台も、ひところの建設ラッシュが復活したかのように大型の輸送トレーラーの車列が走り抜けていく。ブロックパターンの装甲を組み合わせた堅牢な外装が特徴の、陸戦用九〇式制圧無人機《ブラストドローン》を満載していた。交通網の要《かなめ》たる新首都高速環状線の各所に緊急の修復工事の布告が為された。

　そこが臨時の指揮所となった。戒厳令が音もなく都市を覆っていく。
結果、多くのＩＣが使用不能になったが、そもそも厚生省推奨チャンネルなどを介し、市民は自宅に留まることが〈シビュラ〉によって推奨《レコメンド》されている。
外出は封じられた。特に市外に赴くことはできなかった。神奈川・千葉・埼玉・山梨などの、県境を通過する主要な幹線道路および鉄道路線には検問が敷かれた。不穏な雰囲気を察して避難しようとする市民を阻《はば》んだ。例外なく家に追い返された。

　これが、軍が動くということだった。もう、誰も逃げられない。
公安車輌で霞ヶ関の公安局庁舎から、東京西部多摩市に向かう途中、フロントガラスには都内各所の情報が更新され、次々と投影されている。

この情勢下で公安局員は、事件捜査よりも、戒厳令下で生じる混乱の封じ込めに追われている。八尋による思考汚染テロよりも、軍の配備によって市民の精神色相は圧迫され、都内全域のエリアストレスが上昇傾向にある。

征陸と巌永は、独立部隊として行動していた。

八尋和爾への特別対処。単独捜査。すべての賭け金を背負って。

今が午後の一時。本格的な掃討作戦が開始されるまで、あと一一時間。対策委員会に出席している禾生は、どれだけの猶予を作り出してくれるだろうか。

午前中は、捜査資料を再度、通読するだけで、そのほとんどを費やしてしまった。

やがて面会の時間が訪れた。願っていたかたちとは違うとしても、晴れ晴れとした気持など皆無であり、むしろ死別の前に、束の間の再会を果たすだけのような悲愴さが募った。

冴慧の入院先は、多摩市内にある東金医療財団経営の高度医療施設だった。

施設玄関前の駐車場に車を停めて外に出ると、あらゆる喧噪が消えていた。周囲を緑地帯に囲まれているせいだ。都市内で展開する物々しい警戒態勢が生み出す不穏な気配はなかった。とても穏やかな、ひょっとすると時が止まってしまったかのような静寂。

しかし、巌永とともに受付を済ませ、冴慧がいるという施設裏手の庭園へ向かう途中、征陸は妙な違和感を覚えた。

それは何だろうか。

おれは、ここのような場所を訪れたことがある、と記憶が囁いている。末期癌を宣告された後、母親が短い余生を過ごした終末医療施設《ホスピス》。

丁寧に刈られた芝の緑。休憩用に設けられた木造の小屋に茂る蔦《つた》。水を溜めた池。小川のせせらぎ。屋内投影装置により、外の陰鬱な雨雲が払われ、陽光が注ぐ箱庭のような庭園。

そこに踏み入ったとき、征陸は、自分の直感が間違いではないと悟った。

安楽椅子のような背の長い自動制御の車椅子に横たわる患者たちと、彼らに寄り添っている家族の姿は、もうすっかり何かを諦めきっているかのように静かすぎた。会話がない。それすら惜しんで、共にいる時間を噛み締めようとしているようだ。

ここはすべての終着点だ。

凶兆。厭《いや》な感触が心臓を鷲掴みにする。

薄い青色の、案内用の医療無人機が冴慧の居場所へと導いていく。

この施設に彼女がいる理由を想像してはならない。

段差のある小高い位置。少し奥まっており、池のなかに配置された飛び石を渡っていかなければたどり着けないため、訪れるひとの数は少ない。そして今は皆無だ。

石と木材を組み合わせた骨組みには、やや盛りの季節を過ぎてなお咲き誇る夥《おびただ》しい量の藤の花が垂れ下がり、紫の紗幕となって小屋の内側と外を隔てていた。藤の花々に触れ、そっとなかを覗いた。

理解した。

ここに、来てはならなかった。

かつて八尋から告げられた言葉が、繰り返し蘇り、頭のなかでぐるぐるとした。

人がその手に摑めるものは、極めてわずかでしかなく、それを忘れて子供のように、あれもこれもと欲すれば、結局すべてが零《こぼ》れ落ち、砕けてしまうのだということ。

刑事として犯人を追うこと。

市民として犯罪係数を改善すること。

父親として家族を守ること。

それは、自分からすれば、ほんのささやかな願いだと思っていたが、現実にはそうではない。どれかひとつでさえ叶えることは難しい。ましてや、ふたつも、みっつも、そんな都合のいい結果を得られるほど、自分が直面した人生は安穏ではない。

すべてが幸福である人生など有り得るはずがない。託宣の巫女の導きに逆らい続けてきたも同然の人間に与えられるはずがない。

どうして、それに気づけなかったのだろう。

「――冴慧」

そこには彼女がいた。

最後に面会に訪れてくれたときより、いっそう痩せていたが、病苦に苛まれているというふうではない。それどころか、とても安らかに見える。

他の入院患者と同じく車椅子に座り、薄手の毛布で腰から下を覆っている。

綺麗に重ねられた両手。指輪をした左の薬指には隙間が出来てしまっているが、彼女は身じろぎひとつしないから抜け落ちることもない。

呼びかける。しかし返答はない。

手を握る。しかし、反応はない。

そうだ。

冴慧は、おれが今、目の前に立っているというのに、何も反応してくれない。

眼は開いている。薄く、けれどはっきりと。こちらの姿を映してくれているはずだ。

しかし、征陸が近づき、彼女の、よく櫛を通され、ほつれひとつない黒く長い髪に触れても、されるがままだった。

くすぐったくないかい。

何も答えてはくれない。微笑んでほしい。だが、そうはならない。

まったく、ほんの少しも冴慧は、おれの存在に気づいてくれない。

時間がずっと昔で停まってしまったかのように。あるいは、お互いの認識している世界、生きている世界が隔絶されてしまったかのように。目の前の相手がまやかしになってしまったかのように。

瘦せて骨の浮くようになった胸元に耳をそっと当てよう。鼓動を感じる。熱もある。冴慧が人形になったわけでもなく、生きていることは分かる。伝わってくるぬくもり。

しかし、彼女は微動だにしない。強く押したり揺らしたりしてはならない。そうしたら、きっと冴慧は、抵抗ひとつできずに頭から地面に落ちてしまうだろうから。

ふと、スーツの胸ポケットに仕舞っておいた小さな巾着袋を取り出した。なかには冴慧が送ってくれた人造宝石たちが詰まっているはずだったが、口を開いて掌に出してみると、すべてが粉々に砕け散っていた。捜査の途中で、互いに擦れ合い、ぶつかり合い、徐々にかたちをなくし、一切の耀きを失っていた。

……巌永、監視官……。

おれはいま、正しく言葉を発音できているのだろうか？

自信はない。なにしろ、世界がぐらぐらと揺れているからだ。耳ががんがんする。視界が滲《にじ》んでぼやけてしまっている。急に視力が衰えてしまったようだ。差し込む陽射しが少ないせいで暗い小屋のなかでは、冴慧の姿を捉えられなくなる。彼女の手を握る。そうしていないと、ほんとうに消えてしまいそうだ。おまえの、その存在が。

さえは、いきているんだよな……？

肉体は生きていますが、精神という意味では死んでいます。振り向けない。慎重に膝をつき、物言わぬ冴慧を見上げるだけで精いっぱいだ。

精神色相に作用する薬物には、大別して高揚と鎮静の二種類があります。そして、八尋和爾が作り出した合成薬物は、まず向精神作用の薬効により強制的に精神を昂ぶらせる。色相の濁りをもたらす抑圧――すなわち負荷を塗り潰します。しかし重篤に濁った色相を強引に浄化しようとすれば、それはまた別の大きな精神的負荷をもたらすので、今度は鎮静薬物を同時に作用させて帳尻を合わせる。理想的な着彩のために、画布に幾重にも絵具を塗りたくっていくようなものです。目一杯に、力ずくで。

ですが、八尋和爾が調合した薬物は、対象の耐久性を考慮していない。基本的に、彼がもたらす施しというのは、強制的な、押しつけがましい救済に過ぎないのです。あるいは自爆特攻に臨むための片道切符のようなもの。

色相の好転が見込めるのは、少なくとも彼が育ってきた暗黒期の時代――今と比べものにならないほどの精神負荷が強いられた時代です――を生き延びたような人間だけでしょう。現代社会に適応した一般的な精神強度では、彼の薬を服用した途端、色相が清浄になる以前に、そもそもの土台となるべき精神が耐えられずに崩壊する。そう、八尋和爾の母親と父親、既得権益にしがみついてきた亡者たち、金子元特捜室長も、いずれの人間たちも、現代の人間に比べれば、途方もなく強靭な精神構造を有していたのです。そうでなければ、あの暗黒期を生き残ることなどできなかったのですから。

そして、冴慧はそれをやってしまった、と。

いかなる経路を辿り、彼女がこれを入手したのかわかりません。まったくの不運としか言いようがありません。

だから、生ける屍《しかばね》になってしまった……、と。

調査の限りでは、彼女は潜在犯と化したあなたの色相を改善する方法を必死に探していたようです。むしろ、それは強迫観念化していったと言うべきでしょう。

なぜだ。あいつはおれを助けようとしただけじゃないか。

潜在犯遺族に対する差別は、残念ながら、この社会の一般的な市民にとって防衛本能の発露です。あるいは、無意識的に共有された社会合意の執行かもしれません。

直接的な危害は加えません。他者を排する行動、その意図を持つことは新たな思考汚染の危険を生む。だから、間接的な排除が実行される。それが差別となって現れる。様々なかたちでの悪意となる。それがかえって色相の悪化を招くこともあります。しかし、より外から状況を見る限り、潜在犯遺族の存在こそが、周囲の色相悪化リスクを生む原因として捉えられる。それは、どうしようもない悪循環を生じさせる。

潜在犯遺族は、ただそこにいるだけで周りの色相を悪化させます。本人たちの色相状態や意図にかかわらず。

理不尽だ。こんな状況に置かれれば精神色相は確実に濁る。破滅するしかない。

理不尽です。そんな理不尽に彼女も飲み込まれたのです。

もはや、その動機を知るすべが失われた以上、極限まで追いつめられた末に薬物に逃避したのか、あるいは、潜在犯遺族であっても色相に問題はないと周囲に証明するために薬物を利用しようとしたのか、その答えは永遠に分かりません。

しかし、ひとつだけ確かであるのは、二度と意識が取り戻されることはなく、彼女はゆっくりと死に往くしかないという、現実です。

……つまり、おれが冴慧を殺したんだな。

お答えすることはできません。

征陸冴慧さんは、潜在犯差別に耐え兼ねたとも言えるし、夫が潜在犯になったせいでこうなった、とも言えます。しかし、もっと遡れば、そもそもおふたりが結ばれたことが問題であったかもしれない。結果から原因を突き詰め、因果関係を遡っていけば、行き着く先にはキリがありません。どこかで切断する必要がある。都合よく物事を捉えればいいとは言いませんが、都合の悪いように捉えていっても、その果てにあるのは破滅です。

申し訳ありません。わたしは意図的に情報を隠蔽してきました。しかし、この事実を知れば、あなたの精神色相は致命的に濁る危険性が高かった。

……おれと冴慧は、周囲の反対を押し切って結婚したんだ。

それは間違いだったのか？

親爺が言っていたとおり、結婚なんかせず、別れるべきだったのか？

冴慧のことなんて綺麗さっぱり忘れて、〈シビュラ〉の相性診断に導かれたとおりにふさわしい相手と結ばれるべきだったのか。そこで身の丈に合った幸福な家庭を築くべきだったのか？

そうじゃない。おれと冴慧が築いた家族は、たとえ社会が、どう変わろうとも幸せだったんだ。そうじゃなかったのか？

そうだろう。そうではなかった。だから、こんなことになった。

確かにおれは間違いを犯したかもしれない。彼女と結ばれたことは、ひょっとして最大の間違いだったのかもしれない。

けれど、おれはおふくろに反対されながらも、適性診断に基づき、自ら望んだ警察官の職を選んだじゃないか。やがて社会のすべてがひっくり返り、警察組織が再編されたときも、公安業務に適性があると言われ、自分もそれを望んで公安局員となった。

犯罪係数が導入され、あのおぞましい言葉を喋る銃が与えられたときも、散々に思い悩んだが、結局は受け入れた。社会のために引き金を引き続けた。たとえ納得できないとしても、理解不能だとしても、新しい社会の〈法〉、新しい社会の正義に忠実で在り続けた。

おれは、この社会に対して忠実だったじゃないか。

それが、たったいちどの小さな過ちゆえに、こんなことになるのか？

おれたちは……、そんなにわるいことをしたのか？

わからない。おれには、なにも。


そしておれは膝を屈したまま、誰も訪れることのない日蔭で、いつまでも不満ひとつ漏らさず寄り添ってくれる相手の手を握り続け、その顔に浮かぶ安らかな微笑みが、いかなる代償によってもたらされたものなのかを何度も考えた。

涙は流れない。

その答えを得るために、自分が彼女と出会い、そして過ごしてきた日々のすべてを話し続けた。ずっと語り続けた。

涙を流す資格などない。

やがて、もはや紡ぐべき言葉の一切が失われ、思い出すべき過去は現在、この瞬間に辿り着いてしまったとき、絶望は精神を苛む魂の病ではなく、肉体的な苦しみであり、喋り通して渇き切った、口のなかの不快な粘りの感触であることを知った。

どこまでも、涙は流れない。

感情が凍りついてしまったように。

そしておれを冴慧から引き剝がしたのは、非常に弱く、しかし絶対的な力だった。

親がどうしても逆らえないもの。少なくとも、おれにとっては。

藤が織りなす紗幕から外に引き摺り出される。

やわらかな陽射しの下、石造りの地面が織り成す広場は、まるで自分のために設えられた刑場のようだった。

おれは両膝をつき、頭を垂れ、両掌を地面につけた。

そうすることで、目の前の小さな審判者と視線があう。

子供。

おれの息子。

伸元。

母親譲りの幼くも精緻な容貌には、生傷の跡がいくつもあった。そこだけ父親の自分に似ていると思っていた目許には、赤黒い痣《あざ》。唇の端に切れた痕。それらはすべて、社会が彼にもたらした苦痛だった。そして、過ちを犯した自分が与えてしまった傷痕だった。

そのときだったと思う。

おれが、本当の意味で死すべき者、裁かれるべき者は誰であったかを知ったのは。

そして想った。多分、自分は死ぬだろう。八尋の親爺に殺されるかもしれないし、もし生き延びたとしても、絶対に、自分は息子の傍にはいられない。いてはならない。

社会が許さず、そして何より、伸元が、許しはしないだろう。

じゃあ、幼い伸元を誰が守るのだろうか。緩慢に死に向かうしかない冴慧を。誰が？亜紀穂さんは頼りになる。しかし、彼女だっていつまでも元気なままではない。

では、この社会が守ってくれるのか？

だが、社会そのものに憎悪を向けられたとしたら、誰が助けてくれる。そして、〈シビュラ〉によって完璧とされた社会は、八尋という旧世界の怪物を生み出した。多くの命が失われ、そして今もなお、多くの犠牲者が出ようとしている。この社会も、この国も消えるかもしれない。あと、ほんの少しだけ生まれてくるのが遅ければ、自分も冴慧も、そして伸元も、完璧に幸福な人生を享受できたのだろうか。

「ごめん……、ごめんなあ……、伸元……」

伸元の憎悪は深い。

「……いってたんだ。母さんは、あんたが……」

「なにを──」

「ずっとむかしにしてくれた約束があるから、ぜったいにきてくれる。まもってくれるって。なのに、あんたは──、かえってこなかった」

約束。

そうか。ああ、そうか。

そうだったんだな。

あの、約束か——。

刑事になった最初の日の夜。その記憶が蘇った。

あのとき、おれは盛大な遅刻をしてしまった。彼女は何て言っていた？

いずれ妻となり、子をもうけ、いっときとはいえ、真実ほんとうの幸福をおれに与えてくれた女性は言っていた——〝じゃあ、あとですっごいこと、お願いしちゃおうかな〟——そして冴慧が望んだのは、とてもささやかな願いだったのだ。父親なら当然すべきこと。やれて当然のこと。家族を守ること。ただ、それだけを希《ねが》った。

なのに、それさえ、できなくて。

もしも、おれが隔離施設を何とかしてすぐにでも退所できていれば、八尋の親爺がしでかしたことなどすべて忘れ、仲間殺しの忌まわしい記憶も消し去って、善良な市民に戻っていたとしたら。

だが、それは選ばれることのなかった人生。過去になってしまった未来。

もはや、すべては取り戻せない。

それに、やり直すとしたら、何を代わりに失うのだ？

無理だ。何も失っていいものなどなかった。だから結局、自分はここに辿り着く。

おれは自分の運命に屈した。人生の敗北者だ。

だがな、仲元。

まだ、お前はそうじゃない。

「——生きてくれ、おれたちの分まで」これが最後の言葉だ。「お前を守る。だから、この社会も、おれが守るから」

抱きしめる。伸元は茫然として身を硬くしたが、やがて、おれを跳ねのけた。思わず、尻餅を着いてしまう。息子を見上げる。ああ、随分と強くなったんだな……。

紛れもない嫌悪のまなざしで睨まれた。それでもいい。理由は何だっていいんだ。強い心を持ってくれ。生きてくれ。

だから、これで、お別れだ。

もう、何があっても、お前の許に現れない。

それが、おれの犯した罪への罰なのだから。

さようなら、伸元。おれの息子。

4

公安車輛を走らせた。巌永の代わりに運転席に座り、ハンドルを握って。どこまでも沈黙を貫いて。もっとも、口にすべき言葉など、何一つとして見つからない。

横たわる巨大な生き物のような都市の隅々まで行き渡り、突き出した高層建築の合間を縫う無数の血管のような高架道路を駆けた。そして新首都高速環状線を周回する。出口のない迷路のなか、同じ道を何度も行き来するように。

依然として、八尋の居場所は不明のままだ。都内各地の廃棄区画で国防軍の軍事介入が実行されるなら、八尋の標的となる地点は、自然と限られてくる。

だから、分析室に依頼し、八尋が思考汚染虐殺を実行した場合、その被害規模が最も大きくなる廃棄区画を順番に割り出させた。

たとえば、廃棄された地下鉄路線が数多く交差しているため、完全な封鎖が困難な大手町や新橋の廃棄区画など、すでに一〇箇所以上、その規模ではなく、思考汚染虐殺発生時のリスクの高さに基づいて選別を行った。それが相手にとっての攻撃目標の優先順と等しいものとなるからだ。

軍事制圧は、都内各地で一斉に行われる。なら、八尋の側も、思考汚染を最も効率よく拡散可能な地点で実行し、大規模な混乱を作り出せなければ、自ら居場所を晒《さら》すことになり、逆に軍の制圧部隊の強襲を受けることになる。

ある意味で、向こうも後がない。そして八尋は、直感ではなく理性で行動する。合理的な思考、効率的な物事の運び方をするならば、必然的に互いの予測は重なるはずだ。

どこかで、確実に当たるはずなのだ。

　しかし、空振りが続く。

　思考汚染虐殺を準備する以上、その地域のエリアストレスは、他よりも著しく上昇する。津波が来る前に大きく潮が引くように。必然的な現象。だが、その兆候が見つかった場所はひとつとしてなかった。

　こちらの思惑を予《あらかじ》め読んでいるかのように、八尋の姿は闇に紛れて、見つからない。

　そして、手掛かりがないままに時間だけが過ぎていく。

　一日の終わりが近い。そして、社会の終わりが近い。

　間もなく二三時を迎える。車載端末が映し出す時計の文字盤が明滅する。予定されている国防軍の行動開始まで、あと一時間足らず。

　八尋の声明のとおりなら、次なる思考汚染虐殺の発生タイミングは、午前二時になる。禾生が時間を稼いでくれたとしても、猶予は今から三時間。だが、廃棄区画に対する軍の強制鎮圧が実施されれば、八尋は報復として、思考汚染虐殺の実行を前倒しにするだろう。この街のどこかで生じた殺戮は、都内各所の廃棄区画で生じる混乱に媒介され、その感染規模を莫大なものにするだろう。全都市規模の思考汚染の発生。市民自らの手による大虐殺が起き、そして殺戮の夜明けが訪れる。

　東金医療財団と厚生省の研究コンソーシアム、多摩の研究施設で、マカク猿たちの同士討ちが発生するなか、巌永が告げた言葉が蘇る。

ソドムとゴモラの罪は重い。神は悪徳を極めた者らを罰するため、平原の街に硫黄の雨を降らし、滅ぼした。『創世記』に記された悪徳の都には、滅ぼされて当然の罪人しかいなかった。しかし、アブラハムは、一〇人でも正しい者がいれば、その街を滅ぼさないでくれと頼んだ。神はこれを承諾した。そして二都は滅んだ。神が遣わした天使が町の外に導いたのは、ロトとその家族だけだった。しかし、ロトの妻は禁を犯して背後を振り返ってしまい、塩の柱となって息絶えた。結局、生き残ったのはロトとその子供だけだった。

だが、現実は違う。この街に滅びをもたらす八尋は、誰一人として生き残らせるつもりがない。

この社会は過去の世界とよく似ているが、そこに生きる人間は誰一人として同じではなく、全く別のものだ。共感神経系の過剰模倣という生得的な脆弱性を抱え、それゆえ自らの人生いっさいを〈シビュラ〉システムに委ねた新たな人類たち。

なぜ、おれたちは、こんな厄介なものを抱えてしまったんだ、と征陸は思う。

昔みたいに善悪の区別がちゃんとつく、まともな人間のままであれば、こんな危機は訪れなかったのに。〈シビュラ〉システムにすべての物事の判断を任せてしまうのではなく、確固とした自らの意志を持ち、何が正しいのか判断できるだけの分別が残っていたら――。

いや、それは違う。自分は今、かつて一度たりとも存在していなかったもの、現在の危機を都合よく打開できる解決策の幻想を過去に投影しているだけだ。自分が生まれる前の時代は、今よりよかっただろうか。善と悪の区別は為されていただろうか？

　何一つとして、そんなことはなかった。

　八尋の足跡を辿り、何を知ったのか。金子の証言が暴露した過去の人々の罪のおぞましさはいかなるものであったのか。海の向こうの世界では、いたるところで紛争が生じ、核が炸裂して地上のほとんどを灰燼《かいじん》に帰させた。人々はいつまでも殺し合ったすえに滅び去った。日本も鎖国政策によって身を守りながらも、その裡では死が蔓延《まんえん》した。人を救うはずのシステムは利己的な汚職に塗《まみ》れ、強者は自らを守るために徹底した搾取構造を構築した。弱者はより弱者から奪い取るしかなくなり、飢餓と貧困が蔓延した。不法が法を駆逐した。悪が栄えた。正義は頼りない灯火でしかないまま、何の役にも立たなかった。

　それが、〈シビュラ〉システムがもたらされたことによって、人々は初めて自らの愚かな判断能力に左右されずに、正しく社会を運用し、改善していく手段を手に入れた。そして今の発展へと繋がる道筋へと歩み出した。

　そう、多分、今の時代は、かつてより、過去のどんな世界よりも、よくなっている。

　認めがたい事実。

　認めなければならない真実。

　人類は、完璧な秩序に彩られた理想郷に辿り着くためのすべを得た。

〈シビュラ〉が、いかなる理由によって開発されたのか、それを知る方法はない。システム運用の前提となる精神の数値化技術《サイマティックスキャン》もまた、生まれたとき、すでに自分の前にあった。

もっとずっと昔、もしかしたら、人々が訳の分からない殺し合いを始める前に、本当に、何一つとして穢《けが》れのない人間や社会というものがあったのだろうか。それは神にも等しい者たちの、あるいは神そのものが暮らす楽園。

そんなものが、かつてどこかにあったのだ。きっと。

そして今は、もうどこにもない。

あるいは、この社会こそが、そうなろうとしているのか？

なら、おれたち人間が、〈シビュラ〉を得た者たちが、本当にしなければならないことは何だろうか。征陸には分からない。そんなものは理解の範疇を超えている。自分はもっと俗な、凡庸な、ただのひとりの人間だ。

そのとき、ふいに助手席の巌永がつぶやきを漏らした。

「――やはり、そうだった」

眉根を詰めて、軽く顎を引き、表情は険しいが、声には、わずかに希望のような感情を帯びていた。

「何か手がかりを見つけたのか？」

征陸は訊いた。数時間ぶりに口から出てきた声は、自分のものとは思えないほど硬く、強張《こわば》っている。巌永への態度は、自分で嫌悪するほどに厳しいものになっていた。

彼女が、冴慧の状態を伝えてこなかったのは、犯罪係数改善の妨げになるからだ。理屈では分かる。だが同時に、事件捜査の進展を妨げることになるため、隠蔽したことも事実だ。

犯人を追う猟犬として、その能力を引き出させるために用意した餌が、実は腐り果てたものだったとしたら、犬はやる気を失う。頭はぼけて、動きは鈍り、やがては怖気《おじけ》づいて何もしなくなる。そして、このタイミングで面会を許可したのも、情けからではない。もはや、八尋を逮捕する以外に、征陸に残された道はない。

捕まえられなければ破滅だ。

自分ではなく、この社会が、そして――征陸の家族もみな道連れになって死に絶える。

「時間がない。少しでも八尋を追う手掛かりになるなら、すぐに話してくれ」

「……すみません。八尋の居場所を突き止める情報ではありません」

巌永が首を横に振る。

征陸は苛立つ。かすかに舌打ちしてしまう。

だが、巌永は構わないというふうに表情を変えず、監視官デバイスを操作し、指向性投影で情報を共有した。

「しかし、わずかながら、わたしたちにとっては救いとなり得る情報です。八尋和爾による思考汚染虐殺について、禾生局長の勅命を受けていた東金医療財団の特別研究班から、解析結果が届けられました。思考汚染虐殺は、彼の存在——正確には、彼のように、極めて強力な扇動者《アジテーター》としての才能を持つ者の意志なくしては成り立たないということです」

八尋の引き起こす思考汚染虐殺の感染規模が、これほど拡大しやすい理由は、共感神経系の脆弱性も大きな要因ではあるが、何よりも発生源となる八尋和爾の「意図」が、罪を犯した者は罰するという、極めて具体的で簡素な内容であるためだ、と厳永は言った。

無論、罪人を罰するというだけでは定義が曖昧だ。どのような罪を犯したら、どの程度の刑罰を与えるべきか。そこが定まっていなければ、思考汚染によって他者を容赦なく殺害するほどの強烈な殺意は媒介することができない。

だが、八尋の場合は違う。

「罪人は例外なく殺せ——。彼は、自らの思想を研ぎ澄まし、極限まで純化させている。通常の人間は、感情的な要因により無意識に情状酌量の余地を相手に与えてしまいますが、八尋には、こうした情緒的な遊びが一切ない。極めて機械《システマティック》的な正義の執行者、断罪者なのです。だから、彼の意図を媒介した思考汚染に飲み込まれた人々は、眼前の相手に罪を見出し、これに死の報いを与える」

そして互いに殺し合う。

なぜなら、罪を犯さざる無謬な人間など有り得ないし、そもそも殺人の罪を犯した者同士が許されるはずがない。結局、最後のひとりになるまで殺戮が繰り返される。

　完全なる正義の暴走。

　八尋は、もはや怪物そのものと化している。

「ですが、これほど極端な思想を生み出すような異常な精神構造は、現在の社会においては極めて例外的です。だからこそ、わたしたちが八尋和爾を拘束し、この社会から完全に隔離することができれば、思考汚染虐殺は抑止できることもまた事実です」

「そう、上手く事が運ぶのか……。八尋を拘束したところで、奴から思考汚染を受け、扇動された人間たちは数多く残存することに変わりはないんじゃないのか。そして、逃げ延びた連中が、再び同じような社会的脅威に変貌するかもしれない」

「それはないと予測されています。強力無比な汚染源たる八尋和爾との接触が断たれれば、遠からず、彼らは、もうひとつの思考汚染によって、その反社会的思考を上書きされる」

「もうひとつの思考汚染というのは？」

「わたしたちの精神衛生社会を構成する大多数の人間は、利己的で独善的な思考様式を持たず、他者との協調を第一とする考え方の持ち主です。だからこそ、善き思考汚染を基礎とするネットワーク構造が成立し、社会秩序は盤石なものになっている。そして、八尋を拘束できさえすれば、社会が持つ自浄作用が働く……」

「なるほどな……。確かにそれなら希望も少しは抱ける」

　征陸は、言葉とは裏腹に、笑みひとつ見せずにうなずいた。

結局、それは八尋を逮捕できれば、という最も達成しがたい仮定が成立した場合の話に過ぎないからだ。そして、自分たちには打つ手がない。

それで未来のことなど、考えても意味がない。

だが、巌永は違うようだった。

なにかの確信を得たような横顔で、小さくうなずいた。そして、こちらを向く。

深い蒼を帯びた黒い眸《ひとみ》で見つめてきた。決意を秘めた凛然とした表情。征陸には理解できない。なぜ、この女性は、今こんな表情ができるのだ？

「……そうです。これは、ほんのわずかではありますが、確かな希望です。〈シビュラ〉の恩寵を与えられなかったがゆえに世界に絶望し、八尋に否応なく動員させられてしまった人々も救えるかもしれない」

征陸は、彼女の言葉の意味がわからない。

救う？

いったい、誰を？

「……まさか、廃棄区画二世たちのことか？」

「そうです」巌永はうなずいた。「八尋は、最初から選択の機会を奪われた彼らの絶望を利用し、自らの手駒にしている。しかし、〈シビュラ〉の根本的な設計思想《システム》が、すべてのひとに救いをもたらすことであり、そのために生み出された技術であるなら、社会に認知されなかった彼らにも、その恩寵がもたらされて然るべきです」

「……どうして、そこまで拘《こだわ》るんだ」

あんたは監視官だろう？　社会秩序の安定のために、〈シビュラ〉の敷いた〈法〉を乱す者たちを徹底して排除しようとしている人間のはずだ。それがどうして、こんな憐れみを見せるのか。

「八尋が起こす犯罪によって、これ以上、犠牲を増やしたくないからです。彼の思考汚染虐殺は、最終的には、自ら動員する恭順者たちも同士討ちに追いやることになる。そうなったら、誰一人として生き残れない。破滅に繋がるしかない転落へ道連れにするやり方を、わたしは絶対に認めません。……それに、彼らは、わたしの在り得た可能性かもしれない。だから、助けたいという個人的な願いがある」

巌永は静かに言った。それこそが何より彼女の本心を露わにするように。

「わたしは孤児でした。発見されたとき、死に瀕していました。世界は何て残酷なんだろうと思って、憎み、そして絶望していました。けれど、赤の他人に過ぎないわたしを愛し、育ててくれたひとたちがいました。この社会は、わたしに生存の可能性を与えてくれた。だから今度は、自分の番なんです。かつてのわたしのような人間をひとりでも多く救うこと。そのために、わたしは今、ここにいる」

そして巌永は黙した。

車内は再び、静寂で満たされた。

征陸は、彼女が、この事件に臨んだ理由を知った気がした。

ただ、監視官の職務として事件に携わっているのではなかったことを。事件で生じた多くの犠牲への哀悼と、虐げられるだけの者たちへの強い憐憫《れんびん》と、これを救おうとする意志。

それが、きっと彼女の真意だろう。

救済の本質は、消え去るはずだったものが何らかのかたちで残る、ということだ。

征陸が、ここにいるのも、そんな彼女の見返りのない善意の賜物に他ならない。

そのとき、ふいに、救済の二文字が、征陸の頭のなかに居座った。

妙な引っ掛かりを残した。

そう、救済だ。八尋も、同じように救済という言葉を口にしてきた。だが、現実にはまるで逆の行動を繰り返した。その矛盾。

この社会の〈法〉に不備があると弾劾し、その不完全性を証明する。新たな〈法〉をもたらす。救われるべき者が救われる楽園を生み出す、と言い続け、だが、その結果、もたらされたのは数多の死、夥《おびただ》しい数の犠牲ばかりだ。そして遂には、自らと率いる者らの自死も厭わず、玉砕覚悟で社会転覆を実行しようとしている。

救済を嘯《うそぶ》き、その手で、その意志で、すべてを滅ぼしていく。八尋は、親爺は、関わる者たちすべてを殺していく。言動と行動が噛み合っていない。

なら、彼の真意は、どちらだ。

八尋が犯行に至るまでの経緯を、自分たちが辿ってきた足取りを思い出す。

母親の死に直面して陥った絶望。自暴自棄のなかで父親とそれに連なる汚職警官たちを抹殺しようとした。しかし、ただ殺すのではなく、より大きな罪そのものを露わにし、すべてを一掃することを目論んだ。違法物資流通網を介した強力な武装を調達し、廃棄区画住人を扇動する。八尋は神父《ファーザー》を名乗り、公安局に対抗し得る深刻な脅威が発生しつつある、という状況を構築するために、この社会から疎外された者たちが暮らす廃棄区画に入っていった。そこで、扇動すべき、手駒とすべき人間たちを探すために。

そして、彼は、廃棄区画の二世、三世を自らの配下にした。生まれた瞬間から社会に見捨てられ、可能性の一切が奪われた者たちを、その手駒に仕立て上げた。

いや、そうではない。

征陸は、自分の認識が誤っていることに気づいた。これまでの彼の犯行ゆえに、無意識に、いつのまにか事実を、ありのままの姿ではなく、主観という補正を掛けて捉えていたことに、今、思い至った。

かつて八尋の行動の動機は、自らを救うすべ一切を喪失した母親を救うことだった。それは叶わず、破綻した。そして彼らしくない行動をしようとした。自らの目的のため、誰からも見捨てられ、自らを救うすべ一切を喪失した者たちを犠牲にするつもりが、しかし、途中で気づいたはずだ。

誰の目にも偽りの救いでしかないものに縋るしかない者たちの絶望を前にして、八尋和爾が選択する行動とは何だろうか？

考えた。その思考を模倣《トレース》した。

母親を失った八尋。冴慧を失った征陸。

今の自分は彼だ。同じだ。あまりにも大切なものを失って、そして、それでも今、自分がここにいる理由を必死に考える。犯した過ちに対する報いは何か、果たすべき責務は何なのか。

おれは父として、子供を守る道を選んだ。

それは、どうしてだろうか？

仲元が、まだほんの小さな子供であり、自らの身を守るには、あまりに弱いからだ。庇護されて然るべきなのに、誰も守ってはくれない。味方のいない社会に放り捨てられて、そこで吹く風はあまりに冷たく鋭い。身を裂く悪意の風。そこで血まみれになって、やがて息絶えていく、あまりに繊細なものたち。

八尋和爾の目の前にも、同じ存在がいた。あるものはすでに粉々に壊れてしまっていたかもしれない。それでも、無数に散らばる破片のなかで、それでもなお、生きたいと願うものたち、あまりにも近く、あまりにも遠い理想郷を夢見る者たちがいたとすれば。

偽りの理想郷で疎外すらもされず、存在することさえ認められなかった。

廃棄区画で生まれ、廃棄区画で育つしかなく、廃棄区画で死んでいくしかない者たち。

それを、彼《おれ》は、救《まも》いたいと願うのではないだろうか——？

もたらされたひとつの確信によって、頭のなかで様々な情報の断片たちが、ガチガチと音を立てて組み合わさっていくのが分かる。

刑事の勘というべきもの、長らく培《つちか》ってきた技能が告げている。

これは、正しい線《セン》だ、と。

あまりに途方もなく、複雑に絡み合った糸が、するすると解けていく感覚。

八尋が、告発会見を強襲したときの言葉が蘇る——革命だよ。俺はこの社会の不法を糾す。彼は、この精神衛生社会を滅ぼすつもりだ。だが、それは誰のためだ？

八尋の言葉が蘇る——新たな法をもたらす。そこでは、今度こそ救われるべき者が救われる楽園が生まれる。

そう、すべての破壊も、殺戮も、今の社会がこのまま存続する限りにおいて、けっして救われることがない者たちの救済のために。

そして、後に生まれる完璧な技術が、本当に正しく用いられ、罰せられるべき者は尽《ことごと》く罰せられ、しかし、救われるべき者は尽く救われる理想社会のために。

八尋は、この世界を殺そうとしている。

「巌永さん、ありがとう。あんたは正しかった」

征陸は言った。まったく、疑いなく。なぜなら、巌永の導きこそが自分をここまで生き延びさせてくれた。過ちを犯したまま、挙句に、自らの魂までも腐らせずに済んだ。おかげで果たすべき義務が果たせる。かつて自らが望み、得た刑事の能力がもたらす成果を掴むために、行動することができる。

「しかし、ひとつだけ間違っている。八尋の親爺は、あんたと同じものを救おうとしていたんだ。ただ、それだけだった。けれど、それは、あまりにも間違った方法で、けっして認めてはならない手段だ。――だから行こう。こいつが最後だ。おれたちは最後の手掛かりを手に入れる。そして、あのひとを止める。それがきっと、おれとあんたが相棒の刑事として、ここにいる理由そのものなんだ」

征陸はアクセルを強く踏む。ハンドルを掴み、進路を大きく変える。

赴くべき場所は、たったひとつだった。公安車輛は、湾岸廃棄区画を目指した。

5

もはや誰一人として棲む者の絶えた場所で、泥のなかに埋葬された多くの死者に寄り添うことを生涯最後の生業にした老いた墓守のように、彼女《シスター》はそこにいる。

湾岸廃棄区画の端に位置しており、思考汚染虐殺によって多くの住人が死に絶え、残りも別の区画へ逃れたため、国防軍の無人機部隊の警戒もなかった。

征陸と巌永は、市街地側の路肩に公安車輛を停め、脆《もろ》い木の橋を進み、侵食河川を渡った。廃棄区画へ。その入り口は、堆《うずたか》く積み上げられた廃棄物の山によって塞がれていたが、人間ひとりが通るくらいの抜け道が開けられていた。

みっしりと糸の玉のように分かちがたく複雑に絡み合った鉄の残骸が織り成すアーチを、征陸は頭を屈めながら進んだ。

人の消えた街路は、泥の沼だった。渡された木の板は、すでに腐りかけており、たっぷりと水を吸っているために、踏みしめるたびじゅっと泡を吹いた。

坂を上ると尖塔が見えた。教会の扉の前に立つと、ノックをする前に開かれた。用なくしてここを訪れる者など、もはやいないのだ。誰一人として。

歓迎の挨拶もなく、シスターは燭台を手に征陸たちを回廊に導いた。教会内に配置された微細投影材によるものだろうか、教会のなかは深く蒼褪めていた。彼女の白い修道衣も頭巾《ウィンプル》も青く染まっている。蠟燭の燈火だけが赤い。

「……シスターは避難なさらないのですか？」

「ここは誰からも見捨てられていますからね」ただ、あるがままの事実を述べる穏やかな口調だった。「都内各所の廃棄区画は、どこも大騒ぎですから、逆に静かでよいのです。……しかし、今日を境にすべてが変わるのでしょうね。いえ、むしろ、時代の転換《パラダイムシフト》が最終段階に入ったと言うべきでしょうか」

「転換……、〈シビュラ〉社会が、ということですか？」

「もっと、より本質的な、社会を構成する人間の決定的な変質です。託宣の巫女の寵愛を受ける者たちも、そこから外れた疎外者たちにも等しく、新たな世紀は到来する。誰もが自らの社会的位置を正しく把握する。それに相応しい物の見方を身に着け、行動するようになる。人は皆、あたかも、相手の意図を頭のなかの鏡に映し出すように、余すことなく理解し、互いに無意識に完璧な協調性を実現する。ひとつの社会を維持することを第一に考えるようになる。そして、過去に尊ばれた自由意志なるものの特権的価値は解体されていくことでしょう」

「シスターは……」と征陸は言いかけてから、巌永を一瞥した。彼女は、小さくうなずいた。話してもよい、と許可をくれた。「共感神経系の過剰模倣傾向について、ご存じなのですか？」

するとシスターは、ゆっくりとうなずいた。

「長く生きれば、おのずと知識は蓄えられるものです。望むと望まざるとにかかわらず。とはいえ、わたしは、ただの一般人に過ぎません。しかし、ひとつだけ明らかなのは、この国ではなく他の国であっても、人種も言語も異なり、文化も宗教もまるで違う人々の間でも、それこそ人類という種全体に変化が生じたということ。そして、その変質こそが混乱を呼んだ。全地球規模の紛争はその最たるものと言えるでしょう。およそ、わたしには与《あずか》り知らぬことではありますが、個としての人類ではなく、全としての人類への移行は着実に進みつつある……、そして、わたしはきっと、取り残された古い人間です」

「――そうでしょうか」と苦笑を浮かべたのは、意外にも巌永だった。親しげともいえる様子で話を続けた。「あなたは、いかなる時代が来ようとも、そこに適応していそうな気がします。今も、まるで人類社会を外から見つめる観測者のような立場を気取っている」

「あらあら、そんなことはありませんよ。お嬢さん」対するシスターも、強《したた》かそうな不敵な笑みを浮かべた。「少しばかり多くの物事を経験しているから、多少のことでは動じなくなっているだけでしょう。それに老いると頭も耄碌《もうろく》してくる。今、自分が視て、触れているものが現実であるか夢であるのか、その区別がつかなくなることもしばしばです。わたしは微睡《まどろ》みの人生を生きている。それは世界の影のような時間です。曖昧ですが、それゆえにあらゆるものに溶け込み、そして消え去ることがない。けれど、その猶予も、あまり長くは続かないでしょう。なにしろ、人の寿命は短い」

「……であるなら、余計に不安は取り除くべきだ。――お教えいただけませんか、この混乱状況において、逃亡を図る廃棄区画住人たちが、最も多く行き着く場所はどこなのか」

　征陸の問いに、シスターは首を横に振る。

「それを、お教えするわけにはいきません。今の廃棄区画の住人たちは、あなたたちが軍を動員したことによって住処を追われ、色相の濁りは著しく、そして体制側への強い反発心を抱いている。となれば、公安局によって大量の人間が執行されるかもしれない。いくらあなたとの古い信頼があろうとも、教えることはできない」

「――お願いします。もはや一刻の猶予もない」巌永が懇願するように言った。冷静さをかなぐり捨てて、親に必死で訴えかける子供のように。「あなたが、今もなお〈シビュラ〉の恩恵を受けぬ者たちを庇護する意志を持つならば、破滅を止めるための情報をわたしたちに教えてください」

「では、なぜ、その場所の情報を欲するのですか？」

「この状況を引き起こしている犯人である神父《ファーザー》……」征陸は、告げるべき名前を訂正した。「いいえ、八尋和爾の目的は、廃棄区画生まれの世代や、潜在犯遺族といった、自らの意志に関係なく虐げられる立場に追い込まれた者たちを、救済することと考えられます。であるなら現在、彼は廃棄区画住人たちの都市外への脱出を支援している可能性が高い。……これを見てください」

　征陸は執行官デバイスを操作し、先ほど緊急で、分析ラボに要請して用意させた資料データを投影する。

「先日の公安局による一斉摘発によって、横浜にある旧省庁ＯＢ向けの医療施設から押収された、八尋が闇市場で購入したとされる物品の取引リストです。これに記されている商品のなかには、大小問わず多くの船舶が含まれている。そして――」

「――廃棄区画間の移動には侵食河川が利用される、と」

「八尋和爾は、自らの犯行の結果、現下の状況が構築されることを最初から想定していたと考えられます。であるなら、思考汚染によるテロの作戦指揮と、廃棄区画住人たちの脱出支援――その双方を把握しつつ指揮を下せる地点こそが、彼の居場所になる」

征陸が言い終えると、シスターはややあってから言った。

「……あなたたちの銃口は、どこを向きますか？」

巌永が答えた。

「廃棄区画は社会の影です。本来、存在しない場所であるならば、そこで暮らす者たちもまた影と同じです。そして、〈シビュラ〉の眼たる〈Dominator〉の銃口は、この社会に脅威をもたらす者にのみ向けられ、その引き金が引かれます」

そして会話は終わった。

返答は、ひとつの位置情報としてもたらされた。

時刻は、間もなく午前零時を迎えようとしていた。

市街地側へ戻り、橋の袂に停車した公安車輌に戻ると、すでに手配していた公安無人機が二〇機、集まってきていた。

時間はない。すぐに出発する。湾岸埋め立て地帯を抜け、鉄橋を越えていくと視界の右手に耀く塔が現れた。厚生省ノナタワー。新世界秩序の標《しるべ》そのものというべき七色の塔。近くまで行けば、雨による景観投影の滲みも露わだろうが、遠目に見る限りでは完璧な美しさには少しも綻びがない。多分、この社会も同じだろう。たとえば海の向こうの人々からすれば、日本は有り得ないほど豊かだ。その内側でどれほどの犠牲が生じようとも、ずっと大きな視点から捉えれば、自分たちの社会は、確かな繁栄を築きつつある。

間もなく征陸はハンドルを左に切った。

新首都高湾岸線を葛西方面へ。途中の辰巳で、高架道路上に展開した国防軍による検問を受けた。大量に引き連れた公安無人機の使用意図を尋ねられたが、巌永は強硬な態度を崩さず、公安権限に基づき、回答を拒否した。指揮車輌の窓から人間の姿が見えたが、揉め事を嫌ったのか、内側に引きこもったまま出てくることはなかった。

検査はすべて無人機が行った。

やがて、通行許可が出た。

時計を確認する。合計で一五分近いタイムロス。

現在時刻は、零時一七分。強制介入は、公安局の捜査を理由に抑止されている。

八尋が設定した刻限までは一〇〇分強、それまでにすべてを終わらせなければ。

状況は切迫している。だが、どこもかしこも静かだった。降り続く雨が、多くの物音を掻き消してしまうせいだろう。都市を包む闇は、いっそう濃い。

公安車輌は、辰巳から新木場に入った。背後に連なる無人機たちは、偽装投影処理を実行し、その姿を可能な限り隠蔽した。脚部機構も静穏動作モードに切り替わる。

そして高架道路から、埋め立て地域へ繋がる地上一般道に降りた途端、路面ががたがたし始めた。このあたりは整備もろくにされていない。そして延々と続く倉庫街の合間を、ヘッドライトを消して進んだ。視界は暗く、先は見えない。公安無人機を先行させ、探査情報を車輌の自動操縦にフィードバックさせる。減速し、ゆっくりと前に進んでいく。

やがて左右に広大な水場が拡がった。巨人の死骸が捨てられているかのような貯木場の黒い水面には、保管された無数の木材が浮かんでおり、湿った表面を晒していた。

征陸は道の半ばで車を停めた。雨粒が窓を激しく叩いている。周囲には誰一人として人間の姿は認められない。

じっと目を凝らし、フロントガラス越しに、対岸の倉庫街を見つめる。

「……この先には、昔の警視庁第七方面本部があったそうだ」と征陸は言った。「だが、台場の埋め立て地域に厚生省の主要施設であるノナタワーが建造されたこともあって、もう二〇年近く前に施設機能を移転させられた。そして、一〇年前に取り壊され、そこに警察庁《サッチョウ》関係者向けの集合住宅棟が建てられる計画だったらしい」

だが、結局は、司法制度の大変革が生じても、現場では色相が濁る者が少なかったことを理由に、計画は白紙になった。そして、浮いた予算は、上層部連中を庇護する横浜の医療福祉構造体《メディコン》を、より強固な砦にするために奪い取られた。

征陸と巌永は、一〇分ほど待機してから外に出た。

雨はやや小降りになっていた。天気予報のとおりだ。午前一時過ぎには、月も見えるらしい。青白い光が夜を照らすとき、都市は、どんな姿を晒しているだろうか。

巌永が監視官デバイスを操作し、公安無人機のうち三機を遠隔操作モードに設定。

対岸の警視庁第七方面本部跡を偵察目標に設定。まもなく無人機たちは雨に消えた。

「……視界を同期します。赤外線暗視機能およびCG補正を掛けていますので、実際の映像よりも事物《オブジェクト》が単純化されていますが、人間との区別は問題ないはずです」

倉庫街を進む公安無人機は、やがて通りに出る。即座に探査を実行するが、人間の存在は確認されない。路肩に沿って静かに進み、十字路まで進む。

そして、集合住宅棟の残骸をその視界に捉えた。地上三二階建て。一応は、外装で覆われているものの、探査結果によれば、内装工事は電力系統など一部の配線が通された以外は、未整備のままだ。さらに地盤沈下の影響も受けているため、傾斜も大きい。

だが、施設内部数箇所から熱源の反応が確認された。

玄関《エントランス》から続く一階部分に、特に大きな熱源が確認された。その形状から、待機状態の工事用無人機《カーペント・ドローン》であることが割り出された。これが二機。どちらも横浜で遭遇した機体と同程度の大型機であると推測された。

そして、上層階に人間の反応がひとつ。外壁の崩れた部分から大型の通信設備《パラボラ》が突き出され、雨曝しになっている。

「……八尋でしょうか」と巌永。

「間違いなくそうだろう」征陸は、偵察に出した公安無人機の一機を、隣接する荒川の岸辺に移動させた。「シスターの情報のとおり、この荒川河口は、都市内に無数に流れる侵食河川が、最も数多く流れ着く地点だ。つまり、都内の廃棄区画から舟で逃げ出してきた住人たちは、ここで合流する。いわば、脱出の要所となる地点だ」

征陸の言葉を証明するように、岸壁には大量の小舟が乗り捨てられていた。泥には無数の足跡が刻まれており、東京湾に面したヘリポート跡方面へ続いていた。そこには、大型の船が複数停泊している。照明はすべて切られているが、機関部は動作している。

「――ここで別の大きな船に乗り換えさせ、そのまま太平洋沿岸を伝って、無人地帯が続く東北方面へ逃亡させる手筈になっているんだろう。首都圏を離れれば、〈シビュラ〉の恩恵は少なくなるが、その監視も緩くなる」

「しかし、地方の小規模集落《コミューン》での暮らしは過酷ですよ」

「それでも殺されるよりはマシ……ってことなんだろう」

征陸は、時刻を確認する。零時三八分。

先ほど通達された内容によれば、午前一時半が軍の出動を待機させる限界時刻に設定された。残された猶予は、約五〇分。時を同じくして、禾生局長から鎮圧執行の命令が下った。八尋和爾の拘束が厳命されている。万が一、色相固定薬の薬効が切れ、犯罪係数が正常に計測された場合は、〈Dominator〉の判断に従えと命じられた。

そして、鎮圧執行の手順について最終確認を済ませ、互いの待機地点へ移動した。

一〇分後、征陸は、随行する公安無人機とともに対岸の倉庫街を進み、ひとつめの十字路に到達した。敵の待ち伏せを警戒したが、警視庁第七方面本部跡の集合住宅棟に接近するまで襲撃はなかった。

巌永は公安車輌を指揮車輌代わりにし、ヘリポート跡の岸壁に停泊している大型船舶を公安無人機とともに監視している。そちらには警備兵が何人かいるらしいが、こちらの接近に気づいた様子はなく、逃げ延びてきた廃棄区画住人たちの乗船を進行させている。

おそらく大多数の八尋配下の兵士たちは、都内各所の廃棄区画に散らばっている。そして軍の介入が開始されれば、各地の状況を報告する。そして八尋は、侵食河川を遡るかたちで、思考汚染虐殺の実行地点に移動する。

だが、それは絶対に阻止する。ここで確実に仕留める。

征陸は、支柱の折れ曲がった信号機の下で足を止め、腰のベルトで挟むように突っ込んであった銀色の自動式拳銃を摑み出し、改めて腰に巻いたホルスターに差した。

教会でシスターから密かに受け取った装備。セーフハウスから持ち出してもらった。Ruger SP101——現行法制化では、あらゆる人間の銃の所持は禁止されているが、犯罪係数を無効化しているうえに、軍用の近接装備を有する八尋に丸腰で挑むわけにはいかない。刑事時代の名残というべき拳銃を携えて、かつての師匠だった刑事の許に赴く。

まるで古い映画か小説のようだ。しかし、自分は華麗な立ち回りなどきっと、できないだろう。ただ、必死に食らいつくだけだ。どんな手を使おうとも。

雨は止みつつあった。全身投影による疑似光学迷彩で姿を隠し、横断歩道を渡った。施設正門に装飾された旭日章を見つけた。錆びつき、半分近くが欠けていた。

一階部分で待機している敵無人機のセンサーの検知可能範囲に立ち入らないよう、慎重に距離を確認し、それから巌永と無線通信を繋ぐ。

《こちら、P《ポインター》1》征陸は、かつての刑事課三係一〇八分隊で使用していた通信コードを告げた。《施設正面に到達。敵の動きに変化はなし。いつでも突入可能だ》

《P2、了解です》と巌永。《船舶の警備部隊も、住人たちの乗船がほぼ完了し、船内に移動しています。そちらに向かう部隊は確認できず》

《なら急ごう。一気に制圧する》
《了解、それでは、三〇秒後に鎮圧執行を開始します》
巌永が無線通信越しにカウントをする。焦りはなく、冷静に。
そして、きっかり三〇秒後。
《——突入》

四機編成《エレメント》を組んだ公安無人機が施設正門を吹き飛ばし、一気に施設内に侵入する。

征陸も、残りの無人機とともに追随した。

円筒型の機体外装前面を展開し、公安無人機が鞭状の機械腕を突き出し、玄関エントランスの扉を粉砕しようとするが、それよりも先に内部から、巨大な鉄球が出現した。

扉ごと公安無人機が一機、為すすべもなく大破した。炸裂し、破片が飛び散るなかを残り三機が果敢に突撃を継続する。

エレベーターホールを兼ねた狭い空間で、公安無人機たちが機械腕を駆使しながら、巨腕の工事用無人機と交戦している。見覚えのある機体形状。横浜で襲撃してきた大型無人機の同型機だ。構造物粉砕に使用する鉄球状の拳を振り回し、またもう一機の無人機を打撃し、これを撃破した。

だが、残り二機の公安無人機が機械腕を射出し、相手の脚部に巻きつかせた。動作を強引に停止させる。その隙をついて、征陸が〈Dominator〉を抜き放つ。

敵無人機も反応が早い。征陸の存在を感知するなり、鉄球を振り下ろしてきた。明らかに対人停止機構《セイフティ》が切られている。

であるなら、これは明確な脅威だ。〈Dominator〉を掲げる。照準を合わせるまでもなく巨大な目標物を前に、征陸を確実に粉砕するであろう巨大な重機に銃口を定めた。

漆黒の処刑具は、即座に変形した。執行の第三段階――分子破壊銃形態。

解除されたトリガーを引いた。

分子破壊光が、尾を引く碧の輝線となって奔った。

無人機の拳部・腕部・肩部から胴体中央の中枢系までを一直線に穿《うが》った。威力はまだ減衰しない。集合住宅棟の一階天井部を貫通し、そのまま構造体中心の吹き抜け構造を突破、三二階屋上の天蓋までを消し飛ばす。

対象を無力化――〈Dominator〉が通常形態に変形し、装甲を格納しようとしたが、その直後に征陸は、左側面からの激しい横殴りの衝撃に吹っ飛ばされた。手から離れた〈Dominator〉が、コンクリートむき出しの床面を転がる。

いつのまにか上層にいたはずのもう一機の敵無人機が降下してきていた。赤い機体色、脚長蜘蛛に似た形状。生やした八本四対の長い機械肢には、胴体部分を貫かれた公安無人機の上半分が突き刺さっている。征陸に衝突したのは、その残骸だった。

敵無人機は、征陸を庇うように立ち塞がった公安無人機を次なる標的に定めた。機械肢を槍のように突き出し、これを貫通した。先端に杭が仕込まれている。

征陸は、すぐに応戦するため立ち上がろうとしたが、大きく咳き込んだ。身体が軋《きし》んだ。手を見ると血に濡れていた。そこで肺に違和感を覚えた。何度か咳を繰り返した。どうやら、肋骨が折れ、肺を傷つけたのかもしれない。それだけではない。脇腹に破片が刺さり、だらだらと血を流させていた。その事実に気づいた途端、全身を鈍い痛みが包み込む。随伴していた五機の公安無人機は、すでに四機が失われた。最後の一機が工事用無人機に挑んでいるうちに、征陸は〈Dominator〉を回収し、エントランスを抜けた。上層階へ通じる二重螺旋の中央階段《エスカレーター》へ退避する。

執行官デバイスを操作し、巌永に支援を要請しようとしたが、先ほどの衝撃で壊れてしまったのかうまく機能しない。なら上へ往くしかない。

八尋の許へ。

大きく穿たれた天蓋から、細かな霧雨が降り注ぎ、顔を、外套を濡らす。脇腹を押さえ、息を荒らげながら、天を仰ぐ。

月はない。都市部の灯りが暗雲に鈍く反射し、色彩が淡く遷移するのが見えるだけだ。

ゆっくりと階段を昇っていった。幸いにも敵無人機は追撃してこなかった。公安無人機が善戦しているのか、異変を察した巌永が増援を遣わしたのか。それとも、八尋が自分に手心を加えているのか。

いや、最後のは違うだろう。

敵は、そんな生温い相手ではない。

屋上を目前にして、口から白い息を吐いた。六月だというのにひどく寒かった。身体から熱が零れすぎているせいだろうか。痛みはあまりなかった。負った傷はそう深くないはずだったが、もしかしたら、もう手遅れで全身の感覚が鈍磨しているのかもしれない。だが、いずれにせよ、決着の刻は近い。なら、どちらでもいい。

そして、ようやく階下より追いかけてくる脅威の気配を感じた。

八尋だろうか。それとも、あの赤い大型工事用無人機か。

屋上に出る。風が強い。雨曝しの床は罅《ひび》割れだらけだった。

もう晴れているはずの天候は、ひどく悪化していた。強い雨が叩きつけてきた。

都市の姿は、闇に覆われている。聳《そび》え立つ数多の高層建築は、悪天候によって外装の投影処理が意味を為していない。いくつもの痘痕《ノイズ》を咲かせ、その下地となる無機質な構造体の表面を覗かせている。それは、まるで無数に連なる墓標。今日ここに至るまで犠牲になってきた、幾多の同胞たちの死を悼むために築かれ続けたあらゆる死の標《しるべ》。

そう。

ここに至るまでの、大量の死。

征陸は、自分の人生が、これほど多くの殺戮に彩られるとは思っていなかった。もしかすると刑事になった日に事件が起こり、死体と遭遇したときに呪われたのかもしれない。いや、馬鹿な考えだ。

そうではない。ただ、自らの選択の結果が積み重なってきただけだ。こういうことになるという予感があり、それでも別の道を進まず、ここまで来た。

これが自分の人生。

征陸は左手で顔をぬぐった。緊張で脂汗が浮いている。

恐れ、慄《おのの》いている。敵が再び襲ってくるから。

足に伝わった振動に、知覚のすべてが研ぎ澄まされていく。

大丈夫だ。まだ、八尋じゃない。なら、この強張った手が握る銃で、〈Dominator〉で対処できる。この執行兵器は、自らの使い手を守護する力がある。

落ち着いて、照準を定め、目標を排除すればいい。

外壁を伝い、鋼鉄の蜘蛛が襲来する。

咄嗟に、征陸は〈Dominator〉を向ける。だが、まだ脅威度判定が為されない。

敵無人機の本体底部に連なった視覚素子が赤色に瞬いた。直下に立つ征陸を認識した。まるで殺意が色となって現れたかのようだ。そして対人停止機構《セイフティ》などまるで無視し、機械肢の一本を突き込んできた。俊敏かつ無駄のない動作パターン。迫り来る、貫かれれば即死の槍撃《そうげき》。

征陸は、倒れ込むようにして、その場を飛び退いた。無理やり走った。退避可能な場所は少なく、一手一手に逡巡している余裕はない。刻一刻と陣地を奪われていく盤面のごとき廃墟の屋上を駆け抜ける。踏み込んだ足場が脆く砕け散る。身体が傾《かし》ぐ。そのまま錆に覆われた鉄柵の残骸に背中から衝突する。

鉄蜘蛛が機械肢を張り、大跳躍した。屋上の縁で倒れ込んだ征陸に覆いかぶさり、その鉤爪で征陸を貫こうと、まっすぐに振り下ろしてくる。

征陸は、動かない。

身の丈を優に超える敵無人機の巨体に、あえて、その身を晒すように。

そして、〈Dominator〉は、ようやく使い手の危機を認識した。

《対象の脅威度判定が更新されました・執行モード・デストロイ・デコンポーザー》

殺戮の場に似つかわしくない柔らかな声色。

託宣の巫女《シビュラ》がもたらす判決。処刑具が形態変化する。あらゆる猛獣たちの骨格を組み合わせ、捩じり込み、一頭の兇悪な怪物《キメラ》の相として錬成させたような複雑怪奇な形状。そして姿を現す名前のない怪物の顎《アギト》――その開口部に瞬く緑燐光が、征陸が引き金を絞った瞬間、絶大な威力となって目標を穿った。

照射された分子破壊光の射線上にあった、蜘蛛の機械肢と本体制御中枢がまとめて消滅した。残存した七脚は接合箇所を失って宙を舞った。はるか彼方の地上へと落下していく。

圧倒的な威力。敵うわけがない。これほどの力をもたらす武器でさえ容易く作り出せてしまう、この新たな社会に、ちっぽけな人間では。

そして、今さらながらに、やはり自分の居場所は、このうつくしい新世界になかったのだと実感する。この銃は、武器は、駄目だ。

人間を使う道具なのだ。それは、どうしても受け入れ難い。

個としての人間の、判断能力などは疑わしいもので、〈シビュラ〉の判断のほうが理論上正しく、ゆえに、この執行も正しいのだとしても。

ひとの選択は、もっと、おれには尊いものだと思えるのだ。

やはり、自分は過去の世界から、この新世界に辿り着いてしまった亡霊だ。

だから、同じ亡霊に対峙しなければならない。滅ぼさなければならない。

雨が止む。

嵐の只中においてわずかな間だけ訪れる静寂に、鉄階段を鳴らす硬質な足音が聞こえた。

暗雲にぽっかりあいた空洞から、月の光が注ぎこまれる。

「その負傷と、その玩具《オモチャ》でよくやるもんだな……」

露わになる白貌《はくぼう》の面。長身痩軀の幽鬼めいた姿かたち——銀白の髪。仄白い膚。真っ白い外套。手には、何より純白に耀く抜き身の刀。まるで、この世界でもっとも寵愛される存在であるかのような澄んだ白。

まるで屍衣だ。死にたくてたまらない亡霊が、自分を殺してくれと周りの生者たちに懇願しているように思える。だが、彼はまだ死ぬ気はないはずだ。天に掲げた刃で月を切り裂くように、手にした力を総動員して、この社会を屠《ほふ》らない限りは。

「——そう、俺は月が欲しかった」

狂王《カリギュラ》の言葉を、八尋は口にする。

ずっと昔のことだ。彼が、おれに読んでこいと放り投げてきた本。

今なら、カリギュラの動機も分かる気がする。ようやく、正しく理解できる。

不条理そのものと思えた彼の行いは、自身にもたらされた不条理を正しく世界に返しただけだ。そうすることで、真実、本当に不条理であり、理不尽なのは世界そのものなのだという真実を知らしめようとした。

あなたも、きっと同じなのでしょう。

八尋和爾。

親爺。もはや、あなたは理解不能な狂人ではない。かつて自分が誰よりも尊敬し、信奉し、その在り方すべてに影響を受けた男に、ようやく、本当に再会できた気がする。

「お久しぶりです。……八尋の親爺」

「――マサ」と八尋が征陸を見据える。「……お前さん、どうやってここを探り当てやがった。正直、こいつを見抜かれるとは思わなかった」

「強いて言えば、刑事《デカ》の勘ですよ」

「まさか」

「ええ、どこまでも、あんたの足跡を辿ってきた。何を得て、何を失って、何を考えて生きてきたのかを知った。厭と言うほどに。だから、その行く先がようやくわかった」

けれど、それでも、おれはあなたに問います。

「あんたはなぜ、殺す……」

きっと、あなたは、こんなことをしなくても、望みを果たす方法がいくらでもあったはずだ。あなたには、いくらでも可能性があった。あなたは、誰よりも正しい願いを信仰していた。しかし、決定的に、選択を誤った。

「俺はまだ生きている」八尋が即答する。それが答えのすべてだと言わんばかりに。「そして、そんな俺の存在が容認されつづける社会が完全と言えるのか。俺は稀代の連続殺人鬼だよ。裁かれて然るべきだ。しかし、そうはならない。一向に、この社会はよいものに変わっていかない。なら、自らの手で作り出すしかない」

なあ、マサ。

親爺が言う。とても親しげだ。

おれのことを殺す気はないのかもしれない。

あなたは、とても優しいひとだ。憐れみは深い。だが、失わせた命はもっと重い。

これは八尋和爾の思想が正しいか否かという問題ではない。これは、ひょっとするとまったく正しい可能性さえある。

だが、それは、征陸智己の人生においては、けっして容認できないことだ。

おれは、今の社会の在り方を認めない。しかし、壊されるわけにはいかない。すでに、そこで生きている人々がいる。おれの家族がおり、息子はそこで生きていかなければならない。

だとすれば、おれは、あなたの生存を許すわけにはいかない。

殺さなければ。

血に塗れた左手が、腰に差した銀の銃《リボルバー》——Ruger SP101を反射的に摑んでいる。弾丸は装塡されている。撃鉄は起こされている。抜き放ち、構えるまでの一挙動に躊躇いはない。揺るぎのない照準。指が引き金に触れた。この身体に刻み込まれた制圧の技術の集大成。

「……八尋の親爺《オヤジ》。おれは、あんたを執行《ころ》します。——この新世界の完全なる〈法〉の裁きによって」

銃口が、そして撃発する。

†

凪いだ夜の静寂に銃声は残響し、やがて消えた。

「――正直なところ」

八尋が言った。じっと目を瞑り、胸に手を当てた。まるでそこに穴が空き、血が流れ出しているのを止めるように。実際のところ、彼の身体は、おれと違って傷ひとつ負っていないというのに。

「お前さんは、おれを殺すと思ったよ。なぜなら、マサ。お前さんは自分のためには他人を殺せない人間だが、正義のため、社会のためなら殺すことができる人間だったからな」

それでは駄目なのだ。

おれは、わずかに逸らしていた銃口を再び親爺の心臓に向ける。

これは旧い正義の在り方だ。今の社会に相応しくない執行の方法であり、〈シビュラ〉の判決に背く行いだ。これで殺せば、自分は決定的に帰ってこられなくなる。

社会のために犠牲になるつもりはない。

自分は生き残らなければならない。

「おれは、あんたとは違う。ずっと凡庸で普通の人間なんです。理念で人は殺せない。在りもしない理想郷を夢見て、そこで生じる犠牲を容認できるほど、おれの世界は大きなものじゃない。おれは、あんたのような救世主にはなれない」

「――そんな、ご大層なもんを名乗ったことはない。なるつもりもない。俺は捨て石でよかったんだ。革命の、偽りの理想郷が崩れ去り、本当の楽園がもたらされるためのな」

「だったら……」

「……なあ、マサよ。おふくろが死んでから、しばらくして廃棄区画を訪れたとき、まったく別の世界が見えたことに気づいたんだ。目の前で、飢えて死んだガキが干乾びて転がってた。合成薬物の試し打ちに使われて、腕にいくつもの腐った大穴を空けたまま、糞尿を垂れ流し続けるガキがいた。クズどもの掃き溜めで、誰からも守られない奴らは、ああなるしかない。人間は生まれる場所を選べないのに、どうしようもない掃き溜めに生まれたせいで、人生が最初から終わってるなんてのは、素直によくねえな、と思わんかね」

「だからって、今ある社会が壊されていい理由にはなりませんよ」

「……完璧な秩序、誰もが幸福な人生を送れる理想郷――。自らをそう定義するなら、正しくそう在るべきだ。しかし、そうではない奴らが、救われない奴らがあまりに多すぎる。俺は、社会に最初から見捨てられ、なかったことにされたあいつらを憐れんだ。それで十分だった。〈シビュラ〉を正しく使わせるための、行動を選択するには――」

八尋の親爺が屋上の際に歩み寄る。

おれも続いた。拳銃をホルスターに収め、背後に立った。

そして彼は目を眇め、都市のほうを見やる。眼下の川岸には、また多くの小舟が流れ着いており、彼らは八尋が自分たちのことを見守ってくれていると勘違いしているかのように手を振っていた。わずかに声を上げ、舟を乗り捨て、土を踏む。

「……なあ、マサ。本当に亡霊なのはどっちだろうな？　俺たちは、自分たちが旧い世界の生き残りで、新世界に迷い込んでしまった亡霊だと思っていた。だが、もしかしたら、あの社会のほうが亡霊なんじゃないのか……？　人類が生得的な脆弱性として獲得してしまった共感神経系の過剰模倣傾向はどうしようもない。とはいえ、システムとして完璧な〈シビュラ〉の恩恵を受ける意味では、むしろ都合のいい進化のかたちとも言える。だがな、そこまで行くならむしろ、社会だってまったく新しいものになったほうが自然じゃないのか。それなのに、今の社会は精神衛生だの何だのを謳いながら、結局、旧世紀の社会制度の多くを中途半端に模倣している」

システムが歪なんだ、と八尋は告げる。

「そのせいで闇が生じる。クズどもが付け入る隙が生じる。だったら、本当に新しい社会になったほうがいい。誰一人として犠牲にならない真実の楽園を支えるためにこそ〈シビュラ〉は運用されるべきであり、過去の亡霊を再現するために使うべきじゃない」

「そのために、〈シビュラ〉がもたらした社会を壊したいんですか……」

「……すなわち革命は破壊即建設なんだ。昔に読んだ本に、そんな感じのことが書いてあった気がする。ぴったりな表現だ。壊して終わりじゃない。むしろ、そこからの再生こそが重要なんだ。〈シビュラ〉を誤って用いる社会は消え、真に正しく〈シビュラ〉が使われ、救われるべき者たちが救われる社会を造り出すことこそが」

「おれは……、この社会が正しいとは思えません。ですが、これ以上、マシな社会なんて想像できない」

「そうでもない。いくらでも、やりようはある。――社稷《しゃしょく》治ってものがある」

「聞き慣れない言葉ですね」

親爺は、講釈を垂れる学者のように語り始めた。

「ずっと古代の統治の在り方だからな。まあ、簡単に言ってしまえば、土地に根差した土着の統治形態だな。――現生人類の共感神経系が異常発達しているせいで、思考汚染のリスクが不可避であるというなら、人口が大幅に減少した日本国内に人々を分散させ、各々の自治体制を確立させればいい。物理的に人間同士の距離を置くんだよ。だが、その一方で包括的生涯福祉支援システムたる〈シビュラ〉と人間ひとりひとりを結びつけるように情報通信網を整備する。同時に官僚統治機構は廃止する。人とシステムを直接につなげる。〈シビュラ〉システムから、その全能性を歪める中間層が取り除かれ、完璧に人間に奉仕するシステムになる。そして国境線をより発展・進化させた複雑精緻な境界線を、無人機《ドローン》配備によって実現する。結果、人間同士の接触は極めて稀になるかもしれないが、仕方ない。それで思考汚染の抑止が可能になるなら御の字だ。都市も廃棄区画も、その境界は喪失され、人が集まる社会そのものがなければ、犯罪係数なんて戯《たわ》けたしろもので、潜在犯という烙印を押し、これを排除するなんて理不尽な司法システムを使う意味がなくなる。これで無駄に人間を殺す必要はない。そして人々は、長い歴史によって育んできた道徳規範を基礎とし、無数に分かれながら並存する自律的な社稷《しゃしょく》型の小規模集落《コミューン》という真の楽園で生きることになる……

「……正直なところ、おれには誇大妄想の類にしか聞こえない」

おれは、親爺の言葉に耳を傾けながら、思う。

きっと、正しいだろう。多分、社会を創造し、運用していく人々というのは、こういうことを考え続けているのだろう。

「何とかなるさ。〈シビュラ〉さえ正しく使えば」

「〈シビュラ〉を正しく使う」おれは相手の言葉を繰り返す。「しかし、親爺は自分の存在が〈シビュラ〉の不完全性を証明すると言った」

「だから、証明するんだよ。〈シビュラ〉を誤って用いることしかできなかった連中が作り出した、この不備だらけの社会の不完全性を、その過ちを糾し、裁きを下すことによって」

「……あんたは、自分が無謬の、正義の審判者だとでも思っているんですか？」

「そんなことはない。俺も所詮は人間だ。あまりにも不完全だ」八尋は振り向く。おれを見つめている。穏やかな微笑みを湛えている。「――そして社会も似たようなもんだ。誰もがいつかは死ぬように、世界もいつか消え去る。俺たちは世界の死を看取り、そして新しい世界の誕生に立ち会っている世代だ。約二〇〇年続いた近代という時代は、本当に終わった。そして精神衛生至上社会という新世界の本当の到来は近いだろう。根本的な変化が、もうすぐやってくる。精神色相《サイコ＝パス》がすべての基盤となり、〈シビュラ〉というシステムによって統治される社会だ。しかし、これもいつかは終わる。より高次の概念が生み出され、それが世界の〈法〉を書き換えていく。俺が今こうして、旧い時代の残り滓《かす》をすべて消し去ろうとしているように、同じような誰かが、その役割を担った人間が現れるはずだ」

まるで、この社会の後に来る社会も、結局どこかで消え去るみたいな言い草だ。それでは意味がない。生じてはすぐに消える泡沫のようなものでは困る。社会は、それを構成する人間によって成り立っている以上、それが滅ぶとき、多くの人間が死ぬ。

今、まさに、八尋が自ら夢想する新たな社会をもたらすため、思考汚染虐殺によって、数え切れない数の屍を積み上げようとしているのと同じように。

「――それでも、この社会は、続いていかなければならないんです」

「こんな偽りの、継ぎ接ぎだらけの理想郷の紛い物が？」

「どんな歪な社会であれ、そこでは、現実として生きている人間がいる」おれは、親爺の言葉を否定しなければならない。何があろうと、彼を止めなければならない。「……あんたの目的は達成されません。その思惑通りに軍が介入したりはしない」

「……ほう」

「あんたが望んでいるのは、都市に展開した国防軍の無人機部隊が一斉制圧を実行する状況の到来だ。そうなれば、都市すべてが大規模な騒擾状態に陥り、思考汚染虐殺の実行可能箇所《ポイント》に変貌する」

そして、救われるべき者たちが去り、裁かれるべき者だけが残った都市で、思考汚染虐殺が実行される。この社会体制を葬り去るために。それこそ、一〇〇〇万規模の犠牲が生じようとも、躊躇わず。

「──時間だ」

親爺は、おれの言葉を無視し、話を打ち切った。

手に嵌めた腕時計《オメガ》を見る。それから長く息を吐いた。ポケットから煙草の箱を取り出した。一本を取り出し、口に咥えた。ジッポーライターを開き、火を点けようとした。煙草は雨に濡れており、じじっと焦げる音がするだけだった。

「無事に脱出の手筈は整ったそうだ。これで、あとは邪魔者に退場を願うだけだ。この中途半端に古く、新しい社会を潰す瞬間《とき》がきた。お前さんが、俺の意図を見抜こうと、俺が動けば、軍は否が応でも動かざるを得ない。そこには必ず混乱が生じる。あとは小さな火花を、俺が都市を焼き尽くす焔にすればいい」

都市を見つめる眼差しは昏い。憎悪も、狂気も帯びてはない。

ただ、為すべきこと、果たすべき責務だけを、じっと捉え続けるように。

そして、ふいに気づく。

「……あんたは、狂人《カリギュラ》と同じだ。理不尽な存在そのものと化すことで、自らを取り巻く社会の本質、この〈シビュラ〉統治社会が内包する理不尽な暴力性そのものを暴き出そうとした。――だから、あんたは、きっとこの世界の真実に辿り着いた」

「……ふうん。ようやく、お前さんから本当の感想が聞けたってわけか」八尋が喉を鳴らす。とても嬉しそうだった。「――が、俺が真実のなかにいるというなら、最後まで行かなけりゃいけない。為すべきを為し、裁くべき奴らを裁き、その報いを受けさせるために」

「……させません。あんたはここで終わりだ。もう、先には行けない」

「そう言うと思ったよ、マサ」八尋は微笑む。咥えた煙草をぷっと吐いて捨てた。「お前さんは、そういう奴だ。誰よりも優しく、誰よりも非情な奴だから、俺のすべてを受け継ぐに相応しいと思ったんだ」

おれは、〈Dominator〉を抜き放つ。その銃口を親爺に向ける。

だが。

穏やかな電子の囁き――犯罪係数0・執行対象ではありません――。

やはり、託宣の巫女は、八尋を裁こうとしない。罪人と認めない。これを罰しない。

目の前に、おれを殺そうとする男が、立っていようとも。

†

「そこをどけ、征陸」

八尋が手にした刃の切っ先を向けてきた。月の光を吸い取ったように刀身が青白く耀いている。超鋼タングステン合金を基礎に三〇〇〇℃を超える超高温を纏わせ、あらゆる対象を溶断する灼熱刀《ヒートブレイド》。

「あるいは一緒に来い。俺の傍らに立って、この世界と対峙しろ。お前ほど正しく在り、社会に身を捧げた存在に、潜在犯なんて烙印を押し、疎外しようとした世界を殺せ」

ゆっくりと歩いてくる。雨に濡れた屋上の地面からしゅうしゅうと湯気が生じ、白い帯となってたなびき消えていく。

八尋は征陸に迫ってくる。

選択を。

その生死の行方を。

拒めば確実に殺す気だった。

征陸は、八尋の殺意を鋭敏に察する。すさまじい速度で自分のなかの何かが書き換えられていくのが分かる。共感神経系の過剰模倣——思考汚染が始まっている。抗うすべはない。征陸智己は八尋和爾に飲みこまれていく。心の底から従おうとする。魂を塗りつぶされていく恐怖。

「——断る。おれはあなたと同じ場所には往けない」

必死に、それだけを言った。声が震えているような気がする。自分は泣いているのか。それができないことが悲しいのか。悔しいのか。分からない。ただ無我夢中に戦うしかない。生き延びるために。自分が守るべきものを守るために。

八尋はすでに眼前まで迫っている。一足一刀の間合いだ。殺意が膨れ上がる。踏み込んでくる。無の構えから即座に脇構えに切り替える。自らの体軀で刀身を隠しながら、それを振るった。

直感的に征陸は、右手に握った〈Dominator〉を頭上に振り上げた。

突如として出現し、凄まじい勢いで放たれた灼熱刀の一撃を銃身で受け止める。脅威度判定の更新。八尋ではなく、彼が振るう武器そのものが深刻な脅威であるとして、

〈Dominator〉は分子破壊銃形態へと即座に変形する。展開した装甲板が斬撃を弾いた。赤熱し大きく歪んだが、何とか耐えた。だが、それも束の間だった。

八尋が手首を返すと、切っ先が小さな円の軌道を描きながら蛇のように銃器の装甲板の間に入り込む。内部フレームの一部を切り飛ばす。そして、さらに一歩を踏み出し体当たりする。右肩を征陸の胸部に突き刺す。体格は八尋のほうが細いが、しなやかで強靭だった。完璧な体重移動によって衝撃は余すことなく征陸に着弾する。

耐え切れずに背後に吹っ飛ぶ。血を吐く。ここに辿り着くまでに得た負傷が、征陸の体内で容赦なく炸裂し、いっそうの傷をもたらした。

何とか仰向けに倒れるのだけは防ぎ、踏み留まる。前傾姿勢。反撃の機会を――。

遅い。すでに八尋は音もなく接近している。袈裟切りの一刀。無駄のない太刀筋が征陸の掌を通過し、親指だけを残して斬り飛ばした。断面は出血する前に焼け焦げ、炭化している。激痛が迸り、目の前で火花が飛び散る。血の呻きが口から漏れ出る。歯を食いしばる。八尋が話しかけてくるがフィルター越しのように妙に反響している。

お前さんは確かに俺の計画を見抜いた。社会を救おうとしている。あの偽りの理想郷を守り抜こうとしている。だが、それならどうして〈シビュラ〉は、これほど多大な貢献を果たす人間を、潜在犯という排除すべき対象として扱ったんだ？

次なる斬撃が来た。辛うじて〈Dominator〉で受け止めるが、返す刀で脚の肉を削がれた。機動力が損なわれる。一箇所に釘づけにされれば、装備の取り回しにくさでも、技量の差でも劣る征陸の不利は、いっそう強まる。

お前さんは、もう何度だって殺されそうなのに、誰も助けに来ない。

おれがそんなものを望んでいないからです。おれはひとりであんたを止める。

俺を止めるために、殺させないために、殺すか？

ええ。

なら、そんな役立たずの玩具《オモチャ》は捨てて、本物の武器を取れ。

横薙ぎの斬撃が振るわれ、背広の裾が千切れ飛んだ。シャツが裂けた。腹に一筋の傷が生じ、中身の腸が漏れ出ようとするが傷口が焼灼されたことで何とか耐えた。

腰のホルスターには、白銀に耀くナイフのような回転式拳銃――Ruger SP101が収まっているが、征陸はこれにけっして手をつけようとしない。それを抜き放ってはならない。

旧い世界の法、正義の執行で八尋を殺してはならないと硬く戒めた。

なぜ、そいつを抜こうとしない。〈Dominator〉は処刑具としては有能かもしれんが、欠陥兵器だ。対象の脅威度判定によって、その威力が左右される以上、絶対的優位に立つ鎮圧執行でなければ役に立たない。システムの例外的存在を前に、自ら力を封じてしまうような道具は、いざというとき相手を殺せず、使い手を守れない。そんな恣意的なしろものだから、正義が貫徹されない。救済と断罪の区別が曖昧になる。

それでも、これが〈法〉です。

人殺しを裁けない武器なんざ、正義なんざ無意味だ。

だとしても、あんたを銃で殺せば、〈法〉を逸脱することになる。

いかなる理由があろうとも、八尋の犯罪係数が0で在り続ける限り、それを自らの意志によって裁けば、明確な〈シビュラ〉への背信になる。社会制度の否定になる。そして、自分の犯罪係数は、確実に殺処分境界を超えるだろう。

それだけは、絶対にあってはならない。ここで生き延びるだけでは意味がない。死にたくないなら、俺と一緒に来るべきだ。来い。俺がお前を救ってやる。

……家族。

何だ？

家族ですよ。おれには家族がいるんだ。

征陸には寝たきりになった妻がいる。一生、意識が戻ることはなく、それどころか、さほどの間を置かずに衰弱死するしかない。それでも、まだ生きている冴慧がいる。

征陸には子供がいる。これから、多くの苦難に直面することになり、身を護るすべを手にするために懸命に戦い続けなければならない息子が、伸元がいる。

征陸にとって、〈シビュラ〉社会など、守るに値しない理不尽で、不条理だらけの世界だ。どれだけ環境に適応しようともがいても、結局どこかに残った一片の自我なるものによって完璧には適応することができず、弾かれた。

理想郷の住人として相応しくないと罪の烙印を押されたのだ。

きっと行き場などどこにもない。

だが、それでも、父親は子を守るものだ。家族を守らなければならない。

それは自分が選び取った役割だ。託宣の巫女が導かずとも、もはや自分は父親であり、そうではなかった可能性は存在しない。もしも八尋の警告に従い、冴慧と結婚せず、仲元をもうけることもなく、ただ刑事として生き続けていたら、自分は躊躇なく八尋と同じ道を歩んだだろう。どこまでも共にあり、戦場を駆けただろう。そういう想像がありありと浮かんでくる。有り得ない未来さえ有り得たのだと勘違いしそうになる。

これは自分が思い描いた世界のすがただろうか。それとも、頭のなかの鏡を通じて八尋から流れ込んでくるものか。彼の見ている世界では、自分は隣に立っているのだろうか。

都合のいい妄想だ。どれも、何もかもが。

選択された現実はひとつしかない。もうとっくに定まったものであり、けっして別の可能性に行き着くことなどない。それは歩んできた過去すべてに対する裏切りであり、そんな例外を我々の世界は認めない。なぜなら、世界とは自らのまなざしのなかにのみ存在し、そしてそれは自らの魂の在り方を映し出したものであるからだ。過去に捉えてきたものすべての鏡像であるからだ。

瞼を閉じる。すっかり運命を受け入れるように。瞼を開く。

……俺は救ってやりたかったんだよ。零れちまった連中を。

俺はおれを見ている。手に純白の刀を握りしめ、手に漆黒の処刑具を握りしめて。

……おれは誰も救えない。ただ守るだけです。ほんの少しの大切な、ちっぽけなものを。

今、自分がどちらであるのか、わからなくなりつつある。八尋のあらゆる感情が征陸の内側に内面化され、光が乱反射するように反響し合う感情が、色を混ぜすぎた絵具のように黒ずんでいく。区別がなくなっていく。

刀を振り、銃身で受け止める。刃と盾。いつのまにか、戦闘は拮抗を見せ始めている。それはふたりでひとつのものとして完成する舞のようであり、呼吸ひとつ乱れない完璧な形《かた》のようでもあった。どちらも手加減ひとつしておらず、慈悲の感情と殺意の感情、その上塗りを重ねていった。いずれどちらかが死ぬ。それはもはや避けがたい。

おれは、征陸智己は、八尋和爾を殺す。伸元が生きていくしかない社会が、どれほどの不正義と理不尽によって覆われていようとも、それでもこの時代に生まれた人間は、この社会で生きていかなければならない。それを過ぎ去った古い正義で駆逐するわけにはいかない。正義が人間の手に委ねられた世界は死んだ。正義はシステムに委ねられた。

しかし、それでも、おれたちは、正義の火というものを受け継がなければならないし、絶やしてはならない。それは本当に社会《システム》が破綻を来《きた》そうとしたとき、多くの人間を巻き込んで死に斃れようとするときに、歩むべき道筋を照らす標に他ならないのだから。それをひとは昔から希望と呼んだ。しかし、だからこそ不用意に用いられてはならないのだ。

ゆえに征陸智己の選択は正義でもない。ただ、ひとりの人間が罪を犯すだけのことだ。

しかし、その男は強かであり、全能の神の眼を掻い潜り、火を奪い取った人間のように、自らの手にするべきを掴み、そして、捨て去るべきを捨てるすべを実行した。

最後の瞬間が訪れた。

八尋が振るった灼熱刀の斬撃を受け止め、これをいなし、装甲板上を滑らせたまま、刃を強引に走らせ、その軌道を支配した。もはや親指だけを残して役に立たなくなった左手が刀身に触れる。肉を裂き、骨を断ち、魂まで焼き尽くすような激痛をもたらした。絶叫が迸る。これが罰だ。苦痛そのもの。分子破壊銃形態の〈Dominator〉との剣戟によって切れ味そのものを喪っていた灼熱刃は、肘に達する前に停止し、そこで焼け焦げ収縮する肉にがっちりと食い込まれ抜けなくなった。そこにすかさず征陸は、漆黒の処刑具、その銃口なき銃口を宛がった。射線上には、排除すべき脅威たる灼熱刀がある。

その向こうには、穢れなき純潔者たる八尋和爾そのひとがいる。

ふいに、ずっと昔、様々な理不尽な妨害によって裁かれずにいる犯罪者たちに対し、それでもなお、裁きを下すゆいいつのすべが何であったのか、この男が教えてくれた刑事の技能――その方法が思い出された。

そうだ。俺は、このひとから、すべてを教えられた——。

「現行犯逮捕《ゲンタイ》、即時量刑《ソクリョウ》——**執行です**」

そして分子破壊光が撃ち出された。緑燐に耀く名前のない怪物の爪牙は、征陸の左腕だったものを吹き飛ばし、刃を塵に変え、そして八尋を噛み砕き、その一切を無に帰させた。

後には、八尋和爾の左腕だけが別の世界に旅立った彼の置き土産のように残り、地面に落ちた。征陸は膝を屈し、処刑具を取り落とした。右手でかつて八尋だったものの残骸を掴み、よろよろと歩いて行った。屋上から中央階段を下っていく。とてつもなく長い距離を歩いたような重い疲労が泥のように足に這い寄り、肩を掴み、背におぶさってきたが、これを無視してただひたすらに歩き続けた。

川岸には無数の足跡が刻まれており、これを辿っていくと、出航直前の大型船に出くわした。木材で出来た粗末な橋を片付けようとしていた船員らしき汚い恰好の男は、全身の傷から流した血に濡れ、死者の左腕を握りしめた、隻腕の征陸に、それでも声を掛けた。

「これが最終便だけど、乗っていくかい？」

征陸はそこではっと目が覚めたように顔を上げた。相手の顔をまじまじと見つめ、それから、ぎこちなく笑みを浮かべ、そちらには行けない、と答えた。

「おれにはやることがあるんだ」

エピローグ

松脂油《テレピン》の香気でいつも目が覚める。

公安局庁舎内の執行官宿舎。征陸に宛がわれた部屋は、広さはあっても隔離施設であることには変わりなく、壁は分厚く気密性が高い。換気は完璧なはずだが匂いは残る。

それは薄暗い教室のような部屋だ。外の環境に応じ、壁の一面は窓の役割を果たす。晴れた日は晴れ、曇りの日は曇り、雨の日は雨粒がノックをしてくる音が聞こえる。投影処理と環境音を組み合わせた擬似的なものに過ぎないけれど。

今日は陽が差している。夏を迎え、日に日に熱を帯びた光は強くなりつつあり、窓際に置かれた木製のイーゼルと立て掛けられたカンバスが濃い影を部屋の床に落としている。

それは世界のいたるところで眩しい光に追いやられたすえ、ここに辿り着いた亡霊たちが蹲《うずくま》っているようにも見える。

イーゼルには画《か》きかけの油絵がいくつも掛けられている。いかにも素人らしい稚拙なタッチ。我ながら上手くいったと思った作品も、少し時間が過ぎれば、いくらでも粗が見つかる。しかし、描くべきものは描かれている。画布には過去が描かれている。素描は投影処理でうっすらと線を画布に映し出してなぞったものだ。繰り返し何度も練習した。文字通り寝食を忘れて没頭することもあった。腕が一本しかないと目の前のこと、手を動かす対象に集中し過ぎてしまう。

だが、今は、ある程度の時間の猶予は与えられている。

事態は鎮圧された。

首謀者の八尋が執行された事実は速やかに公表された。散発的であれ発生するはずだった彼の配下の青年たちの戦意を挫《くじ》いた。穢《けが》れなき者の幻想が侵され、結局はそうではなかったと突きつけられたようなものだからだ。あるいは、彼らの思惑が闘争ではなく、救済にあったとすれば、元から、戦いなど起こりようもなかったのかもしれない。

それから後、国防軍による廃棄区画への制圧が実施された。しかし、それは都内全域を一気に制圧する極端なものではなかった。

わずかながら、〈シビュラ〉の恩寵を与えられるべき者たちの範囲が拡張されたのだ。

廃棄区画の二世や三世は、法的解釈としては、日本国籍保有者の私生児という扱いになる。誕生時に与えられるはずだったものが与えられなかった不備を是正するものとして、社会の正当性を証明するために実施された。無論、色相の濁りから施設へ隔離されるものの、殺処分される者もいた。だが、かなりの数の国籍付与者――〈シビュラ〉システムの恩寵によって救済された子供たちがいたことは、確かな事実だった。

そして、これに伴って、廃棄区画は次々に解体されていった。八月を迎えるころには、都内全域に存在していた廃棄区画の、実に七割以上が消え去った。逃亡し切れなかった住人たちは、湾岸の廃棄区画に寄り集まった。そこに疎外者たちは固定された。

今や、この社会はいっそう健全なものになると厚生省は盛んに喧伝している。確かに、社会とその辺縁の区別は、かつてなく徹底されつつある。正式に廃棄区画という概念は存在しなくなる。有るはずのない影として、しかし、時に例外を引き受ける場所として定義された。

征陸は、事件後に一度だけ湾岸廃棄区画のセーフハウスを訪れていた。

銀色の回転式拳銃は弾丸を抜き、厳重に梱包をして鍵をかけた抽斗《ひきだし》に仕舞った。失われた正義をそこに閉じ込めるように。それから二度と訪れることはなかった。

征陸が、八尋を〈Dominator〉で執行できたのは、生命保全のための自己防衛として認められたものの、執行兵装の不備《バグ》を利用した殺人行為であったことは明白だ。

だが、征陸は、あくまで〈シビュラ〉に従った。徹底して〈法〉に従い、そのルールの裏を掻いて八尋を執行した。

〈シビュラ〉も、征陸に一定の正当性を認めないわけにはいかなかったのだろう。

結果として、征陸の犯罪係数は、一三〇付近の数値で固定された。命を奪われることはなかった。けれど、けっして隔離境界の目前まで下がることはなくなった。

事実上の終身刑のようなものだろう。だが、死刑ではない。

殺されてはいない。征陸は今も生きている。

とはいえ、今の自分は亡霊と同じだ。社会の何の役にも立たず、しかし害も及ぼさない。失ったものは多すぎて、それと一緒に自らをかたちづくっていたものすべてが消え去ってしまったかのようだ。

自分は、妥協をしたのだろうか。みっともなく生き足掻《あが》いて。傍《はた》から見ればそういうことになる。しかし、妥協というのは、自分が本当に譲れないものを明け渡さないために、厳密に見極めたすえに自分の大切だったものの一部を切り離すことを言う。

それはきっと幼き日の夢だ。刑事である、ということ。

征陸智己は刑事だったが、もはや、そうではない。自らの選んだもののためには、刑事のままではいられない。何しろ、拾ったいのちは大切にしなければならない。このいのちは、守るべきものを守るため、そのときに躊躇なく差し出すために存在している。

そのとき、ひとつの理解が訪れた。

刑事という役割を返したことで、代わりに答えを渡されたように。

それは、ずっと昔の幼き日の問いかけ。刑事になるのは、父親が死んだ理由を知りたかったのだということ。そして、それは、今ならば分かる。きっと自分と同じ理由だった。親父はきっと、子供のおれが生きる社会を守るために命を賭した。使うべきときに、その命を使ったのだ。それが父親になるということだった。

巌永が征陸の許を訪れたのは、夏の日、八月の残照のひどく美しい夕暮れのことだった。彼女は、窓際の背の高い椅子に腰かけた。訪れつつある夜が部屋を暗く浸しつつあるなかで、彼女は、淡く光を帯びているように見えた。

そして久しぶりに再会した彼女が、開口一番に言った内容に、征陸は驚きを隠せなかった。

「――監視官を辞めた？」

「ええ、先月付で公安局を退職しました。本当は、もっと早くに責任を取ったほうがいいと思っていたのですが、なかなか、仕事が片付かないうちに、ずるずると延びてしまいました」

「そいつは……」脳裏には、自らの手で殺した八尋の姿が過《よ》ぎる。「おれのせいか？」

「そうではありません。八尋和爾の事件はキッカケに過ぎませんでした。わたしに、公安局員の仕事は相応《ふさわ》しくない……、そう思ったんです。わたしは、この社会が実現された理想郷だと思っていました。しかし、そうではなかった。社会が内包する不備ゆえに、いまだ救われざる者は、あまりにも多く存在していた。わたしは、この社会が不完全なものだということを理解してしまった。監視官にとって、そういう考え方は駄目なんです」

巌永の言葉には淀みがない。静かで滑らかで、川の流れのようだ。彼女が話しているのは結果だ。すでに定まった物事について、伝えにきただけなのだ。

「……残念だな。あんたは、公安局員として驚くほど有能だった。――とても、新人とは思えないくらい」

「恐縮です」と巌永が頭を下げる。表情は、以前よりずっと明るく屈託がないように思える。「でも、もう自分で選んだことですから」

「次の仕事は決まっているのか？」

「まだ、あまり具体的には……、ただ、新しくこの社会に迎え入れられることになった、廃棄区画出身者たちの支援ができる仕事をしようと考えています。多分、色々と試行錯誤もしなければならないし、大変ではありますが、誰かがそれをやらなければならない」

つまり、彼女はまた誰かを救いに赴くのだ。

彼女が征陸に、この社会で生きるすべを指し示したように。

次なる役割を果たそうとしている。

ある意味で、巌永望月という女性は、自分にとっての託宣《シビ》の巫女《ユラ》の似姿と表現すべき存在だった。道を踏み外そうとしたところで、しかし、正しい軌道への歩みを取り戻せるように導いてくれたのだから。

「――ところで、征陸さんのほうは、どうするおつもりですか?」巌永が訊ねてきた。

「再び執行官として犯罪捜査に従事することもできるし、あるいは隔離施設に戻ることもできる。ただ――」

「……もう少しだけ、時間をもらうつもりなんだ」

征陸は、新しく立てたイーゼルの前に小さな椅子を配置し、そこにパレットを置いた。床には筆を洗うために水を入れた容器。そして絵筆を手にする。

すでに構図は決めてあり、素描も済んでいる。選んだ下地は、温かみのある橙、それはうっすらと太陽がカンバスに注がれたような色をしていた。

「――そうしていいと思いますよ。あなたには、それが与えられるだけの功績がある。そして、〈シビュラ〉は、あなたを殺さなかった。ならば、あなたには選択の機会が与えられています。自らの人生を、どのようにだって生きることを」

巌永は顔をほころばせた。今更ながら、彼女の笑みはとても無垢な耀きを宿していることに気づいた。

そして彼女は立ち去った。もう、二度と会うことはないだろう。そんな気がした。

それから征陸は、机のうえに置かれている端末に触れ、先日、渡された電子書類を眺めた。公安局刑事課捜査三係への配属を命じる旨が記載されている。これに署名さえ済ませれば、自分は再び執行官になる。この理想郷でなお生じる例外対象たる犯罪者と対峙し、事件を解決する猟犬となることが求められている。

猶予は残りわずかだろう。

とはいえ、あと一枚くらいの絵を仕上げる時間はあるのではあるまいか。

椅子に腰かけた。征陸はじっと沈黙に身を浸した。長い時間、ずっと。

やがておもむろに筆を取り、カンバスへと向き合う。眼を閉じれば浮かぶ、幸福だったころの記憶。それを描き、残すために。

決めよう。冴慧と伸元の絵を描き上げたら。

そのために、自分にとっての幸福な人生とは何かについて、世界に教え、刻みつける必要がある。

おれは過ちを犯した。おれは選択を間違って、破滅したのかもしれない。

しかし、おれがふたりと過ごし生きた時間は、何にも換え難い価値があったことを知って欲しい。それはもう過去であり、過ぎ去ったもの。二度と取り戻すことができない幸福な記憶でしかないとしても、この手に掴んだちっぽけな耀きは、しかし今も褪せることはない。きっとこれからも、ずっと。

そう、愛という名の色彩は、どんな色をしているのだろうか？

おれには、とても耀いて眩しいが、何よりも温かく柔らかい灯火が見えているんだ。

西暦二一一三年二月——征陸智己は死んだ。事件捜査の途中にあって殉職した。
そして彼の死を看取り、亡骸《なきがら》を背負っていったのは、その息子であった。

＊

あれは、二〇九三年八月のことだったと記憶している。

わたしは、公安局員連続殺人および思考汚染虐殺の事件解決に奔走したひとりの執行官の許を去ったあと、そのままの足で公安局庁舎最上階の局長執務室へ赴いた。

彼女との——正確には、彼らとのだろうか——対話に臨むためだった。

執務室では、苛立《いらだ》たしい様子の禾生壌宗が椅子に腰かけて待っていた。指でとんとんと机を叩き続けていた。これは、彼女独特の仕草だ。不思議なものだ。義体は誰が使っても同じ外見のはずなのに、中身が変わると別の人間であることがすぐにわかる。それにしても、不思議だ。わたしたちは普段、ひとつに接続されているというのに、こうやって、それぞれ別の器に入っているときは、まったくの他人同士だと認識するのだから。

「——今回の一件、君の完全な失態だぞ。巌永望月」

禾生壌宗は、わたしに向かって辛辣な言葉を投げかける。

正直なところ、わたしと彼女の相性は実に悪い。しかし、なぜか、今回の事件解決にあたり、〈シビュラ〉システム内部の決議によって選定された外部行動人員は、わたしと彼女――東金美沙子のふたりだった。

「……すまないが、巌永望月とは、〈シビュラ〉システムを構成する演算装置たる我々が活動するための、外部ユニットである生体義体の一呼称に過ぎない」わたしは、あくまで冷静さを保って、彼女とコミュニケーションをするように心がける。「そして、その義体は、君も一緒に使っていたものだ。それがなぜ、片割れでしかないわたしにすべての失態をかぶせようというのか。そして、そもそも、失態とは何か教えて欲しいものだな」

わたしは机の上に腰かけようとしたが、この義体は小柄で背を預けるかたちになった。仕方がない。わたしが使っているもうひとつの義体は、目の前で東金が利用中だ。

「今は、あなたが、巌永望月よ」

彼女は音節を切るように、それで言葉を強調するように言った。

「それを言うなら、君も禾生壌宗だ。ならば、公安局の局長らしい態度を心掛けてくれ」

すると、こちらの態度が気に入らないのか、禾生は、ますます声を荒らげた。

「ふざけないで、みすみす免罪体質者を殺されたのに、なぜそう落ち着いていられるの。あなたの行動は、結果的に取るに足らない潜在犯ひとりを生き残らせるために、社会的に極めて有用な存在を犠牲にしたに等しい」

そう、二〇九三年発生のこの事件が、わたしにとって、ひとつ忘れ難いものになっている理由はそこにある。包括的生涯福祉支援システム〈シビュラ〉は、二〇〇余の接続された〈脳〉によって構成されている。これは――われわれは――つねに完全なシステムとしての発展を遂げるため、飽くなき機能改善を続けている。一種の本能といってもいい。

そのために、通称――〈先天的免罪体質者《A priori Aquit》〉と定義される何らかの特異体質を発現し、既存のシステムでは、対処不可能となった存在を取り込まなければならないが、そんな例外存在がそう頻出するわけではない。統計上、二〇〇万人に一人となっているが、実際は、その発見はさらに困難である。

二〇九一年に導入された〈犯罪係数〉は、通常の治安維持の側面だけではなく、この例外存在たちの捜索を実行する、一種の検索システムの役割を与えられていた。

導入から間もなくして、ひとりの〈先天的免罪体質者《A priori Aquit》〉の可能性が高い個体が発見された。名称は、八尋和爾。男性。日本人。ただし、残念ながら、この個体は、自らが引き起こした凶悪犯罪によって消滅した。

そして、その経緯を巡り、わたしたちは討議を重ねている。

もっとも、普段の〈シビュラ〉内部での議論に比べれば、何の生産性もない雑談めいた遣り取りに過ぎないが、これで互いの負荷が発散されるのも事実だ。

意識を当時の場面に戻そう。

「対象が、免罪体質者であった可能性は高いだろう。だが――」わたしは、禾生壌宗の問いに、静かに答える。「いずれにせよ、〈シビュラ〉が下した判断に忠実であるべきだろう。それに、免罪体質者殺しという特級の犯罪を実行されたのなら、それを行った人間の犯罪係数が一三〇付近で推移するのは、少々、不自然だ。もしかすると、我々は、免罪体質者の幻影を追うばかりに事件対処が遅れ、いたずらに被害を拡大させてしまったのかもしれない。であるなら、むしろ自らの有用性について省みる必要がある」

「――〈シビュラ〉は、すでに完全よ。今回の大規模な騒擾《そうじょう》事件が発生した原因は、私たちに管理されるべき人間が、あまりにも不完全な存在であったせいに他ならない。ならば人類は、私たちが正しく管理しなければならない。導かなければならないのよ」

これで話は終わりだというように、禾生は席を立った。わたしは、横を通り過ぎる背中に呼びかける。

「どこへ行くつもりだ？」

「……今回の件について討議を求めます」禾生は振り返りもしない。「託宣《シビュラ》の巫女《ユラ》と精神《サイマテ》数値化技術《イックスキャン》、そして犯罪係数こそが、新世界秩序の維持には不可欠なのよ。ならば、一層の改善が必要だわ。制度の強化を検討します。完璧な秩序に不備をもたらす連中は、すべて排除されるべきなのだから」

そして無人となった局長室で、わたしは――巌永は扉をじっと見つめ、呟く。

忘れたのか？　わたしたちも、かつては社会の例外存在であるがゆえに、社会が不完全であることを否応なく証明してしまう存在だった。

わたしたちは――、紛れもない、完璧な異常者だったのだということを。


『PSYCHO-PASS GENESIS 3』に続く

■主要参考文献

『カリギュラ』アルベール・カミュ／岩切正一郎訳（早川書房）
『異邦人』アルベール・カミュ／窪田啓作訳（新潮社）
『マクベス』ウィリアム・シェイクスピア／福田恆存訳（新潮社）
『リヴァイアサン１』トマス・ホッブズ／角田安正訳（光文社）
『白鯨』ハーマン・メルヴィル／八木敏雄訳（岩波書店）
『異常快楽殺人』平山夢明（角川書店）
『新約聖書（新共同訳）』日本聖書協会
『アジール——その歴史と諸形態』オルトヴィン・ヘンスラー／舟木徹男訳（国書刊行会）
『戦場における「人殺し」の心理学』デーヴ・グロスマン／安原和見訳（筑摩書房）
『イスラム国とは何か』常岡浩介・高世仁（旬報社）
『血盟団事件』中島岳志（文藝春秋）
『東京闇市興亡史』猪野健治編（草風社）
『ミラーニューロンの発見——「物まね細胞」が明かす驚きの脳科学』マルコ・イアコボーニ／塩原通緒訳（早川書房）
『旧約聖書　創世記』関根正雄訳（岩波書店）
『ペスト』アルベール・カミュ／宮崎嶺雄訳（新潮社）
『ドガ　ダンス　デッサン』ポール・ヴァレリー／清水徹訳（筑摩書房）
『アートライブラリー　ドガ』キース・ロバーツ／村田宏訳（西村書店）
『ヴィヴァン　新装版・２５人の画家　ドガ』池上忠治編（講談社）

本書は書き下ろし作品です。

著者略歴　1989年埼玉県生，早稲田大学文化構想学部卒　著書『パンツァークラウン　フェイセズ』『PSYCHO-PASS　ASYLUM』（以上早川書房刊）

HM=Hayakawa Mystery
SF=Science Fiction
JA=Japanese Author
NV=Novel
NF=Nonfiction
FT=Fantasy

PSYCHO-PASS　GENESIS　2

〈JA1195〉

二〇一五年六月二十五日　発行
二〇一五年九月　十五日　二刷
（定価はカバーに表示してあります）

著　者　吉《よし》上《がみ》亮《りょう》
原　作　サイコパス製作委員会
発行者　早川　浩
発行所　株式会社　早川書房
郵便番号　一〇一 - 〇〇四六
東京都千代田区神田多町二ノ二
電話　〇三 - 三二五二 - 三一一一（大代表）
振替　〇〇一六〇 - 三 - 四七七九九
http://www.hayakawa-online.co.jp

乱丁・落丁本は小社制作部宛お送り下さい。
送料小社負担にてお取りかえいたします。

印刷・三松堂株式会社　製本・株式会社フォーネット社

Printed and bound in Japan
ISBN978-4-15-031195-7 C0193

本書は活字が大きく読みやすい〈トールサイズ〉です。